KB271518

EXCITING ORIENTAL FANTASY

유광현 新무협 판타지 소설

섬혼 閃魂

섬혼 5권

유광현 新무협 판타지 소설

초판 1쇄 찍은 날 § 2008년 3월 10일
초판 1쇄 펴낸 날 § 2008년 3월 20일

지은이 § 유광현
펴낸이 § 서경석

편집장 § 문혜영
편집책임 § 조수희

펴낸곳 § 도서출판 청어람
등록번호 § 제1081-1-89호
등록일자 § 1999. 5. 31
어람번호 § 제2-1438호

주소 § 경기도 부천시 원미구 심곡1동 350-1 남성B/D 3F (우) 420-011
전화 § 032-656-4452 팩스 § 032-656-4453
http://www.chungeoram.com
E-mail § eoram99@chollian.net

ⓒ 유광현, 2007

ISBN 978-89-251-1226-8 04810
ISBN 978-89-251-0995-4 (세트)

섬혼

閃魂

[완결]

5

유광현 新무협 판타지 소설

EXCITING ORIENTAL FANTASY

귀로(歸路) - 노을의 향은 진하다

BLUE BOOK

도서출판 청어람

第一章
대설의 비상(飛上)

1

　쌍압문과의 일전으로 패망하다시피 했던 모용세가는 전날의 성세에 비하면 조족지혈이었지만 점차 일어서고 있었다. 그동안 축적했던 자금과 모용승천의 혜안 깃든 지도력에 힘입은 덕분이었다.

　모용승천은 모용가의 식솔이 대부분 죽은 탓에 혈연만 내세워서는 가문을 부활시키기 힘들다는 것을 느꼈다. 그는 파격적으로 요녕성의 인재를 두루 등용했다. 그렇게 거의 칠 년이라는 세월이 지나면서 어느 정도 가문의 기틀이 마련되었다.

　물론 절정고수 등 경지에 이른 무인들은 턱없이 부족했다. 그러나 영입한 영재들이 하나같이 열심들이라 일이십 년 만 지나면 빛을 볼 수 있으리라 예상했다. 세월이 더 지나 영재들이 나이가 들어 노년기에 접어들 때쯤이면 과거의 성세를 되찾는 것도 꿈만은 아니리라.

모용승천은 부단히 노력했다. 적어도 한 달 전까지.

달리는 말에 박차를 가해도 시원치 않을 모용세가다. 그런데 활기찬 분위기는 온데간데없이 침통한 공기만 가득했다. 정해진 수순대로 착착 진행되던 가문 재건 계획은 암초를 만나 표류하고 있었다. 계획의 정점에 서서 호령해야 할 머리를 잃은 때문이었다.

모용세가의 머리라면 당연히 모용승천이다. 그렇다면 그는 어디 있는가.

한 달 전이었다.

그날도 여느 날과 마찬가지로 모용승천은 늦게까지 사무가 바빠 잠자리에 들지 못했다.

자정을 훨씬 넘긴 시각, 등불 하나에 의지해 서류를 뒤적이던 모용승천은 문 두드리는 소리에 고개를 갸웃했다.

"소인 장 총관입니다."

"아니, 자네가 이리 늦은 시각에 어인 일인가."

총관 장복이 들어와 한껏 허리를 굽혔다.

"무슨 일인가?"

"다름이 아니오라 백화문에서 수완이라는 도사님이 찾아오셨습니다. 날이 밝은 후에 아뢸 생각이었는데 급한 일이라며 워낙 재촉해 대는 바람에."

"백화문이라니? 이럴 게 아니라 서둘러 모시게."

　모용승천은 수완이라는 도사가 기억나지는 않았지만, 수 자 돌림이 백화문 내에서 최고 배분이라는 것은 익히 알고 있었다. 예의와 법도를 중시하는 백화문이다. 이리도 늦은 시간에 수 자배 도사가 찾아와 급한 일이라 하는 것을 보면 결코 가벼운 일은 아닐 터였다.

　곧 모용승천은 수완과 단둘이 대면했다. 수완은 짧은 인사를 채 마칠 시간도 없이 서찰을 내밀었다.

　서찰을 살피는 모용승천의 안색은 점점 어두워진다. 그리고 그날 밤, 모용승천은 집무실에 잠시 다녀올 일이 있다는 내용의 간단한 서찰을 남기고 사라졌다. 세인들은 몰라도 모용세가 사람들은 모용승천의 능력을 알기에 걱정하지 않았다.

　그렇게 보름이 지나고 달포가 지났다. 그동안 모용승천은 돌아오기는커녕 아무런 소식조차 없었다. 마치 땅으로 꺼진 사람처럼 종적이 묘연했다.

　가주를 믿고 마냥 기다리던 세가 식구들은 그제야 이상함을 느끼고 조사에 착수했다. 모용승천의 행적을 수소문하는 한편 백화문에도 사람을 보냈다. 그들은 수검, 수완 등을 만나 가주가 세가를 떠나기 전날 무슨 이야기가 오갔는지 물었다.

　백화문은 그날 수완이 모용승천에게 보여주었던 서찰을 총관에게 보여주었다.

　서찰의 내용은 대부분 여진이 득세한 북방에 관한 일이었다. 북방에 인간의 힘을 초월한 자가 힘을 규합하고 있고, 강호와 명나라를 동시에 정벌하려 한다는 내용이었다.

머리 회전이 빠른 장 총관은 서찰을 읽자마자 일의 전말을 유추했다. 가주는 서찰의 내용이 사실인지 조사하기 위해 직접 떠난 것이다.

모용승천의 행적을 대충 짐작할 수 있었지만 더 이상의 조사는 인적자원이 태부족한 세가의 힘만으로 역부족이었다. 게다가 서찰의 내용이 사실이라면 비단 모용세가뿐만 아니라 중원 전체에 큰일이었다.

장 총관은 서찰에 특급을 알리는 청룡 인장(印章)을 찍었다. 일이 일이니만큼 가주의 실종 소식과 함께 백화문에서 얻은 서찰을 소가주 모용황에게 들려 정도맹 총단으로 보냈다.

밤낮이 쉼없이 반복되었다.

기승을 부리던 무더위는 온데간데없고 서늘한 가을조차 막바지에 접어들어 쌀쌀하다. 세월은 매 순간 인간에게 인생의 무상함을 말하고 있었다. 하지만 인간은 한 가지에 몰두하다 보면 인생의 무상함은 고사하고 시간이 가는지조차 느끼지 못한다.

팔정도의 힘을 뒤늦게 알아챈 세가수호단원들이 그랬다. 상관철이 죽도록 얻어터진 소동이 있은 후 석 달이 넘게 흘렀다. 그동안 가장 앞서 나갔던 진승표는 팔정도를 거의 팔성에 이르도록 익혔고, 모용선은 그에 약간 못 미치는 칠성에 이르렀다.

둘은 이미 자신의 무공에 팔정도를 자유자재로 도입하는 단

계로 발전해 있었다. 같은 무공을 사용하는데도 전혀 다른 위력을 선보이곤 했다.

나머지 단원들은 진승표에 자극받아 진승표가 그랬던 것처럼 침식을 잊을 정도로 팔정도와 날로 새로워지는 무공에만 매달렸다. 개인마다 약간의 차이가 있긴 했지만 대부분 오성에 근접한 상태였다.

단원들은 각자의 무공을 곱씹는가 하면, 정보를 스스럼없이 교환하며 이해의 폭을 넓혀갔다. 독문무공은 어떤 경우라도 유출시켜서는 안 된다는 가문의 지엄한 규율을 간신히 유지하는 선에서 그들은 최대한 서로에게 도움을 주고자 했다.

경공 방면에서 독보적인 위치에 오른 종리세가의 종리무구가 경공과 보법에 대해 강론하면, 모용선이 모용세가의 검법만이 가진 독특한 이론을 꺼내놓았다.

상관세가는 권법과 심법을, 북경진가는 도법의 독특한 베기를, 산동세가는 찌르기의 묘용을.

단원들은 서로에게 스승이 되는가 하면 제자가 되기도 했다.

쉭, 쉭.

동이 트기도 전이었다. 고요해야 할 산중이 때 아닌 칼바람 소리로 요란했다.

기정풍은 바위에 걸터앉아 진승표의 연무를 말없이 바라보았다.

스스스, 쉬이익!

동작 하나하나에 힘이 있었고, 호흡과 걸음이 미묘하게 어우러졌다. 기정풍은 군더더기없는 착실한 모습에 고개를 끄덕였다.

뻗는 도와 내치는 팔은 어느 것이 도이고, 어느 것이 팔인지 헛갈릴 정도로 도신일체의 진수를 유감없이 보여주고 있었다.

내공이 무공에 대한 이해나 전반적인 성취에 비해 약간 모자라는 감이 없지 않아 있었지만, 진승표는 확실히 지난 몇 달만에 전혀 다른 무인이 되어 있었다. 지난날의 진강에 비하면 많이 부족했다. 그러나 발전 속도가 눈부신 만큼 조만간 초절정의 경지에 이를 듯했다.

기정풍은 진승표가 한창 자신만의 세계에 빠져들어 있을 때, 작은 조약돌 하나를 집어 들었다. 곧 돌을 중지에 끼우는가 싶더니 진승표를 향해 가볍게 튕겼다.

쌩!

분명히 손가락 하나만 살짝 튕겨냈는데, 돌은 살벌한 소리를 동반했다. 소리만큼이나 무서운 기운을 품은 조약돌은 진승표의 품으로 파고들었다. 목숨까지는 아니라도 맞으면 상당한 부상이 우려되는 공격이었다.

"어헛!"

진승표는 놀란 음성과는 달리 재빨리 자신이 해야 할 일을 찾아냈다. 다급한 순간 위기에 대처하는 가장 좋은 방법은 역시 정념이다. 촌각의 시간은 정념을 시전한 즉시 쪼개고 쪼개져 진승표에게 생각하고 행동할 시간을 제공했다.

쩌정!

거의 가슴에 닿을 듯 파고들었던 조약돌은 믿을 수 없게도 넓적한 도신에 걸려 튕겨져 나갔다. 전이라면 막으리라고는 엄두도 내지 못했을 공격을 완벽하게 막아낸 진승표는 기뻐할 사이도 없이 강적이 출현했다는 생각에 펄떡이는 심장을 간신히 가라앉히고 돌아섰다.

"누구냐!"

버럭 소리치며 돌아선 진승표는 기정풍을 발견하고 안도의 한숨을 몰아쉬었다. 적이었다면 목숨을 내놓아야 할 처지가 아니었던가.

"오셨습니까."

"제법이다."

단지 자신이 손가락 하나 까딱한 것을 막은 걸 가지고 칭찬하니 우스운 노릇이었다. 하지만 조약돌 공격은 급작스러웠던 데다 신랄했다. 게다가 공격한 사람이 기정풍이었음을 감안하면 절대 '겨우 그것 가지고' 라는 말은 못할 터였다.

"운이 좋았습니다."

겸양이 몸에 밴 녀석이다.

"쯧, 재수없는 녀석. 겸손하기까지 하다니."

"오늘 모이라 하신 것은 기억하고 있었습니다만, 이리도 빨리 오실 줄은 몰랐습니다."

진승표의 태도는 경외의 빛이 가득했다.

지난날과는 확실히 다른 태도다. 그도 그럴 것이 그를 포함

한 단원들은 지난밤 모용선에게 기정풍의 진면목에 대해 들었던 것이다.

은거기인도 모자라 반로환동한 사람이었다니. 수십 명의 절정고수를 지우고 일선을 능가하는 쌍압문주를 단신으로 쓰러뜨린 자라고 했다. 처음부터 끝까지 믿을 수 없는 내용들뿐이었다.

그러나 눈앞에서 거도신마를 죽이고, 무면객을 종으로 둔데다가, 전신으로 새파란 불을 뿜어대는 인간이고 보면 믿지 않을 도리가 없었다.

잠시 후, 산 여기저기 흩어져서 수련 중이던 단원들이 속속 모이기 시작했다. 꼴들이 참으로 가관이다. 누더기하며 꾀죄죄한 몰골까지, 거지도 그런 거지들이 없다.

그러나 거지같은 모습과는 반대로 눈만은 정(淨)하다. 심적으로나 무공으로나 어지간해서는 흔들리지 않을 정도의 안정함을 보여주는 눈이다. 한층 성숙해진 그들을 바라보는 기정풍의 눈도 예전과는 다르다.

기정풍은 내심 제법이라 중얼거리며 끄덕였다. 한데 단원들의 눈과 마주치자 저도 모르게 진저리쳤다. 무언가를 갈망하는 단원들의 눈동자다. 선물을 기다리는 아이들 같지 않은가.

"왜들 그렇게 보는 거냐?"

지난날 모용선에게 화끈하게 얻어터졌던 상관철은 상처가 완전히 아물어 있었지만 얼굴 형태가 약간 변해 있었다. 그러면서도 무슨 좋은 일이 있는지 유난히 눈동자에 생기가 넘쳐 흘렀다.

패도적인 권각술을 익힌 그가 가진 약점은 날카로움이 부족한 데 있었다. 무지막지한 힘으로 으깨서 죽이나 바늘로 찔러 죽이나 결국 죽이는 것은 매한가지다. 한데 상관세가의 권각술은 무조건 으깨 죽이는 초식만 있다 보니 자연스레 신랄한 공격이 부족했다.

그런 그에게 팔정도가 길을 열어주고 있었다. 팔정도를 익힘으로써 일어나는 일, 즉 순간순간 짧은 시간에 많은 생각을 가능케 하고, 시간이 늘어지는 현상은 권각을 효과적인 부위에 꽂아 넣을 수 있는 여유를 제공했다.

팔정도가 무르익어 갈수록 범상치 묘미가 우러나오니 하루하루가 즐거울 지경이었다.

상관철은 기정풍과 눈이 마주치자 망설임없이 무릎을 꿇었다.

"넌 또 뭐냐?"

상관철은 비장한 투로 말했다.

"사부님!"

"……?"

"다른 친구들은 몰라도 전 오늘부터 당신을 사부로 모시기로 마음먹었습니다. 만약 허락지 않으신다면……."

상관철은 손을 머리 위로 번쩍 치켜들었다. 천령개라도 내려칠 자세였다.

"주군으로 모시든 사부로 모시든 마음대로 해라. 나야 손해

날 건 없지."

뭔가 극단적인 방법을 생각해 왔던 상관철은 허무한 표정을 지으며 슬그머니 손을 내렸다.

"저, 그래서 말씀드리는 건데 기왕 푸실 거 화끈하게 푸시죠?"

"풀라?"

"새로운 무공 가르쳐 주시려고 부르신 것 아닙니까?"

기정풍은 곰같이 보이는 상관철이 여우같이 굴자 장난기가 동해 은근한 어조로 말했다.

"그런 계획은 없었다만, 너에게만 특별히 가르쳐 주랴?"

상관철은 반색했고, 너머지 단원들은 깜짝 놀라 서로를 마주보았다. 잠시 눈빛을 교환한 그들은 누구 할 것 없이 동시에 무릎을 꿇으며 소리쳤다.

"사부님으로 모시겠습니다!"

기정풍은 단원들의 뻔뻔한 수작에 쓴웃음을 지었다.

"네놈들이 모셔야 할 사람은 내가 아니라 남궁세가의 가주가 아니냐?"

모용선이 모두를 대신해 침착하게 말했다.

"사실상 세가수호단은 해체된 것이나 다름없어요. 게다가 우리는 대부분 수호단의 임기가 끝난 상태입니다. 원래 남궁세가에서 해단식(解團式)을 갖기로 되어 있었는데, 우리가 사라졌으니 지금쯤 새로운 세가수호단이 생겼는지도 모르겠군요."

　나머지 단원들도 고개를 힘차게 끄덕여 사실임을 분명히 했다.

　"좋다. 그건 그렇다 치고. 네놈들은 형님으로 모시기로 한 약속도 사실상 지키지 않았었다. 그런데 갑자기 무슨 바람이 불어 제자를 자처하는 것이냐?"

　"그건 사부님의 넓으신 아량과 인품에 반해⋯⋯."

　퍽!

　되도 않는 말을 하던 악화명은 기정풍의 손짓에 닿지도 않았는데 벌렁 나가떨어졌다. 벌떡 일어난 악화명은 쌍코피가 주르륵 흐르는데도 헤실헤실 웃는다.

　"그따위 뻔한 거짓말에 속을 내가 아니다. 왜냐?"

　기정풍의 강한 추궁에 단원들의 시선이 절로 모용선을 향했다. 모용선은 괴로운 표정을 지으며 일어섰다.

　"제가 사형에 대해 전부 말했어요. 처음부터 끝까지."

　모용선은 활화산같이 터질 기정풍의 분노를 예상하며 눈을 감아버렸다. 그런데 한참이 지나도 별일이 없었다. 눈을 뜨자 담담한 표정의 기정풍이 그대로 서 있었다. 분노가 큰 나머지 얼어 있는 걸까?

　"왜 그랬지?"

　기정풍의 목소리는 담담했다.

　"화나셨나요?"

　"전혀. 왜 화가 날 거라 생각했느냐?"

　모용선은 지난날 연의가 기정풍의 정체에 대해 말하자 기정풍이 불같이 분노하던 모습을 떠올렸다. 그녀는 기정풍이 자신에게도 그렇게 화내고 멀리하길 바라고 있었다. 그래야 쓸데없는 욕심을 떨쳐 버릴 수 있을 것 같았으니까.

그런데 기정풍은 너무나 무덤덤했다. 화를 내는 기미도 없었다. 그래서 더욱 서글펐다.

"모르겠어요. 저는 그냥……."

모용선은 눈물을 억지로 씹어 삼켰다. 아무것도 모르는 기정풍은 다른 단원들에게 시선을 돌렸다.

"그러니까 속셈은 따로 있었다 이거지. 나에게 엉겨서 손해볼 것은 없다는 계산이었다, 이건데."

사실 단원들의 속셈이 바로 그랬다. 속내를 들킨 단원들은 눈동자만 굴릴 뿐 어떤 변명도 하지 못했다.

"……."

"무공을 가르쳐 달라 했느냐?"

잔뜩 굳어 있던 단원들은 슬금슬금 고개를 들었다.

"예, 그러니까 사부님을 모시기에 부끄럽지 않은 무공을 가르쳐 주시면 저희들이……."

기정풍은 상관철의 말에 버럭 소리쳤다.

"미친 녀석. 뒤늦게 새로운 무공을 익혀서 어디에 쓰려느냐? 네놈들의 가전무공(家傳武功)을 익히기에도 턱없이 모자란 세월이거늘."

단원들은 기정풍의 말을 인정할 수 없었다. 하잘것없어 보였던 팔정도다. 그런데 짧은 시간 익힌 것만으로도 얻은 것이 얼마던가? 그들은 기정풍에게 새로운 무공을 배우면 당장이라도 절대고수가 될 수 있을 것만 같았다.

모용경이 입이 대 발이나 튀어나와서 중얼거렸다.

"어찌 하찮은 가전무공이 사부님이 가르쳐 주실 무공과 같겠습니까? 차라리 시원하게 가르쳐 주시기 아까우면 아깝다고 말씀하십시오."

빡!

모용경은 둔중한 충격에 눈물이 쏙 빠진다.

"물론 같지 않다. 어찌 내 무공과 너희 가전무공을 비교할 수 있겠느냐?"

단원들은 기정풍이 스스로 인정하자, 그럼 그렇지 하는 표정을 지었다. 하지만 이어지는 기정풍의 말은 그들의 생각과 전혀 달랐다.

"내가 익힌 무공이 너희들의 무공보다 좋아 보이느냐? 한번 익혀보려느냐?"

상관철은 혹해서 얼른 대답했다.

"물론입니다. 가르쳐만 주신다면 반드시……!"

"내 말을 끝까지 들어라. 네놈들은 내가 반로환동한 것만 알았지 무공을 익힌 과정은 전혀 알지 못한 모양이구나. 오십 년을 넘게 익혀야 빛을 보는 무공이 있다면 믿겠느냐?"

상관철은 뜨악한 표정을 지었다.

"설마요?"

"그 설마가 사실이다. 난 스물세 살에 유황이 이글대는 독곡

에 들어가 살이 타고 뼈가 녹는 수련을 하며 육십오 년을 살았
다. 안에서 적화룡인지 뭔지 하는 도마뱀을 잡아먹지 못했다
면 나와보기도 전에 일찌감치 늙어 죽었을 것이다.”

“저런……”

“너희들도 재수 좋으면 영약이나 약될 만한 놈을 만날지도
모르지. 물론 만나지 못한다면 늙어죽는 수밖에 없겠지. 어떠
냐? 어디 한번 익혀보려느냐?”

단원들은 마른침을 꿀꺽 삼켰다. 개중 몇몇은 갈등하는 기
색이 역력한 것으로 보아 그래도 욕심이 나는 모양이었다.

“제, 제가 해보겠습니다.”

땀나도록 갈등하던 상관철이 결심을 굳혔는지 앞으로 걸어
나왔다.

“좋다. 전수해 주마. 그전에 한 가지 물을 것이 있다. 네놈은
동정을 유지하고 있느냐?”

“예? 그게 무슨……”

“아직 말을 하지 않았던가? 내가 익힌 무공은 일종의 동자
공이다. 동정이 깨진 자는 익힐 수도 없고, 익힌 자는 동정이
깨지는 즉시 비참한 모습으로 죽는다.”

“헉!”

헛바람을 집어삼킨 상관철은 못 볼꼴을 본 사람처럼 부르르
떨었다. 급기야 슬금슬금 뒷걸음질친다.

“겁먹을 것 없다. 대성하면 동자공의 굴레를 시원하게 벗어
던질 수 있으니. 네놈은 제법 근골이 탄탄하고 머리가 돌아가

니 한 오륙십 년 죽어라 익히다 보면 대성할지도 모르지.”

기정풍의 한마디 한마디는 신비에 쌓여 있던 그의 비사였다.

기정풍은 누가 이 무공을 배워보겠냐는 눈빛으로 단원들을 쓸어보았다. 눈을 마주치는 자마다 고개를 숙이기에 바빴다.

“무엇이라도 배우겠다더니 왜 그 꼴들이냐? 잘 생각해 봐라. 대성하면 세상에 적수가 없는 무공이다.”

기정풍의 비꼬는 언사에 진승표가 말했다.

“저희들의 생각이 짧았습니다.”

“짧았다? 어디가 어떻게 짧단 말이냐?”

“사부께서 하고자 하시는 말씀을 이제야 알겠습니다. 사부님께서 하셨던 수련이라면 저희들이 가진 그 어떤 무공을 익혔더라도 그만한 위력이 나왔을 것입니다. 이제야 절대고수를 만드는 것은 결국 무공이 아니라 사람임을 깨달았습니다.”

기정풍은 진승표의 대답에 그제야 안색을 풀었다.

“물론 무공도 중요하다. 그러나 그것의 한계는 명확하다.”

“가르침을 주십시오!”

진승표가 꿇어 엎드려 소리치자, 나머지 단원들도 덩달아 합창했다.

“가르침을 주십시오!”

“똑같은 무공을 배우고도 성취가 다른 것은 무공 때문이 아니라 사람 때문이다. 중요한 것은 가진바 재능이다. 또한 그보다 백배 더 중요한 것은 피나는 노력이다. 좋은 예로 너희들이 잘 알고 있는 모용승천에 대해 얘기해 보겠다. 그가 단지 뛰어난 무공을 익혔기에 지금의 경지에 든 것 같으냐?"

상관철이 오랜만에 고개를 들었다.

"모용세가에는 강호에서도 일절이라 인정하는 검법이 있지 않습니까. 그분은 그 검법이 없었어도 지금과 같은 대검호가 될 수 있었을까요?"

"물론 모용세가에는 진천파섬검이라는 희대의 검법이 존재한다. 하지만 그것은 극으로 향하는 하나의 길을 보여주는 지침서일 뿐이다. 그것도 아주 해석이 난해한 지침서. 나는 확신한다. 진천파섬검이 없었어도 그는 지금 가진 힘을 얻게 되었으리라는 것을. 다시 말해 진천파섬검을 익힐 만한 역량을 스스로 만들었기에 무적의 경지에 다다르는 것이지, 그것을 익혔기 때문에 무적이 된 것이 아니란 뜻이다. 만약 모용세가에 진천파섬검이 아니라, 상관세가의 권법서가 있었다면 모용승천은 당대 최고 권사가 되었을 것이다."

말장난 같았지만 둘 사이에는 대단한 차이가 있었다.

"그렇다면 무공의 질과 무공이 강약은 전혀 상관이 없다는 말씀이십니까?"

"물론 삼류검법으로 절정검사가 되기는 어렵다."

상관철은 도무지 모르겠다는 얼굴로 물었다.

"그렇다면 무공의 질이 무공 수준을 좌우하는 것 아닙니까? 그래서 무림에 이름난 검법서 하나만 떠도 피바람이 불고."

"그것이 바로 좋지 못한 가문에서 태어난 삼류들의 비애다. 하지만 네놈들이 익힌 것들은 흔한 것이 아니지 않으냐? 좋은 가문에서 태어난 덕에 네놈들이 익히고 있는 무공은 모용승천의 경지에 다다르는 길을 찾기에 충분하다. 충분이 아니라 그게 끝이라고 보면 된다. 무공서에서 그보다 더 정확하고 빠른 길을 바라는 것은 어리석은 짓이다. 더 좋은 무공을 찾지 말고 그 시간에 수련을 해서 땀 한 방울이라도 더 쏟아라."

단원들도 어느 정도 경지에 이른 상태라 완전히 이해할 수는 없었지만 느끼는 바가 적지 않았다. 어쨌든 이번 일로 인해 조언은 구할지언정, 기정풍의 무공을 탐내는 어리석은 자는 사라졌질 터였다.

상관철은 기정풍을 사부로 모시려 했던 것이 후회되기 시작했다. 그것은 명백히 자신의 손해였다. 가만히 있었으면 그냥 형님 아우 했으면 되었을 일을 욕심 때문에 괜히 긁어 부스럼을 만들지 않았는가.

"그, 그렇군요. 그렇다면 저는 사부님으로 모시기로 한 것을 없었던 것으로……."

상관철이 은근슬쩍 입장 철회를 밝혔다. 그제야 엎드려 있던 단원들은 기정풍의 눈치를 살피며 슬금슬금 일어났다.

"저희들도 그만……."

"웃기는 놈들이군. 누구 마음대로? 정파 놈들은 겉 다르고 속 다르다더니 그 말이 사실이었구나. 위선자에 신의도 없는 놈들 같으니라고. 내 필히 네놈들을 종처럼 부리면서 진정한 사람으로 거듭 태어나도록 지도하리라."

단원들은 땡감 씹은 얼굴이 되었다. 그들의 걱정은 그것이었다. 기정풍이 자신들을 제자가 아니라 종처럼 대하는 것. 불행이 현실이 되고 있었다.

제 발등 찍은 격이라 어디서 하소연할 수도 없었다.

기정풍은 단원들의 괴로운 표정을 싹 무시하고 모이라 했던 진짜 이유에 대해 이야기를 꺼냈다.

"아무래도 그만 산을 내려가야 할 것 같다."

무공을 익히는 재미에 푹 빠진 단원들은 그다지 달가운 표정이 아니었다. 이곳은 이름난 산은 아니었다. 그러나 산세가 험해 인적이 없으니 오히려 수련에는 안성맞춤이었다.

종리무구가 모든 이를 생각을 대변했다.

"꼭 가야 하는 일입니까? 그런 일이 아니라면……."

기정풍은 고개를 저어 말을 끊었다.

"물론 가지 않아도 나는 상관없다. 하지만 너희들은 다르지."

기정풍은 그동안 급변한 강호 정세를 대충 설명했다. 그도 자세한 내용은 알 수 없었던 것이다.

"그동안 말을 하지 않았다만, 현 강호는 정과 마가 엇갈려 무섭게 소용돌이치고 있다. 벌써 국지전이 벌어지고 있고, 머잖아 전면전이 예상되고 있다."

"아니, 어쩌다가?"

단원들은 예기치 않은 소식에 놀람에 찬 탄성을 질렀다.

"어쩌다가가 아니다. 그 중심에는 너희들이 있다."

단원들은 정마대전이 일어날 조짐이 있다는 소식만으로도 충분히 놀랐다. 그런데 거기에 더해 대전의 중심에 자신들이 있다는 소리를 들었으니.

"예? 그건 또 무슨 말씀이십니까?"

단원들은 기겁해서 벌떡 일어서며 이구동성으로 소리쳤다.

2

강소성은 마도영웅대회를 기점으로 중원 마도의 성지가 되어 있었다. 마도맹은 대회가 끝나는 즉시 맹 체제를 개편했다.

오십대 이하로 화룡, 청룡, 적룡. 삼 대는 그대로 유지했고, 대회에서 밝혔던 바와 같이 절정고수 백이십오 명으로 이루어진 흑룡대를 신설했다.

또한 마도맹의 수장이 된 월영신마는 오십대 이상의 무인들만으로 오십 명을 뽑아 맹주직속 부대를 만들었다. 월영대로 명명된 그 조직은 맹주의 호위가 주 임무였고, 별도로 맹 내의 감찰 등의 특수 임무도 수행할 목적으로 설립되었다. 특수조직인 만큼 초절정고수가 즐비하다는 소문이었다.

맹에서는 본래부터 있던 삼 대를 구 삼대, 신설된 흑룡대와 월영대는 신 이대로 불렀다.

만만의 준비를 마친 마도맹은 구 삼대를 앞세워 남진(南進)

하기 시작했다. 그들의 첫 번째 목표는 육대세가의 수장에 오른 남궁세가였다.

　강소성과 안휘성이 맞닿은 곳, 호령객잔 지하.
　사방이 벽으로 막힌 이십여 장 남짓한 밀실에 유등 하나가 힘겹게 주위를 밝히고 있었다.
　"왜 이리 늦는가? 흐흐, 좀처럼 시간이 가지 않는군."
　흑포로 전신을 휘감은 일살의 목소리는 어떤 기대감에 부풀어 있었다.
　"곧 도착하실 때가 됐습니다."
　대답하는 현자의 음성은 담담했다.
　사실은 그도 이 순간을 손꼽아 기다려 왔다. 희열이 밖으로 드러나지 않도록 단단히 여민 탓에 무감정해 보일 뿐이었다. 그는 어느 때보다도 더욱 여인처럼 보였다. 선비풍으로 차려입는 평소와는 달리, 고급스러운 비단 소재의 여자 옷을 입은 때문이었다.
　곧 한쪽 벽이 통째로 빙글 돌아갔다. 벽이 다시 제자리를 찾았을 때 새로 두 사람이 서 있었다.
　일남일녀. 일살이 손꼽아 기다렸던 북방으로부터의 손님, 대설과 연의였다. 연의는 여전히 눈부시게 아름다웠고, 대설은 어찌 된 일인지 왼팔 전체에 붕대를 감고 있었다.
　"이곳이 살문의 비점(秘店)인가?"
　일살은 대설 일행을 앉은 채로 맞았다.

"흐흐, 어서 앉게. 여러모로 누추하지. 하지만 황상 부럽지 않은 곳에서 회의를 가질 날이 있을 걸세."

대설은 그런 일살을 마뜩치 않은 눈으로 쏘아보았다. 시선을 거둔 대설은 무심한 얼굴로 현자를 바라보았다.

칠 년 만이었다. 대설이 중원 땅을 밟은 지 오래지만 서찰로 연락을 취했을 뿐, 직접 대면하기는 처음이었다.

"현자! 이자는 누구냐?"

"허허! 사제, 이자라니. 본인은……."

"닥쳐라! 누가 네놈의 사제란 말이냐? 또한 본좌는 네놈에게 묻지 않았느니!"

대설의 눈이 붉게 변하는가 싶더니 숨 막히는 기도가 줄줄이 뻗어 나왔다. 지독한 살기가 일살에게만 집중되었다. 일살은 입을 열려다 말고 다급히 공력을 끌어올려 저항했다.

현자는 그 와중에도 분노, 허탈, 당혹 등 여러 감장이 뒤섞인 얼굴로 연의만 바라보고 있었다. 그는 육 년 전 잠깐 본 연의를 알아보았다.

"현자, 내 말이 들리지 않느냐!"

대설의 호통에 시선을 돌린 현자는 상기된 얼굴로 말했다.

"보고드립니다. 이자는 쌍압문주 흑룡왕을 지척에서 호위하던 자로, 현재는 살문의 일살을 맡고 있습니다."

"호위라고? 하면 주인이 죽기 전에 먼저 죽어야 하는 위치가 아니냐?"

어째서 흑룡왕은 죽었는데 지금까지 살아 있냐는 물음이다.

살기의 충격에서 어느 정도 벗어난 일살이건만, 정신을 차린 후에도 그는 답할 말을 찾지 못해 입을 열지 못했다.

"흥, 말하지 않아도 알겠다. 주인의 목숨보다 제 목숨을 중히 여기는 잡종견이로구나."

강호인들은 살문을 일컬어 필살지문이라 했다. 중원에서 사신으로 군림하며 두려워 떨지 않는 자가 드물 지경인 일살인데 잡종견이라니.

"그렇습니다. 이자는 칠 년 전 농마에 의해 흑룡왕과 쌍압문도들이 죽을 때, 은신한 채 모습도 드러내지 않던 자입니다."

"혀, 현자, 네, 네가 감히!"

일살은 어안이 벙벙했다. 입 안의 혀처럼 굴던 자가 어찌 이리도 변할 수 있단 말인가?

대설은 일살을 철저히 무시했다.

"그렇다면 너는 왜 이런 자를 섬겼느냐."

대설이 질책의 뜻이 가득 담긴 눈으로 추궁하자 현자는 즉시 오체투지했다.

"어쩔 수 없었습니다. 아시다시피 그동안 저는 무공도 없는데다, 농마에게 당한 상처로 인해 거의 폐인 상태였습니다."

"사는 것보다 죽는 것이 쉬웠겠구나. 차라리 자결을 택했어야 옳았을 일!"

현자는 바닥에 이마를 찍으며 말했다.

"그럴 수 없었습니다. 저는 무너진 쌍압문의 기반을 다시 일궈야만 했습니다. 그러기 위해서는 힘이 필요했습니다. 저자와 같은 후한무치한 자뿐 아니라, 악마의 힘이라도 저는 마다 하지 않았을 것입니다. 칠 년 동안 정마대전을 조장하고 중원 살수를 일통한 것이 고작이지만 믿어주신다면……."

"그만 됐으니 일어나라. 그분은 이미 여진을 통일하시고 황제의 위에 오르셨다. 또한 너에 대한 모든 것을 아시고 너를 용서하신 지 오래다. 뿐만 아니라 그분은 너를 세 번째 제자로 정식 인정하셨다."

대설은 품속에서 고풍스러운 교갑을 꺼냈다.

"그분께서 너를 제자로 삼으시며 하사하신 물건이다. 받아라."

현자는 감격한 얼굴로 두 손을 머리 위로 해 하사품을 받았다. 물건을 건네받은 현자는 조심스럽게 개봉했다. 코끝을 간질이는 느낌과 함께 기이한 기분에 사로잡혔다.

"아!"

현자는 휘황찬란한 두 자루의 검을 보며 탄성을 터뜨렸다. 검은 단검이라 불리기엔 길었고, 장검이라 불리기엔 턱없이 짧았지만, 좌우쌍검으로 쓰기에는 더없이 적당한 길이였다.

일살은 분노했다. 대제자가 되어 중원을 호령할 줄 알았는데 어찌 이런 홀대를 상상이나 했겠는가.

"이게 어떻게 된 거지? 뭔가 착오가 있다. 난 너희들이 대사형이다. 그분이 이미 나를 대제자로 인정해 주셨단 말이다!"

"이제 더 이상 숨길 필요가 없겠구나. 잘 생각해 봐라. 누가 네놈 따위를 제자로 맞겠느냐? 그는 너란 놈이 있는지조차 모르고 있다.”

현자가 일살을 비웃으며 독설을 쏟아놓았다.

“뭐라고? 다, 다시 한 번 말해봐라. 그분이 나를 모르신다고?”

“당연히 모르지. 네가 흑룡왕과 함께 죽은 것으로 알고 있다.”

일살은 현자의 말에 부들부들 떨었다.

“네놈은 나와 그분을 속이고 혼자서 공을 차지하려고……?”

“오냐. 그래야 그 늙은이에게 좀 더 신임을 얻을 것이 아니냐?”

일살은 현자가 대초원의 신 누르하치를 일컬어 늙은이라 칭하자 입을 떡 벌렸다.

죽은 자 앞에서는 말을 조심할 필요가 없다. 대설은 거침없는 현자의 말에서 그가 일살을 죽일 속셈임을 짐작할 수 있었다.

“네놈 따위가 감히 그분을!”

일살은 소리치며 대설을 돌아보았다. 그는 대설의 무표정한 얼굴에서 그들이 한통속이라는 것을 짐작할 수 있었다.

“이 더러운 놈들! 감히 네놈들이 배신을 해? 죽어라!”

일살은 현자에게 득달같이 달려들었다. 이미 공격을 예상하고 있던 현자는 의자에 앉은 채로 발을 굴렀다.

슈앙!

진득한 살기와 매서운 바람이 현자가 있던 자리를 훑고 지나갔다.

"헉! 네놈이 어떻게 무공을?"

대비하고 있었음에도 일살의 공격을 간신히 피한 현자는 모골이 송연했다. 그러나 짐짓 아무렇지도 않은 듯 지껄였다.

"하하, 천하에 멍청한 네놈도 무공을 아는데, 나라고 배우지 못하란 법 있느냐?"

"이, 죽일 놈!"

광분한 일살은 품속에서 가는 금속 막대를 꺼내 휘둘렀다. 사혼침(死魂鍼)이라 불리는 것으로 끝이 뾰족해 철필을 연상케 했으나, 전체적으로 그보다 가늘고 길었다.

쉬익! 쉬익!

독사가 혀를 내미는 섬뜩한 음향을 발했다. 일살의 주특기는 은신과 경공이다. 주요 살인 방법은 은밀히 다가가 심장을 꿰뚫는 것이다.

일살이 공격을 발동하자 현자는 도망 다니기 바빴다. 일살이 멸검을 익힌 후로는 은밀함과 폭발적인 힘이 더해져 감히 소홀히 할 수 없는 고수였으니, 육 년 동안 익힌 현자의 무공으로는 아직 상대하기 벅찼다.

찍, 찌직!

잠깐 사이에 현자의 옷이 사혼침에 걸려 여기저기 뜯어졌다. 그러면서도 현자는 용케 위기에서 벗어나곤 했다.

정식으로 싸운다면 현자는 일살의 공격을 채 열 수도 받지 못할 정도로 차이가 심했다. 그러나 현자가 필사적으로 도망치는데다, 일살은 은연중 대설을 견제하느라 집중을 하지 못해 금방 쓰러뜨리지 못했다.

찌익!

또다시 사혼침이 현자의 옷만 찢고 지나갔다. 일살은 이를 갈며 미꾸라지 같은 현자를 추적하는 것을 멈췄다.

현자는 숨을 고르며 원망의 눈빛으로 대설을 바라보았다. 그러나 대설은 팔짱낀 채 제 일 아니라는 듯 현자를 아랑곳하지 않았다.

"흐, 놈! 이것도 피해보아라."

현자는 일살의 손에 들린 물건을 보고 그답지 않게 당황한 표정을 숨기지 못했다.

"그건?"

"패도문의 마뢰전을 모방한 네놈의 역작이다."

번쩍!

현자는 은빛이 번쩍하는 순간 혼신의 힘을 기울여 몸을 뒤틀었다. 그러나 그것은 실수였다. 현자를 잘 알고 있던 일살은 이미 그것까지 계산해 심장을 노렸던 것이다.

심장을 향해 무섭게 쏘아지는 것을 본 일살은 현자의 죽음을 의심치 않았다. 그때였다.

펄럭! 그그긍!

대설이 파리를 쫓는 모양새로 옷소매를 휘저었다. 단순한 손짓에 한줄기 억센 바람이 쏘아져 나갔다. 응축된 바람은 곧 마뢰전의 옆구리를 강타했다. 마뢰전이 고작 현자와 반 장여를 남겼을 때였다.

타탁!

진로를 방해받은 마뢰전은 아래쪽으로 급속하게 꺾였다.

픽!

"크윽!"

현자는 옆구리를 움켜쥐고 비틀 물러섰다. 움켜쥔 손에서 금세 뜨거운 선혈이 흘러나왔다. 일살은 대설의 방해로 뜻이 이루어지지 않자, 이를 악물었다. 그는 현자를 마무리 짓기 위해 즉시 몸을 날렸다.

일살이 현자와 일 장 거리에 이르렀을 때였다. 일살은 공중에 뜬 상태로 공력을 끌어 모아 거센 장력을 쏘아보냈다. 한데 이게 웬일인가. 장풍이 일살의 손바닥을 떠난 순간 현자 앞에 대설이 귀신같이 나타났다.

퍼, 펑!

지반이 흔들리고 흙먼지가 부스스 피어올랐다.

일살은 자신이 쏘아낸 장풍이 안개처럼 흩어지는 장면을 똑똑히 보았다. 그 후 뒷골이 서늘한 느낌과 함께 벼락같이 들이친 경기에 온몸이 노출되었다.

치잇—

일살은 괴상한 소리를 내며 경기의 대다수를 피했다. 하지만 뒤이은 대설의 공격에 속절없이 날아갔다. 벽에 사정없이 처박힌 일살은 벌떡 일어나 입가에 흐르는 피를 혀로 핥았다.

"으윽! 이런 젠장!"

일살은 똑똑히 느꼈다. 자신의 힘으로는 절대 대설을 어찌

할 수 없다는 것을.

잠시 눈동자를 굴리던 일살의 시선이 한쪽에 말없이 서 있던 연의에 닿았다.

"포기해라. 이곳에서 네놈이 살아나갈 구멍은 없다."

"천만에! 죽을 놈은 네놈이다!"

일살은 사혼침을 들어 대설을 가리켰다. 사혼침 끝에 이슬보다도 작은 기운이 응집되었다.

피슝! 팟!

좁쌀만 한 멸강청로가 대설에게 쏘아졌다. 물론 최선을 다한다면 콩알만 하게 만들 수도 있었지만 그것은 모험이었다.

좁쌀만 한 강기. 지난날 기정풍이나 흑룡왕의 그것에 비하면 하잘것없는 것이었다. 그러나 크기와 상관없이 좁쌀도 엄연한 강기다.

쩌정! 푸스스!

대설이 지척으로 다가드는 강기를 향해 검을 뽑아 든 순간, 일살은 즉시 연의를 향해 들이쳤다.

검에서 하얀 연기가 피어올랐다. 단숨에 멸강청로를 으깬 대설은 천천히 고개를 돌려 일살을 바라보았다.

일살은 연의의 새하얀 목덜미에 위협적으로 사혼침을 들이댔다. 그리고는 대설을 보며 징그럽게 웃었다.

"크크크, 찢어죽이고 싶을 만큼 예쁜 년이군. 어떠냐, 한 방 먹은 기분이?"

"한 방 먹었다? 대체 누가 뭘 먹었다는 거냐?"

일살은 대설이 전혀 당황하지 않은 모습을 보이자, 대담한 척 연기하는 것으로 생각하고 진득한 비웃음을 날렸다.

"크흐흐, 가증스러운 놈. 이년을 죽여도 상관없다는 뜻으로 받아들여도 되겠느냐?"

"어디 할 수 있다면 해보아라."

일살은 목숨이 보장될 때까지 인질이 필요했다. 당연히 연의를 죽일 수 없었다. 하지만 그것은 죽이는 것에 한해서지, 희롱하거나 상처 내는 것과는 별개의 문제다. 어쨌든 살려만 두면 인질의 가치는 충분하니까.

"미친놈, 하란다고 못 할 줄 아느냐?"

일살은 연의의 목을 겨눈 사혼침은 그대로 두고 다른 손을 움직여 연의의 가슴을 움켜쥐려 했다. 그러나 그의 손은 연의의 가느다란 손에 잡혀 단 한 치도 전진을 하지 못했다.

"헉! 분명히 점혈을 했는데 어떻게……?"

대설이 대답을 대신했다.

"어리석은 놈. 성체(聖體)는 점혈 따위에 묶이지 않는다."

"성체… 설마 성검의 후계자? 하지만 아직 이년은 약관의 나이에 불과… 허억!"

일살의 입에서 말 대신 비명이 터져 나왔다. 엄청난 고통을 느끼는지 그의 눈동자가 쏟아질 듯 튀어나왔다.

꽈직! 드드득!

"으악! 그, 그만!"

강철 사혼침이 연의의 손에 의해 거짓말처럼 우그러들었고

그녀에게 잡힌 일살의 손도 뼈째 바스러지며 휴지처럼 구겨졌
다.

우당탕!

일살은 잠깐 사이에 두 손이 잘 눌린 어포처럼 되어 대설 앞
에 내팽개쳐 졌다. 손뿐 아니라, 내장이 진탕되었는지 입가에
선혈이 줄줄 흘러내렸다.

"으으으!"

대설은 벌레처럼 기는 일살의 머리를 지그시 밟으며 말했
다.

"성녀를 건드리려 했으니 죽어 마땅하다."

"으윽, 자, 잘못… 제발 살려……."

일살의 애원에도 불구하고 대설은 다리에 힘을 실었다.

꽈직! 퍼퍽!

엄청난 힘에 짓눌린 두개골이 수십 조각으로 부서져 터져
나갔다. 연의는 구역질나는 장면에 참다못해 밖으로 나갔고,
대설은 사방에 뿌려진 피와 뇌수를 보며 만족한 미소를 지었
다. 현자도 구역질나는 광경에 견디기 힘든 듯 보였지만, 웬일
인지 그는 끝내 나가지 않았다.

현자는 다친 옆구리를 지혈하고 대설과 독대했다.

여럿이 있을 때는 대설에게 존대했던 현자였는데 단둘이 남
자, 눈을 부라리며 제법 앙칼지게 다그쳤다.

"왜 날 돕지 않았지?"

"돕지 않았다면 지금쯤 싸늘한 시신이 되어 있었겠지."

"그런 말이 아니잖아? 좀 더 빨리 놈을 해치울 수도 있었어!"

현자가 흥분하자 애써 지혈했던 옆구리의 상처가 터져 묶어 놓은 붕대에 피가 번졌다.

"쯧, 성격은 여전하군."

대설이 혈을 제대로 짚어 피를 멈추게 했다. 이를 악물어 고통을 삼킨 현자는 손수건으로 솟아오른 땀을 닦으며 말했다.

"아까 그 계집은 뭐냐. 그녀가 어떻게 너와 같이 있지? 설마 그녀가 나의 사저냐?"

대설은 급작스럽게 현자의 목줄을 틀어쥐었다. 키가 작은 현자는 대롱대롱 매달려 숨도 제대로 쉬지 못했다.

"크윽!"

"아무래도 경어를 제대로 배우지 못한 모양이구나. 잘 새겨 들어라. 나는 너의 대.사.형.이다. 또한 그녀는 너의 사저인 동시에 나의 약혼녀이기도 하다. 나에게든 그녀에게든 무례하지 마라. 한 번만 더 주둥이를 함부로 놀리면 용서치 않겠다."

말을 마친 대설은 현자를 던지듯 내려놓았다.

"케헥, 쿨럭, 쿨럭."

호흡곤란에 파랗게 죽었던 현자의 낯빛이 점차 제 색을 찾아갔다. 한동안 거칠게 숨을 몰아쉰 현자는 어느 정도 정신이 수습되자 덜덜 떨며 말했다.

"어떻게 내게 이럴 수가……."

"현자, 똑똑히 말해두겠다. 전에는 네가 내 상관(上官)이었지만, 이제는 다르다. 내가 너를 살려두는 것이 무엇 때문이라고 생각하느냐. 크크, 개도 안 물어갈 옛정 때문일까?"

현자는 대설에게서 뿜어지는 싸늘한 기운을 느꼈다. 그는 비로소 깨달았다.

"너… 넌 날 속였구나. 내가 남자라는 걸 알고 있었으면서……."

"물론 알고 있었다, 네놈을 처음 본 순간부터."

"이… 이익! 나쁜 자식! 으윽!"

현자는 얼굴이 벌개져서 분노를 터뜨렸다. 그러나 곧이어 대설을 바라본 현자는 분노를 단숨에 짓누르는 공포를 느끼고 신음을 토하고 말았다.

대설의 눈은 붉게 충혈되어 있었다. 아니, 충혈이라고 표현하기에는 부족할 정도로 완전한 혈안(血眼)이 되어 있었다.

"정녕 죽고… 싶으냐?"

현자가 대설의 붉은 눈을 응시한 순간 대설의 눈동자가 찰나지간 빛을 뿜었다.

"허억!"

지금 이 순간 대설이 거미라면 현자는 거미줄에 걸린 파리였다. 반드시 죽이고 말겠다는 필살의 의지가 현자의 심장을 옥죈다.

"컥!"

숨이 턱 막혔다. 단단한 거미줄이 심장을 칭칭 감아놓은 것 같았다.

현자는 처음으로 후회했다. 대설을 그에게 보내지 말았어야 했다. 대설은 애초에 그가 감당하기 벅찬 자였다. 이제는 대체 뭘 배웠는지 거대한 놈이 되어 나타났다.

안일했다. 이런 자를 부리겠다는 어리석은 생각을 하고 있었다니.

"고개만 끄덕여라. 끄덕일 수만 있다면 살려주겠다. 흐흐, 살려줄 뿐 아니라, 후일 일인지하 만인지상의 자리를 줄 것이다."

그것은 대설의 현자에 대한 시험이었다.

그러나 현자가 느끼기에는 도무지 통과할 수 없는 시험 같았다. 온몸이 굳어 꼼짝할 수가 없었다. 고개를 끄덕이기는커녕 뜬 눈마저 다시 감을 수가 없었다.

'녀석은 날 죽이려 하고 있다. 이렇게 죽을 수는 없어! 반드시 살아서……'

아무리 집념을 불태워도 몸은 끝까지 의지를 배반한 채 미동도 하지 않았다. 부릅뜬 눈이 돌아가고, 입가에 게거품이 일었다. 변화는 마지막 숨이 넘어가기 직전에 찾아왔다.

현자가 포기하고 온몸에 힘을 푼 순간, 돌멩이처럼 단단하게 뭉쳐 있던 단전에서 작은 기의 씨앗이 발아했다. 발아한 씨앗은 좌충우돌하며 회전하기 시작했다.

우, 웅!

겉으로는 고요하기 이를 데 없었지만 현자는 분명 공명을 들었다. 작은 공명은 단전을 떨어 울리고 힘이 남아돌아 전신을 향해 치달았다. 멸검의 밑바탕이 되는 내가진력, 회기잔혈공이었다.

시커멓게 죽어가던 현자의 얼굴 한 귀퉁이에 얼핏 핏기가 돌기 시작했다.

그러나 노도와 같이 전신을 휩쓸 것 같았던 기운은 거짓말처럼 사그라졌다. 호흡을 하지 못해 진기가 제때에 공급되지 않자, 힘을 잃은 것이다.

현자는 꺼져가는 의식을 간신히 붙들었다. 목까지 다다른 기운을 가까스로 움켜쥔 그는 굳은 목을 죽어라 앞뒤로 흔들었다.

털썩.

"흐, 운이 좋은 놈이구나."

대설은 현자의 목을 놓으며 비릿하게 웃었다.

第二章
천착무결무록(天着無缺武錄)

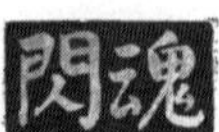

1

다음날.

현자는 말끔한 모습으로 같은 자리에 앉았다. 여인의 그것을 방불케 했던 옷차림과는 달리 완전한 사내 복장이었다. 달라진 것은 그뿐만이 아니었다. 밀실 전체를 수놓았던 일살의 흔적은 어디에도 없었다.

잠시 후 어제와 마찬가지로 벽 전체가 빙글 돌았다. 현자는 벌떡 일어나 허리를 접으며 포권했다.

"오셨습니까."

대설은 현자의 공경한 몸짓에 만족한 얼굴로 끄덕였다. 좌정한 대설이 입을 열었다.

"어제와 같은 곳 같구나."

　실상 이곳은 일살의 피가 뿌려진 곳이 아니었다. 대설은 마도맹의 움직임을 따라 백 리가 넘는 길을 이동했고, 이미 안휘성 내에 들어온 상태였다.

　"중원 전역에 이와 같은 곳이 스물다섯 군데가 더 있습니다."

　대설은 현자의 말에 중원 살문을 하나로 통합했다는 말을 실감했다.

　"우리는 당분간은 공식적으로 사형제지 간으로 지내야 한다. 그에게 묶여 있는 이상은 말이다. 그러나 명심해야 할 것이다."

　뒷말을 능히 짐작한 현자는 다시 한 번 허리를 숙였다.

　"알고 있습니다, 두 분은 소인이 모셔야 할 주군이심을."

　"역시 똑똑한 놈이라 얘기하기 편하구나."

　"한데 주군께서는 절 어떻게 믿고 곁에 두려 하십니까."

　"나는 네 심성을 믿지 않는다. 다만 네 능력을 믿을 뿐이다."

　총명한 현자였지만 대설의 말은 언뜻 이해할 수 없었다.

　"무슨 말씀이시온지."

　"너는 네 스스로를 어찌 보느냐? 과연 천하를 호령할 군주감이라 보느냐?"

　현자는 비로소 대설의 말뜻을 알아챘다. 입맛이 썼다. 모사는 될지언정 수장이 되기에는 부족한 성품. 현자 스스로도 인정할 수밖에 없는 부분이었다.

"그런 말씀이셨군요. 그러나 소인은 얼마든지 모시는 주군을 바꿀 수는 있습니다."

모시는 사람 앞에서 하기에는 위험한 발언이었다. 그러나 대설은 피식 웃었다.

"나보다 천하를 움켜쥘 가능성이 큰 자를 만나거든 언제든 네 좋을 대로 해라. 등 뒤에서 비수를 꽂아도 웃으며 받아주마."

"자신만만하시군요."

"솔직히 무섭도록 겁나는 자는 우리의 사부인 그 늙은이 하나밖에 없다. 하지만 너는 나 대신 그를 선택하지 못할 것이다."

"어찌 그리 단정하십니까."

대설은 팔뚝을 걷었다. 엄지손톱만 한 검은 점이 솟아나 있었다.

"이것은……?"

"독이다. 그 늙은이가 사막의 온갖 독충들을 섞어서 주입한 무형지독의 흔적. 흐흐, 이제야 알겠느냐? 여진의 한(汗)! 그 늙은이가 어떤 자인지?"

제자에게 독을 주입하는 사부가 세상에 어디 있단 말인가? 현자는 상식 밖의 일에 등덜미가 서늘했다. 그러나 잠시 후 무슨 생각인지 미소를 지었다.

"그 늙은이가 주군께 독을 쓴 것은 단지 믿지 못해서만은 아닐 것입니다."

"그건 또 무슨 말이냐?"

"그만큼 주군이 위협이 된다고 느꼈기에 독을 쓴 것이 아니겠습니까? 그 증거로 모르긴 몰라도 주모(主母)께서는 중독되지 않으셨을 것입니다. 고금 최강자가 적수로 인정하는 분을 주군으로 모셨으니 기쁘기 한량없습니다."

현자는 자신의 말대로 참으로 기꺼운 기색이었다.

"네 말이 맞다. 연의는 중독되지 않았다. 그러나 기뻐하기에는 아직 이르다."

그냥 독이 아니다. 사막에 서식하는 수십 수백 종의 독충들과 독사, 게다가 독초들까지. 어떤 독을 어떤 비율로 섞어 만들었는지 짐작할 수조차 없다. 그냥 마구잡이로 섞은 것도 아니고, 무형(無形), 무취(無臭)하도록 배합된 독 중의 독이다.

두 달에 한 차례씩 해독제를 받아 복용해야 한다. 이대로라면 완벽히 해독하기 전까지는 힘이 있어도 사로잡힌 신세나 다름없었다.

수심 깃든 대설의 얼굴을 본 현자는 눈을 빛내며 자신있게 말했다.

"주군! 독은 제가 천하를 뒤져서라도 반드시 해독할 자를 찾겠습니다. 주군께서는 정마가 분열될 동안 그를 누를 힘을 키우십시오!"

"서둘러 독공의 대가를 찾아야 할 것이다. 내가 아니라 스스로를 위해서라도."

대설의 말에서 뭔가를 눈치 챈 현자는 서둘러 소매를 걷었다. 아니나 다를까, 대설의 팔에 있던 흑점이 그의 팔에도 있었다. 대체 누가, 언제, 어떻게 중독시킨 것일까.

"아!"

빠르게 기억을 되짚던 현자는 누르하치가 하사한 검갑을 개봉하는 순간 느꼈던 기이한 기분을 떠올렸다. 당시에는 검갑에 들어 있던 케케묵은 공기 때문이려니 했는데, 독이었던 모양이다.

현자는 중독된 것을 알았음에도 불구하고, 약간 당황한 듯 보이더니 금세 태연했다.

"역시, 예상대로군. 나도 기뻐해야 하는 것이냐? 그 늙은이가 견제할 만큼 뛰어난 자를 수하로 두고 있는 것이니?"

현자는 대설의 농담을 웃으며 받아넘기기까지 했다.

"그게 또 그렇게 되는 것입니까?"

대설은 현자가 예상 밖으로 담담한 모습을 보이자 의아한 생각이 들었다.

목숨이 오락가락하는 일이다. 아니, 목숨은 보존한다 할지라도 독을 몸속에 품고 살아간다는 것은 개가 목에 줄을 단 것이나 진배없다. 절대 태연할 수 없는 일이었다.

"왜냐, 왜 그렇게 태연하지?"

"제 목숨은 이미 주군에게 매였습니다. 어차피 중독되지 않았더라도 주군을 해독할 해독제를 얻지 못하면 같이 죽을 것입니다. 또한 후일 해독제를 구하면 같이 살 것인데 무엇이 두렵겠습니까?"

현자가 잔잔한 음성으로 쏟아낸 말에는 충성심이 가득했다.

"으하하하!"

대설은 모처럼만에 통쾌한 웃음을 터뜨렸다.

연의는 죽이 척척 들어맞는 대설과 현자를 보자 가슴이 답답해졌다. 대설은 이미 호랑이인데, 현자라는 날개를 얻었으니 근심이 두 배가 된 것이 아닌가.

대설이 웃음을 그치자 현자가 기다렸다는 듯 입을 열었다.

"이번에 주군께서 흑룡대주가 되신 일은 참으로 뜻밖이었습니다."

"왜, 내가 주승이라는 녀석에게 질 줄 알았더냐?"

"그럴 리가 있겠습니까? 다만 주군께서 대전에서 우승을 차지하신 것은 너무 큰 모험이 아니었나 싶습니다. 차석이나 삼위가 안전했을 텐데 말입니다."

현자의 말은 타당했다. 우승자는 사람들의 수많은 관심을 받을 수밖에 없는 자리다. 세인의 이목이 집중되면 자칫 대계를 마무리하기도 전에 그르칠 우려가 있었다.

"물론 계획은 그랬었지. 그러나 절정고수 백이십오 명의 수장 자리는 쉽게 포기 할 수 있는 것이 아니었다. 모험을 걸기에 충분한 자리였지. 덕분에 연기하느라 이 모양이 됐지만 말이다."

대설은 붕대감긴 왼팔을 흔들었다.

결국 대설은 결승에서 주승과 만났다. 일전을 피할 수 없게 된 대설은 주승을 압도할 수 있었다. 하지만 사람들의 눈이 있는지라 가까스로 이긴 연기를 할 수밖에 없었다.

모자란 실력으로, 운 좋게 이기는 것이 관심을 덜 받는 방법이었다. 팔에 커다란 상처를 입은 것도 그 때문이었다.

대전을 관람한 사람들은 누구나 대설을 운이 좋아 우승을 차지했다고 생각했다. 반면 주승은 지지리도 운이 없는 사람이라 말하기를 주저하지 않았다.

대설은 주승을 상대로 잘 버티기는 했지만, 절대로 이길 수는 없어 보였다.

주승이 쌍륜을 날려 대설의 팔을 베어 큰 상처를 만들었을 때, 사람들은 주승의 승리를 의심하지 않았다. 겉으로는 대설의 패배는 명백한 사실처럼 보였으니까.

그러나 사람들은 대설의 팔을 베고 지나간 쌍륜이 되돌아와 주승 자신을 공격하리라고는 누구도 예상하지 못했다.

누가 있어 상상이나 했을까. 마도제일룡이 자신의 무기에 패배하리라고.

쌍륜에 의해 뭉텅 뜯겨 나간 대설의 살점. 그 육편이 공중으로 비산했다가 떨어질 때, 돌아오는 륜에 거듭 맞았다. 그로 인해 륜의 방향은 미세하게 틀어졌다. 그 미세한 불균형이 승패를 완전히 바꿔놓았다.

쌍륜을 날리고 쇄도하던 주승은 대설의 코앞에 이르렀다. 장풍을 뿌려 대설을 공격한 주승은 륜이 돌아올 방향을 정확히 계산하고 팔을 뻗었다. 그러나 륜은 굳은살 박힌 주인의 손 대신에 복부에 틀어박혔다. 수천 수만 번 반복해 던지고 받아도 손끝 하나 상하지 않았던 쌍륜인데 만천하가 보는 앞에서 배신을 때린 것이다.

결국 쌍륜에 팔을 크게 다치고 장풍에 쓸린 대설이었지만 일어섰고, 시종일관 싸움을 주도하던 주승은 내장이 터지는 중상을 입고 실려 나갔다.

그것이 바로 세상이 알고 있는 마도영웅대전 결승의 전말이었다.

그러나 누구도 알지 못했다. 대설이 쌍륜에 일부러 팔을 내주고, 살점이 떨어져 나가는 방향까지 임의로 조정해 마지막 순간 주승에게 돌아가는 륜의 방향을 틀었으며 그 속도까지 미세하게 조종했다는 것을.

"여하튼 주군께서 흑룡대주가 되신 것은 다른 면에서도 정말 옳은 판단이셨습니다."

"다른 면이라니?"

"흑룡대주라는 직분으로 반드시 처리해야 할 자가 있습니다."

누구를 생각하는지 현자의 눈은 독기로 새파랗게 빛났다.

"그 말의 뜻은 나 혼자 힘으로는 절대 어찌할 수 없는 자가 있다는 말이냐?"

현자는 대설의 음성에 가시가 돋쳐 있음을 느끼고 퍼뜩 정신을 차렸다.

"들으셨겠지요? 이번 정사대전의 발단이 된 사건을."

"그야 네가 일살을 시켜 진가의 애송이를 죽인 것이 아니냐."

"그렇지 않습니다. 그것은 뒤에 일어난 일에 비하면 소소한 일에 불과하지요."

"그렇다면 패도문과 세가수호단이라는 아이들의 싸움을 말하는 것이냐?"

"바로 그 일에 개입한 자를 말씀드리는 것입니다. 그자가 누군지 아시겠습니까?"

대설도 그에 대한 소문은 들어서 익히 알고 있었다. 그러나 소문이 늘 그렇듯 하나서부터 열까지 기괴하기 이를 데 없어서 좀처럼 믿기 힘든 것들뿐이었다.

사람들은 손과 발, 심지어는 얼굴에서까지 파란 불꽃을 내뿜는다고 했다. 몸통은 피에 젖은 것처럼 붉다고도 했다.

"열화지옥에서 뛰쳐나온 화마귀(火魔鬼)를 말하는 것이냐?"

현자는 대설이 장난스럽게 말하는 것을 보며 심각한 표정을 지었다.

"웃으실 일이 아닙니다. 그 소문은 대부분 사실이니까요."

"농이 지나치구나. 지옥의 악귀가 현세에 나타났다는 말을 지금 믿으라는 소리냐?"

현자는 연의의 눈치를 한차례 살핀 후 입을 열었다.

"저는 그자를 직접 보았습니다, 칠 년 전 모용세가에서."

장난이라기에는 현자의 표정이나 분위기가 더없이 진지했다.

"칠 년여 전이라면 쌍압문이 요녕성에 진출했을 당시가 아니냐."

"그렇습니다. 당시 요녕성의 패자라는 모용세가를 사실상 완벽히 쓰러뜨리고도 쌍압문은 태양 앞에 이슬처럼 덧없이 스러져야만 했었지요."

대설은 그제야 현자가 말하고자 하는 바를 알아챘다. 정말이지 그동안 까맣게 잊고 있었던 이름이었다.

"농… 마!"

대설의 입에서 농마라는 이름이 나오자, 곁에 있던 연의는 미세하게 움찔했다. 그러나 대설도 현자도, 연의의 변화를 알아채지 못했다.

"전신으로 푸르고 붉은 불꽃을 내는 자. 흑룡왕을 산 채로 잡고, 쌍압문 전체를 단신으로 괴멸시킨 자."

"설마 농마의 그때 모습이 소문과 같았다는 거냐?"

"그렇습니다. 흑룡왕을 상대할 때 농마의 모습이 바로 그와 같았습니다."

쿠쿵!

대설은 한동안 말을 잇지 못했다. 심장이 거세게 피를 뿜어 댔다. 전신의 핏줄이 요동했다.

그도 농마가 쌍압문을 괴멸시킨 것은 알고 있었다. 하지만 들어서 아는 것과 직접 목격한 것은 천양지차다. 그는 흑룡왕의 무공도 보지 못했고, 농마의 무공도 본 일이 없었다.

그랬기에 농마는 절대적인 존재를 까마득히 잊을 수 있었다. 만약 대설이 흑룡왕과 기정풍의 싸움을 일초 반식만이라도 보았더라면 평생토록 그 장면을 잊지 못했을 것이다.

"왜 간과했는가."

이십대 초반의 평범했던 기정풍의 얼굴을 떠올린 대설은 부르르 떨었다. 연의가 월영신마의 모습에 실망했던 것처럼, 대설도 기정풍의 외모만 보고 판단하는 우(愚)를 범하지 않았는가.

지금 생각해 보면 치 떨리게 무서운 자다. 칠 년 전, 농마는 선비로 보이는 월영신마보다 더욱 평범했고 사십대 중반으로 보이던 그보다 더욱 젊었다.

대체 어느 무공이 그 같은 위력을 보인단 말인가. 푸른 불꽃은 아무리 생각해도 강기밖에 없다. 전신에서 강기를, 그것도 들끓는 강기를 발출하는 자라니!

대설은 문득 옛 기억을 떠올린 것만으로 자신이 농마를 두려워하고 있음을 느꼈다. 정말이지 스스로 보기에도 낯선 모습이었다.

가슴 기저로부터 억누를 수 없는 파괴 본능과 농마에 대한 반발심이 울컥 끓어올랐다. 대설의 까맣게 빛나던 동공에 붉은 점이 찍히는가 싶더니 한순간에 눈 전체가 확, 하고 붉게 물들었다.

"크크, 내가… 이 대설이! 그따위 놈을 두려워하고 있는 것인가!"

드드득!

대설이 별안간 터뜨린 음침한 광음(狂音). 살기가 자욱이 번지자, 밀실이 괴로운 신음을 내며 뒤틀렸다.

"으윽! 이러다가는 밀실이 무너지고 맙니다."

현자가 괴로운 신음을 지르며 경고하고서야 대설은 살기와 함께 내뿜던 거대한 기운을 거두었다. 대설의 눈동자는 한동안 붉어진 상태로 본래대로 돌아오지 않았다.

"흐흐, 네 말이 사실이라면 농마의 무공은 그 늙은이에 비해 절대 아래가 아니다. 마치 잊고 있었던 숙적을 기억해 낸 기분이군. 그는 지금 어디 있느냐?"

현자는 쌍압문을 쓰러뜨린 후, 잠잠하다가 갑자기 나타나 패도문을 지우고 다시 사라진 경과를 자세히 얘기했다.

"농마, 신출귀몰이로구나. 대체 놈은 누구며 노리는 것이 무엇이냐?"

대설은 현자에게 물었으나, 정작 그것은 현자가 대설에게 묻고 싶은 말이었다.

눈앞에 아무것도 모르는 얼굴로 앉아 있는 여자. 연의는 백화문도로 한동안 농마와 동행했던 여인이다. 일전 대설을 수하로 두고 있을 때, 자신이 혼몽절연단까지 먹여가며, 농마의 정체에 대해 캐내라 명하지 않았던가.

현자의 그 후로 대설과 헤어져 농마에 대해 듣지 못했지만, 대설은 농마에 대해 자세히 알고 있으리라 생각했다. 그러나 연의가 있는 자리에서 그 일을 말할 수는 없었다.

현자의 시선이 연의에게 가 있는 것을 본 대설은 현자의 뜻을 짐작했다.

"연의, 단풍이 무척이나 곱더군. 어두침침한 이곳보다 밖이 낫지 않겠소?"

돌려 말했지만 나가라는 소리다. 영리한 연의가 대설의 말뜻을 알아듣지 못할 리 없었다.

연의가 나가자 대설이 농마에 대해 알아냈던 것을 말했다.

"그녀도 놈에 대해 자세히는 알지 못했다. 단심문의 문주라는 것과 유황곡에 은거하던 기인이라는 것밖에는."

"백화문의 다른 문도들은 어땠습니까?"

"마찬가지다. 그게 놈에 대해 알려진 전부였다."

"그렇다면 지금이라도 유황곡이라는 곳을 찾아보는 것이 좋겠군요."

대설은 고개를 저었다.

"그럴 필요없다. 그곳은 아무것도 없다. 풀 한 포기 없는 독지였다."

"철저히 신비에 싸인 놈이군요. 알려진 바로는 놈에게 늙은 종복이 있다고 들었습니다. 놈 또한 팔대고수에 버금가는 무시무시한 고수라는 말이 있습니다."

갈수록 태산이다.

"과연 놈이 내 평생의 숙적이란 말인가?"

대설의 눈은 강적을 만난 맹수마냥 이글거렸다. 대설에게 있어 농마란 놈은 연의가 마음에 두고 있었다는 사실만으로도 죽을 이유가 충분했다. 아직까지 직접 부딪치지는 않았지만,

앞으로 자신의 앞길에 커다란 걸림돌이 될 거라는 예감이 강하게 들었다.

"드러난 사실로 보아 다행히 놈은 특별한 세력이 없는 것 같습니다."

현자가 오랜만에 긍정적인 의견을 내놓았다.

"어찌 그리 생각하느냐?"

현자는 언제 준비했는지, 서랍을 열어 두툼한 책 한 권과 얇은 책 한 권을 꺼냈다.

"놈이 쓰는 무공에 대해 조사한 것이 있습니다. 놈의 무공의 연원이 거기에 있습니다."

현자는 살문의 살수들을 동원해 수백, 수천 종의 무공 관련 서적을 수집했었다. 수련 방법과 심법 등이 적힌 비급이 아니라, 그저 개괄적인 무공의 특징이 적힌 책들이었다.

수집의 목적은 농마의 정체를 밝히고, 그가 가진 무공의 근원을 찾기 위해서였다. 그런데 그 결실은 엉뚱한 곳에서 나타났다. 중원무공을 속속들이 연구하다 보니, 각 무공이 가지는 강약과 대략적인 장단점을 파악하게 되었다. 그저 이론인 채로 사장될 정보들은 그간 살수들의 경험과 맞물려 살행에 큰 도움을 주었다.

그것이 바로 일살이라는 특급 살수와 더해져 살문이 필살지문으로 불리게 된 사연이었다.

무공 수집과 연구는 계속되었다. 장장 육 년 이상이 걸려 마침내 본래 얻고자 했던 결실을 보게 되었다.

천하무공총요(天下武功總要)와 천착무결무록(天着無缺武錄).

대설은 현자가 꺼낸 두 책을 번갈아 바라보았다. 천하무공총요는 근 반 자에 달하도록 두꺼웠고, 천착무결무록은 거창한 이름에 비해 몇 장 되지 않았다.

"이것들은 다 무엇이냐?"

"그간 살문이 총력을 기울여 확보한 자료들입니다. 주군께서 보실 것은 이것입니다."

현자가 건넨 것은 천착무결무록이라 적힌 얇은 책이었다. 천착무결무록은 천하무공총요와 달리 유구한 세월의 향을 가득 품고 있는 고서(古書)였다.

현자는 대설이 조심스럽게 책을 펼치는 것을 보며 말을 이었다.

"불과 몇 달 전에 황궁의 서고에서 얻은 책입니다. 농마의 무공과 관련된 기록도 있습니다."

대설은 책을 펼친 순간 내용에 빠져들었다. 첫 장부터 대단히 흥미진진했다.

천착무결무록.

제목대로 하늘에 닿을 만큼 완전무결한 무공들의 기록이다.

저자는 광오하게도 무공의 순위를 십위까지 정해놓고 있었는데, 아는 것도 있었고 전혀 생소한 것도 있었다.

제일(第一) 멸천성검.

천축의 멸천상인(滅天上人)이 창시하여 일세 동안 절대무적을 구가했다. 절대적인 위력을 가진 검공은 멸천상인 사 후 소림사에 보관된 것으로 전해졌으나, 원나라 말경 사라진 것으로 보인다.

제이(第二) 천마금정장(天魔禁正腸).

명초(明初) 무림과 관(官)을 피로 물들인 절대천마의 무공으로 실전(失傳)되었다. 위력은…….

제삼(第三) 진천파섬검.

모용세가의…….

제사(第四) 태극혜검(太極慧劍).

무당 장삼봉…….

제오(第五) 월영풍백인.

제육(第六) 청운적하검(靑雲積河劍).

…….

제십(第十) 혼세적풍도(混世赤風刀).

대설은 나열된 무공들의 이름과 대략적인 설명을 단숨에 훑어 내렸다.

특이할 만한 것은 무돈 전설적인 무공을 제치고 제일좌에 당당히 오른 무공이었다.

멸천성검!

대설은 무공 이름에서 느껴지는 바가 있어 입술을 씰룩이며 이죽거렸다.

"멸, 천, 성… 검이라고? 빌어먹을! 음흉한 늙은이. 본래 하나인 검법을 우는 아이 곶감 주듯 하나씩 풀어놓다니."

그동안은 멸검과 천검, 그리고 성검이 제각각인 것으로 알고 있었다. 하나만으로도 충분히 극강인 그것들은 놀랍게도 본래 한 가지 검공이었다.

대설은 분을 삭이고, 농마가 쓰는 무공에 관한 기록을 찾기 시작했다. 그러나 얇은 책이 거의 다 넘어가도록 그것에 부합하는 기록은 어디에도 없었다. 마침내 마지막 장이 넘어갔다.

마지막 남은 일 면, 그곳에 대설의 눈을 확 잡아끄는 것이 있었다.

마지막 장 첫 구절은 이렇게 시작되고 있었다.

기록을 끝내려 했으나, 끝내 이 무공을 언급하지 않고는 책을 남기는 이유를 찾을 수가 없도다. 지금부터 언급하는 내용은 정녕 하늘에 닿았으되, 제약이 너무 많아 익힐 자가 없는 무공에 대한 기록이다.

대설은 보기 드물게 긴장하며 단숨에 읽어 내려갔다.

일일적심단심법(一日赤心丹心法), 그리고 섬혼백십칠기(閃魂百十七記).

둘이면서 하나인 이 무공이 바로 그것이다.

전자는 기(氣)이며 후자는 술(術)이다. 전자로서 후자를 발(發)하며, 후자로서 전자를 생(生)하니 어찌 하나가 아니랴.

후의 내용을 정리하면 대충 이랬다.

섬혼기의 연원은 송대(宋代)로 거슬러 올라간다. 최초로 이러한 무공이 있음이 강호에 알려진 것은 뜻밖의 인물에 의해서였다.

북송 말엽, 휘종(徽宗)이 직위 하던 시절이었다. 당시 유력한 조정 중신이 모반을 꾀했다. 간의대부(諫議大夫)로 있던 홍명이라는 자였다. 홍명은 황제를 해할 거사를 준비하며, 당시 당대 천하제일고수를 포함 강호 십대고수 중 다섯을 황궁으로 대동했다.

수년에 걸친 치밀한 음모에 황제는 그야말로 속수무책이었다.

단숨에 홍명을 따르는 정병들은 황궁을 포위했다. 황궁 안은 피바다가 되었다. 도무지 강호의 다섯 고수를 감당할 자가 없었다. 수백 명의 황제 친위대도 맥없이 도륙되었다. 마침내 황제 또한 죽음 직전에까지 몰렸다.

그때 황제 곁에 서 있다가 얼떨결에 같이 포위된 것으로 보이는 늙은이가 앞으로 나섰다. 노인의 공식적인 직책은 노태감(老太監), 이름은 이헌이었다. 노태감이라는 벼슬은 없다. 다만 태감 직에서 물러난 그에게 주상이 내린 실권없는 명예직일 뿐이었다.

아무도 이헌의 나이를 알지 못했다. 그저 영종(英宗), 신종(神

宗), 철종(哲宗) 등 수 대째 황제를 모신 것만 알 뿐, 지독히도 오래 산 늙은이로 기억할 뿐이었다.

홍명은 허리가 거의 직각으로 굽은 노태감 이헌이 황제를 막아서자 차마 황제의 죽음을 볼 수 없어 먼저 죽고자 하는 늙은이의 마지막까지 충정이려니 했다.

충정을 높이 사 단숨에 죽여주마 하고 칼을 내치려 했다. 그때 그 일이 벌어졌다.

노태감의 굽은 허리가 꼿꼿이 펴졌다. 허리가 천천히 펴지는 그 기괴한 장면은 홍명에게 묘한 공포심을 일으켰다. 그러나 홍명은 녹슨 고철은 반듯이 펴져도 여전히 고철이라는 생각에 공포심을 억눌렀다.

그러나 녹슨 고철의 위력은 대단했다. 고목나무 같은 손에 푸른 불꽃이 일어났다. 곧 불꽃은 노인의 전신으로 번졌다. 그것이 악몽의 서막이었다.

푸른 불꽃을 두른 노태감 앞에 십만 정병이라도 단숨에 쓸어버릴 것 같던 천하의 다섯 고수는 고양이 앞에 쥐에 불과했다. 언제 어떻게 당했는지도 모르는 사이 추풍낙엽으로 쓰러졌다. 천하제일로 명성이 자자하던 검객마저 노인 앞에서는 그저 힘센 개미에 불과했다.

홍명은 정녕 꿈이지 했다.

뻔히 보는 앞에서 다섯 고수가 가공할 열기에 한 줌의 재로 흩어졌다. 꿈이 아니고서야 결단코 있을 수 없는 일이었다. 황궁을 둘러쌌던 수많은 병사들은 수백의 희생자가 생기고서야 이헌이 뿌린 악마의 불꽃에 항복했다.

천하가 코앞이었건만 홍명은 늙은 환관에 막혀 끝내 뜻을 이루지 못했다.

눈앞에서 무적자의 신위를 목격한 휘종. 그가 무공에 대한 경외심을 품게 된 것은 어찌 보면 당연한 일이었다. 휘종은 당시 종 칠품 서관, 노성에게 천하십대무공의 조사를 명했다.

덕분에 노성, 책의 저자는 직접 이헌과 독대할 수 있었고, 이 책을 남기게 된 것이다.

이 무공을 익히려면 반드시 남아(男兒)여야 하며 또한 동정이어야 한다.

한번 익힌 후라면 동정이 깨지는 즉시 명(命)이 다한다.

노태감이 이 무공을 익힌 것은 십 세 이전. 자의가 아니라 실수라 했다. 그는 무공을 익힌 후, 욕정을 이기지 못해 죽을 고비를 여러 차례 넘기다 스스로 거세하고 황궁에 들었다고 했다.

그러고도 백수(白壽)에 이르러서야, 대성할 수 있었다 하니 연성 기간의 극악함 또한 유래를 찾아볼 수 없는 것이다.

본인은 지난 수십 년간 천하에 흩어져 있는 거의 모든 무공을 조사했고, 극강이라 칭할 만한 무공 또한 두루 보았다. 그러나 이토록 제약이 많고 해괴한 무공이 있으리라고는 생각조차 해본 적이 없다.

엄밀히 말해 무결(無缺)이 아니라 만결(萬缺)이라 칭해야 마땅할 무공이다. 그러나 대성했을 때 위력은 십대무공의 제 일좌 멸천성검과 우열을 겨뤄볼 만하겠다.

대설이 책에서 눈을 떼자 묵묵히 기다리고 있던 현자가 말했다.

"농마에 대한 소문과 제가 본 것을 종합해 볼 때 놈의 무공이 확실합니다."

대설도 고개를 끄덕임으로 인정했다. 그는 주먹을 으스러져라 움켜쥐었다. 농마의 실체, 아니, 그가 가진 무공은 생각했던 것보다 거대했다.

"전신에서 강기를 발하는 무공이 천하에 둘일 리가 없겠지. 틀림없구나."

"놈의 무공은 책 내용대로라면 가히 절대무적입니다."

"절.대.무.적!"

대설은 네 글자를 천천히 되뇌었다. 천하제일인을 포함해 다섯 명의 고수를 제압한 무공을 익힌 자다. 천검이 아니라 멸, 천, 성, 모든 검공을 대성한다 해도 장담할 수 없다는 얘기다.

"하하하!"

그러나 대설은 기가 꺾이기는커녕 통쾌하게 웃었다. 그에게 있어 강자는 두려움의 대상이 아니었다. 깨부수어야 할 존재였다.

"주군, 놈이 제아무리 강하다 크게 걱정할 일은 아닙니다."

대설뿐만이 아니다. 현자 또한 적의 강함을 알았음에도 긴장한 기색이 아니었다. 그는 대체 무슨 생각을 하고 있는 것일까.

"그를 상대할 복안이라도 있느냐?"

대설의 물음에 현자는 눈빛을 날카롭게 빛내며 말했다.

"이이제이(以夷制夷)! 농마와 여진의 한이 싸우도록 만들어야겠지요."

"농마와 괴물의 싸움이라……. 그보다 더 좋은 수는 없겠지. 하지만 방법이 없지 않느냐. 우리는 놈의 정확한 실체조차 제대로 모르고 있어."

"전혀 방법이 없는 것도 아닙니다. 농마는 필시 어떤 경로로든 백화문과 연관이 있습니다. 어쩌면 모용세가와도 관련이 있을 수도 있습니다."

"그들을 이용한다?"

현자는 대설의 의문을 풀어주었다.

"농마에게 누르하치 그 늙은이가 두 문파에 위협이 된다고 느끼도록 만들어야겠지요."

2

호북성 무한(武漢).

정도맹의 분위기는 무겁게 눌려 있었고 어느 때보다 부산했다. 연일 개방에서 올라오는 정보를 토대로 장로 이상 급 최고회의를 열었다.

이날도 마찬가지로 개방에서 보내온 한 통의 서찰로 인해 회의가 열리고 있었다. 맹을 방문한 세가수호단의 세 당주도 참석한 상태였다.

첫 안건은 무림이 아니라 관부에 관련된 일이었다.

상석에 앉은 맹주 청진자는 근심 어린 표정으로 말했다.

"군사, 대도독부(大都督府)가 바삐 움직이고 있네. 조정이 군사를 모으고 있어. 모용소가주가 가지고 왔던 모용승천의 실종 소식과 연관이 있는 건 아닐까? 불길한 예감이 드는군. 이는 북방의 움직임이 예사롭지 않다는 증거가 아닌가."

지난번 회합에서 군사로 추대된 화산칠검 진철이 대답했다.

"조사대를 파견했으니 머지않아 그들로부터 자세한 정황이 보고 될 것입니다. 나라 간 분쟁은 엄연히 나랏일입니다. 일단 그 문제는 조정에 맡기고 마도맹과의 일이 끝난 후에 처리하는 것이 좋을 것 같습니다."

군사는 모용승천의 실종을 심각하게 받아들이지 않았다. 다른 장로들도 고민하는 기색이 아니었다. 말없이 지켜보고 있던 수호단의 세 당주의 얼굴이 딱딱하게 굳어갔다.

참다못한 남궁설이 나섰다.

"죄송합니다만, 제가 한 말씀 올리겠습니다."

"허허! 남궁 대협의 고견이라면 들어봄이 마땅하지. 말씀해 보십시오."

맹주의 허락을 득한 남궁설은 장로들을 차례로 바라보는 것으로 주위를 환기시켰다.

“저희 세 당주가 이렇게 중요한 시기에 전투에 참가하지 않고, 맹을 찾은 이유가 뭐라고 생각하십니까?”

안색이 유난히 붉어 홍안(紅顔) 도사라 불리는 점창파의 영환도사가 은근히 비꼬았다.

“허, 글쎄요. 혹시 실종된 어린아이들을 찾아달라고 오신 것이 아니요?”

거의 절정에 다다른 수호단원들을 고작 어린아이에 비유하다니!

남궁설은 치미는 분노를 억눌렀다.

“큼, 모용세가의 소가주가 좋지 않은 소식을 가져왔다 들었습니다. 한데 이미 그는 떠나고 없군요.”

세 당주는 무면객과 함께 실종된 기정풍과 단원들을 찾기 위해 동분서주했다. 그러던 중 모용황이 모용승천의 실종 소식을 가지고 왔다는 소리를 들었다. 소식을 접한 즉시, 무면객은 쥐도 새도 모르게 사라졌고 당주들은 자세한 내용을 알기 위해 맹을 찾았다.

그러나 그들이 도착했을 때 모용황은 정도맹이 급조한 조사대와 함께 이미 떠나고 없었다.

“그렇다면 세 분은 모용세가의 소가주를 만나러 오신 거라는 말씀이십니까?”

말없이 앉아 있던 상관기는 진명의 물음에 크게 끄덕였다.

“그렇소이다.”

영환도사는 세 당주를 바라보며 못마땅한 표정을 숨기지 않았다.

"그게 그리도 중요하셨소? 마도맹이 칼을 뽑아 들고 안휘성을 향하고 있소. 세 분은 혹시 이번 싸움이 누구 때문에 일어났는지 잊으신 것은 아니요?"

왜 싸움터에 가지 않고 한가로이 맹을 방문했냐는 질타였다.

맹주가 격앙되어 언성을 높인 영환도사를 나무랐다.

"영환, 말이 지나치네."

"죄송합니다. 저들이 일의 선후(先後)를 잘 모르는 듯해 그만."

이번에는 악한영이 일어나 최대한 침착하려 애쓰며 말했다.

"말씀대로 단원들을 제대로 통솔하지 못한 저희들에게 책임이 있음을 부인하지는 않겠어요. 하지만 일의 선후를 모른다는 도사님의 말씀은 도저히 인정하지 못하겠습니다."

애써 참던 영환도사가 발끈해서 소리쳤다.

"하면 악 여협의 말씀은 무엇이오? 당장 발등에 떨어진 마도맹의 일보다 국방 문제가 먼저라는 것인가?"

"대답하기 이전에 먼저 묻겠습니다. 모용세가의 소가주가 서찰을 가지고 왔다 들었습니다. 서찰에 적힌 내용이 무엇이었습니까?"

영환도사는 별일 아니라는 듯, 정말로 아무렇지도 않게 말했다.

"그야 어려울 것 없지. 잘 들으시오. '북방의 누르하치라는 자가 여진족을 통일하고 후금이라 명명했다. 여진의 한(汗). 그의 이름은 누르하치다. 또 다른 정체는 흑룡왕과 그의 사부이며, 상식을 초월하는 괴물이다. 강호에 재난이 닥칠지도 모르니 대비하라' 이게 다요. 뭐 또 물을 거라도 있소?"

세 당주의 안색은 시커멓게 죽었다.

서찰에는 총 세 명이 언급되었다. 죽은 흑룡왕과 누르하치, 그리고 다른 하나.

"왜들 그러시오? 흥, 이제 왜 일의 선후가 잘못되었는지 말해줄 차례가 아니오?"

영환의 재촉에 급히 떨리는 심정을 정리한 악한영이 말했다.

"흑룡왕이 누군지 잊으셨습니까?"

"여섯, 아니, 일곱 해 전이었던가? 그해에 모용세가와의 싸움에서 죽었다던 오랑캐 무리의 두목이 아니오?"

영환도사의 말에 장로들은 모두 기억하고 있다는 듯 끄덕였다. 세 당주는 어이없음에 입을 떡 벌렸다. 강호팔대고수로 이름 높았던 일선이다. 그를 단신으로 벤 자인데 마치 산적 두목을 일컫듯이 말하다니. 그동안 정파의 수준이 급상승하기라도 했단 말인가?

"흑룡왕은 일선을 죽이고 모용세가를 괴멸 직전까지 몰고 갔던 무인입니다. 오랑캐 두목이라니요?"

악한영의 음성에 황당한 심정이 역력히 드러났다. 그러나 영환도사는 여전히 인정하려 들지 않았다.

"당시 일선의 나이는 구십이 다된 상태였소."

직접적으로 말하지는 않았지만, 늙어 힘이 빠진 일선을 죽인 것이 무에 대수냐는 뜻이었다. 어딘가 있을 무면객이 들었다면 거품을 물고도 남을 일이었다.

세 당주는 이들이 전혀 심각하게 받아들이지 않는 이유를 그제야 알았다. 이들은 쌍압문과 흑룡왕에 대해 제대로 알지 못하고 있는 것이다.

그들의 짐작은 옳았다. 맹주를 비롯한 장로들은 흑룡왕의 진실한 힘을 짐작조차 하지 못했다.

당시 개방 후개가 면밀한 조사를 거쳐 보낸 특급 전서는 방주의 판단 착오로 일급으로 분류되었다. 특급으로 분류되어 정도맹 장로 회의의 안건에 상정되었어야 할 일이 그대로 묻히고 말았던 것이다.

흑룡왕을 오랑캐의 두목이라 칭하는 자들인데 그의 사부라고 두려워할까? 어림없었다.

세 당주는 미치도록 답답했다. 모용승천이 북방으로 향한 것이 분명한데 돌아오지 않고 있는 것은 필시 서찰에 언급된 흑룡왕의 사부라는 자와 연관이 있을 것이다. 한데 모용승천의 경천동지할 무위조차도 그들과 실종된 단원들 말고는 아는 사람이 별로 없다.

모용승천은 족히 천하제일검과 비견될 만한 고수이건만, 사람들은 그의 실종을 심각하게 받아들이지 않고 있었다.

"지금은 마도맹과의 분쟁에 집중할 때입니다."

"그렇소이다. 군사 말씀이 백 번 지당하오. 망설일 것이 아니라, 육대세가가 밀리기 전에 서둘러 지원을 해야 하오."

장로들은 모두 군사의 말에 동조하며 세 당주의 의견을 묵

살하고 회의를 계속했다.

악한영은 자신들의 말이 전혀 통하지 않자, 힘없이 주저앉았다. 세가수호단이 저지른 일로 인해 그들의 입지가 좁아졌다. 육대세가도 마찬가지다. 이렇듯 대놓고 무시하고 있지 않는가.

"육대세가가 앞으로 얼마나 더 버틸 수 있을지 미지수입니다. 내일이라도 당장 안휘성에 정무대를 파견하고, 이어 구대문파의 정예들을 차출해 보내야 합니다."

"좋아. 아무리 생각해도 군사의 생각이 옳은 것 같네. 그렇게 하도록 하게."

악한영은 소리치고 싶었다.

마도맹과의 분쟁은 협상이 안 되면 싸움을 피하는 한이 있어도 어떻게든 시간을 끌어야 한다고. 그리고 구대문파의 정예들은 오히려 북으로 올라가 북경을 지켜야 한다고.

악한영은 분루(忿淚)를 삼키며 끝내 고개를 숙이고 말았다.

상관기는 장탄식했다.

"휴, 이럴 때는 무면객 어르신이 그리워지는군."

남궁설도 상관기의 뜻에 동참했다.

"그 앞뒤 재지 않는 무지막지한 공자가 있다면 시원하게 판을 뒤집어엎어 버릴 텐데."

第三章

하산(下山)

1

하산한 수호단원들은 흉흉해진 분위기를 몸으로 느낄 수 있었다. 정과 마로 대치한 무림도 무림이었지만, 머지않아 전쟁이 일어날 거라는 소문이 끊이지 않았다.

단원들은 대여섯씩 짝을 이뤄 행동했다. 각기 흩어져 항간에 떠도는 소문들을 수집하던 그들은 해가 저물자 미리 정해둔 객잔에 모였다.

진승표는 심각한 얼굴로 말했다.

"생각보다도 상황이 좋지 않습니다. 서둘러야겠습니다."

상황은 기정풍이 알고 있던 것보다 심각했고, 하루가 다르게 급변했다. 마도맹은 이미 한차례 정도맹 측과 충돌해 서로 적지 않은 사상자를 낸 상태였다.

마도맹은 탈명간 청경이 이끄는 청룡대가, 정파는 종리세가가 큰 타격을 입었다. 양측은 이미 건널 수 없는 강을 건너고만 것이다.

기정풍은 현 상황을 냉정히 바라보았다.

"늦었다. 이제 너희들이 간다고 해도 싸움을 말릴 수는 없다. 다만 진흙탕 속에 같이 뛰어들 수는 있겠지."

수레바퀴가 비탈진 언덕을 구르는 형국이다. 처음에는 작은 힘으로 구르기 시작했지만, 이미 언덕 중턱에 이른 바퀴는 누구도 세울 수 없을 만큼 빨라졌다. 실종되었던 단원들이 나타난다고 해서 멈춰질 만큼 현 상황은 간단치 않게 변했다는 말이다.

"그렇다면 이제 어쩔 수 없군요, 이미 싸움이 벌어진 이상 놈들을 꺾어버리는 수밖에!"

종리무구는 주먹을 으스러져라 쥐었다. 그는 종리세가에 사망자가 적지 않다는 소식에 상당히 흥분한 상태였다.

"그렇습니다. 어차피 엎질러진 물이라면 주워 담으려 헛수고를 할 필요가 없지요."

악화명의 말에 상관철은 탁자를 내려치며 특유의 걸걸한 목소리로 거들었다.

쾅!

"까짓것 뭉개 버립시다."

상관철의 거친 행동에 객잔에 있던 사람들은 잔뜩 움츠렸다. 눈치를 살살 보며 아예 밖으로 나가는 자들도 있었다.

일행은 식사를 마친 후, 밤인 것도 아랑곳없이 안휘성을 향해 출발했다.

기정풍은 정마대전을 막을 수 없다는 것을 안 순간부터는 입을 다물었다. 단원들을 묵묵히 따를 뿐, 어떤 의견도 제시하지 않았다.

그들은 밤길을 달려 경석산을 올랐다. 아무리 경석산은 제법 험준해 고수라 해도 야간 산행은 쉬운 일이 아니었다. 두 시진 만에 산을 반쯤 오른 그들은 더 이상은 무리라 판단하고 산중턱에 화톳불을 피웠다.

밤중에 불을 피운다는 것은 쫓기는 자들에게 있어서는 절대 금기였지만, 그들은 오히려 적을 기다리는 입장이었기에 불을 쬐며 느긋하게 쉬었다.

흑운과 같이 단원들과 멀찍이 떨어져 쉬고 있던 기정풍은 귀를 쫑긋했다.

"쯧, 귀찮은 파리 떼가 따라붙은 것 같구나."

그는 나무 위로 뛰어올라 짙은 어둠으로 덮인 산 아래를 내려다보았다. 잠시 한곳을 응시한 그는 나무에서 내려와 흑운의 말고삐를 쥐며 조용히 말했다.

"오늘 밤은 아무래도 시끄러워질 것 같구나. 조용한 곳으로 가자."

기정풍이 사라지고 얼마 후.

부스럭.

"쉿!"

가장 먼저 진승표가 수십 장 밖에서 난 소리를 듣고 검지를 입술로 가져가 단원들에게 주의를 주었다.

부스럭.

얼마 지나지 않아 나머지 단원들도 진승표가 들었던 소리를 들을 수 있었다. 악화명이 조용히 속삭였다.

"이건? 대체 어떤 놈들이?"

상대는 조금씩 가까워지더니, 어느 순간 그들을 에워싸는 형태로 접근해 왔다. 언뜻 느끼기에도 조직적이었고 상당히 훈련이 잘된 무인들 같았다.

"미세한 살기가 있으니 우호적으로 접근하는 자들이 아닌 것만은 틀림없습니다."

단원들은 이럴 때는 어찌해야 하는지 잘 알고 있었다. 그들은 서둘러 불을 끄고 흙으로 덮어 연기마저 지웠다.

"밤입니다. 게다가 숲이라 놈들이 암기를 쓴다면 무공 고하와 상관없이 손해를 보게 됩니다."

단원들은 진승표의 말뜻을 알아들었다. 이미 산이든 초원이든 집단전이라면 이골이 난 그들이다.

포위해 오는 자들을 오히려 마중 나갔다. 그들의 움직임은 신속하고 은밀했다. 그림자만 왔다 갔다 하는 것이 마치 날랜 산짐승을 보는 듯했다.

가장 앞선에 있던 진승표는 안광을 지우고 어둠을 응시했다. 적어도 백이 훨씬 넘는 무리가 일 장 간격을 유지하며 포위망을 좁혀오고 있었다.

진승표는 따로 떨어진 먹이를 노렸다. 날카로운 시선에 유독 무리와 떨어진 자가 보였다.

진승표는 일행을 돌아보며 살며시 끄덕였다. 단원들은 그의 의도를 알아채고 턱짓했다.

스슥!

역시 끄덕임으로 화답한 진승표는 어둠으로 스며들었다.

흡!

유령처럼 다가가 혈도를 점한 진승표는 사내를 조용히 한쪽으로 끌고 갔다. 사로잡힌 자가 눈동자를 이리저리 굴리는 것이 보였다. 잔머리 굴리는 것이 습관이 된 자다. 진승표는 이런 자일수록 다루기 쉽다는 것을 알고 있었다. 잔머리 굴릴 틈을 주지 않으면 되는 것이다.

우드득!

"……!"

사내는 손가락이 부러져 나가는 통증에 눈을 부릅떴다. 진승표는 씩 웃으며 귀기 서린 음성으로 귓가에 속삭였다.

"네놈들은 누구냐?"

물론 답을 기대하고 물은 것은 아니었다. 아혈을 점했으니 놈은 말하고자 해도 할 수가 없는 것이다.

우드득!

사내는 손가락이 연속해서 부러져 나가자 눈을 까뒤집었다.

"말해라. 정체가 뭐라고?"

진승표가 다시 다른 손가락을 움켜쥐자, 사내는 필사적으로 눈을 깜빡였다. 어떤 뜻을 전달하려는 간절한 의지가 엿보였다.

"아, 아혈을 점한 것을 깜빡했구나. 미안, 미안. 이거 미안해서 어쩌지? 부러진 것을 다시 붙여놓을 수도 없고."

진승표는 잔인하게 웃으며 부러진 손가락을 주물러 댔다. 그나마 온전하던 뼈마디가 자근자근 부서진다.

이것이 결정타였다. 놈은 아혈을 풀어주자 어디서 왔으며 어디 소속인지 술술 불었다.

밤길을 달려왔음에도 그들을 따라온 자들은 마도맹 산하 파검문(破劍門)의 문하였다. 단원들이 객잔에서 떠들 때 정파인이라는 것을 확인하고 공을 세우기 위해 그들을 뒤쫓았던 것이다.

진승표도 파검문을 알고 있었다. 오대신마가 수장으로 있는 사패에 비할 바는 아니었지만, 파검대력도 이귀라는 무시무시한 고수가 버티고 있는 중규모의 문파였다.

파검대력도(破劍大力刀) 이귀.

마도 십대도객을 뽑으라면 반드시 들어갈 자였다. 산중 수련을 하기 전이라면 필패였을 것이다. 하지만 지금은?

진승표는 주먹을 다부지게 말아 쥐었다. 사로잡았던 자의 사혈을 조용히 누르고 동료들에게 돌아갔다. 그사이 포위망은 더욱 좁혀져 적들과 거리는 불과 삼십여 장 안팎이다. 서둘러야 했다.

단원들에게 조용히 속삭였다.

“파검문입니다.”

“숫자는?”

“백오십 정도 되는 것 같습니다.”

“일인당 다섯이 조금 안 되는군. 충분하다. 다만 이귀가 문제인데…….”

악화명의 말에 진승표가 끄덕이며 말했다.

“제가 맡겠습니다.”

종리무구가 눈빛을 빛낸다.

“내가 돕지.”

진승표가 고개를 젓는다. 종리무구가 미간을 좁히며 묻는다.

“설마 혼자서 맡겠다는 건 아니겠지?”

“물론 혼잡니다.”

“할 수 있겠나? 놈은 이미 수십 년 전부터 악명을 떨쳐 온 도객이야.”

종리무구의 걱정스런 물음에 진승표는 씩 웃었다.

“그래서 더욱 붙고 싶은 겁니다.”

종리무구는 진승표의 웃는 얼굴 뒤에 숨겨진 들끓는 승부사의 열망을 보았다. 낯설었다. 목숨이 왔다 갔다 하는 전투만 수백 전을 치렀어도 순둥이 같은 성격은 그대로였던 진승표였는데 언제 이렇게 변했나 싶었다.

“휴, 조심하게.”

“형님이야말로.”

진승표는 종리무구의 등을 툭 치며 어둠 속으로 나아갔다. 종리무구는 진승표가 사라진 방향을 복잡한 눈으로 바라보았다.

"그래 어쩌면 이게 본래 너였는지도……."

멍하게 서 있는 종리무구 곁으로 악화명이 다가와 히죽 웃었다.

"이봐, 뭐해? 혹시 겁먹은 것은 아니겠지?"

"오냐. 겁먹었다. 네놈에게 내 밥 빼앗길까 봐."

종리무구의 말이 끝나기 무섭게 도검 부딪치는 소리와 비명 소리가 깊이 잠든 산을 깨웠다.

챙, 챙.

"크윽!"

사사삭!

"적이다!"

쉬익, 채, 챙.

"아악!"

악화명은 질색하며 종리무구를 잡아끌었다.

"이크, 이러다 내 밥도 뺏기겠다. 서두르자."

파검문주 이귀는 사방에서 비명이 터지자, 큰 소리로 부하들을 독려했다.

"쳐라! 놈들은 수가 적다! 대형을 흩뜨리지 말고 침착하게 대응하라!"

펑! 펑!

"하하하! 모조리 떡을 만들어주마!"

이귀는 파검문도들 사이를 헤집고 다니는 상관철을 보며 눈에 불을 켰다. 그는 상관철의 놀라운 무위에 그가 무리의 우두머리라고 여기고, 직접 상대하려 했다.

상관철을 향해 땅을 박차기 직전이었다. 숲에서 불쑥 튀어나온 그림자가 그를 가로막았다. 물론 진승표였다.

"부하를 아끼는 것도 좋지만 자신부터 걱정하는 것이 좋을 거요."

들려온 음성으로 상대가 젊은 것을 알아챈 이귀의 호위가 진승표를 향해 득달같이 달려나왔다.

"이런 애송이가 감히 문주님께! 뒈져라!"

다부진 몸매를 가진 호위는 진승표와 이 장을 남기고 번쩍 뛰어올랐다. 공중에 뜬 채로 멋들어지게 등에 맸던 두툼한 도를 뽑아 든 호위는 일도양단의 기세로 진승표를 찍어 내렸다.

스릉!

때맞춰 진승표도 허리춤에서 도를 뽑았다. 하나 대응이 너무 늦어 보였다. 호위의 칼날이 머리에서 채 한 자도 남지 않았는데, 진승표의 도는 그제야 도집을 벗어났다.

칼을 그어 내리는 호위는 물론이고, 이귀조차도 진승표가 두 쪽 날 것으로 믿어 의심치 않았다.

쉬익!

트특! 쩌적……!

공격을 성공적으로 끝내고 땅에 내려선 것으로 보였던 호위. 곰같이 단단한 그의 등이 천천히 두 쪽으로 갈라졌다.

쿠쿵!

급기야 내장과 피를 쏟아내며 정확히 양쪽으로 나뉘어 쓰러진다. 파검대력도 이귀의 얼굴에 처음으로 놀람이 서렸다.

"경혼참마도법!"

진승표는 시체를 넘어서며 끄덕였다.

"역시 단번에 알아보시는군."

진승표가 다가서자, 그의 젊은 얼굴을 직접 확인한 이귀는 낮게 신음했다.

"과연 북경진가구나. 창천비룡도 진강은 이미 죽었다고 들었는데 헛소문이었는가."

진승표는 고개를 저었다.

"이 몸은 그분의 보잘것없는 아우요. 한 수 가르침을 받겠소."

이귀는 진승표의 말을 들으며 주위를 둘러보았다. 병장기 부딪치는 횟수는 적은데, 비명 소리는 그보다 배는 많았다. 어느 한쪽은 도검 한 번 맞댈 기량조차도 없다는 뜻. 이귀는 불행히도 비명의 주인이 모두 자신의 부하라는 것을 알 수 있었다.

북경진가의 애송이는 보통 녀석이 아니다. 결판을 내려면 최소 십 수 이상은 나눠야 할 것 같았다. 십 수… 결코 짧은 시간이 아니다. 과연 놈을 죽인 후라면 부하들은 몇이나 살아남을까?

어쨌거나 한 가지는 분명하다. 하나라도 더 건지려면 막고 있는 놈을 서둘러 처리해야 했다.

차핫!

팔 근육이 꿈틀 한 순간 이귀는 벌써 진승표의 지척에 다다랐다.

쩌정!

진승표는 태산같이 장중한 도격을 받고 주춤 물러섰다. 손목이 아련히 저려온다. 그러나 그것은 시작에 불과했다.

쩡, 쩌정!

거듭된 무지막지한 공격에 진승표는 계속해서 밀려났다. 진승표는 퍼뜩 깨달았다, 선공을 펼쳐야 했다는 것을. 한 번 선공을 허용하니 좀처럼 상황을 반전시키기 힘들었다. 힘, 내력. 거의 모든 부분에서 이규는 진승표보다 한참 우위에 있었다.

기량뿐 아니라 그의 도는 진승표의 그것보다 적어도 세 배는 무거운 것이었고, 길이도 한 자 가까이 길었다. 경험 또한 무시할 수 없는 벽이었다.

쩌정!

"흐윽!"

몇 번을 거듭 막자 팔 전체가 떨어져 나간 것처럼 욱신거려 두 손으로 도를 움켜쥐었다.

그 후로도 무지막지한 공격이 수차례 계속되었다. 여전히 진승표는 반격할 엄두조차 내지 못했고, 이귀의 도로부터 시작된 경기가 사방으로 뻗쳐 주위를 초토화시키고 있었다.

한편 단원들은 각기 네다섯 명에게 둘러싸였다. 그러나 단원들은 양 떼에 뛰어든 사자처럼 적들을 닥치는 대로 죽여 나갔다. 잘해야 일류, 대부분 이류에 머물러 있는 파검문도들은 그들의 상대가 아니었다.

진승표는 이귀의 무지막지한 도법에 정신을 차리지 못했다. 고전이라 표현하기도 뭣할 만큼 일방적으로 밀리고 있었다. 그러나 놀람의 정도는 이귀가 더했다. 그는 심장이 떨리도록 놀라고 있었다.

그는 체면 불구하고 선공했다. 게다가 첫 초식부터 최선을 다했다. 일도 일도마다 살인적인 내력을 실음은 물론이고, 개개가 일도필살이라 칭해도 부끄럽지 않은 초식들로만 뿌려댔다.

한데 이건 뭔가. 진가 애송이는 쓰러질 듯 쓰러질 듯, 모든 공격을 막아내고 있었다. 그러는 순간에도 수하들의 비명이 끊이질 않았다. 입이 바짝바짝 말랐다. 흥분하니 벌써부터 내력이 부드럽게 이어지지 않았다.

이귀는 당황스런 감정을 숨기려 버럭 소리치고 파상공세를 펼쳤다.

"그만 뒈져라!"

쩌정!

종리무구는 고막이 찢어지는 굉음에 진승표 쪽을 바라보았다. 간신히 막아낸 진승표는 휘청 흔들렸다.

곧바로 이어지는 이귀의 연격. 진승표는 무슨 생각인지 그동안 착실히 막아왔던 방식을 버리고 이귀의 도를 피하려 했다. 하지만 그것은 누가 봐도 패착이었다.

진승표는 가슴과 입에서 피를 뿜으며 날아갔다. 온전히 피하지 못해 내기 충만한 도끝에 가슴을 내주고 만 것이다.

꽈직!

사정없이 날아가 아름드리나무에 그대로 부딪친 진승표는 털썩 쓰러졌다.

"어엇! 승표!"

싸우는 중간중간 진승표에게 신경을 쓰고 있던 종리무구가 진승표를 향해 몸을 날렸다. 그는 너무 놀란 나머지 중간에 이귀라는 사신이 있다는 것조차 염두에 두지 않고 있었다.

꽝!

종리무구의 등을 노리고 그어오는 이귀의 도를 막은 것은 창이었다.

"어때, 승표는 괜찮은가?"

악화명은 이귀를 주시하는 한편, 진승표의 안위를 물었다.

"다행히 숨이 붙어 있네. 내상이 좀 심한 것 같지만……."

한편 진승표를 완전히 끝장내려다 막힌 이귀는 창을 들고 앞을 가로막은 악화명을 보며 이를 갈아붙였다.

"빌어먹을! 북경진가에 이어 산동악가라니."

이귀는 슬쩍 주위를 둘러보았다. 맨손으로 싸우는 자, 검을 든 자, 창을 든 자, 적들의 수는 얼마 되지 않았지만 무공도 무기도 가지각색이었다. 거기다가 하나같이 절정 이상이라 이미 문도들 반 이상이 고혼이 되어 누워 있었다.

악화명은 이귀의 공격을 한 차례 막은 것만으로도 무공 고하를 확연히 느꼈다. 진승표가 이만큼 버틴 것이 신기할 정도였다. 섣불리 공격할 엄두를 내지 못하고 막고만 있던 터에 상관철이 자신을 둘러쌌던 자들을 모조리 처치하고 다가왔다.

상관철은 악화명의 활짝 펴지는 얼굴을 보고 이죽거렸다.

"거참 더럽게 반가운 표정을 짓는군. 누가 보면 네놈과 사귀는 줄 알겠다. 승표는?"

"무사하다."

"다행이군. 도와줄까?"

악화명은 뭘 물어보냐는 듯 바로 끄덕였다.

"물론. 자신있으면 자네 혼자 상대하던가."

상관철은 겉보기에는 곰 같았지만, 속까지 그런 것은 아니었다. 그는 자신을 잘 알고 있었고 또한 무모하지도 않았다.

상관철과 악화명은 이귀 앞에 나란히 섰다. 상관철이 막 권을 펼치려 할 때였다.

"쿨럭, 아직 제 싸움은 끝나지 않았습니다."

상관철은 등 뒤에서 들려온 소리에 움찔 물러섰다.

종리무구는 상처를 채 수습하기도 전에 일어서는 진승표를 잡아끌었다.

"뭐 하는 짓인가. 상처가 터진단 말일세."

죽은피를 토하고, 종리무구의 도움으로 가슴에 난 상처까지 싸맨 진승표는 고집을 굽히지 않는다.

"저는 지지 않습니다. 한번만 믿어주십시오."

"하지만……."

더 말리려던 종리무구는 진승표의 열망에 찬 눈을 본다. 그 제야 진승표의 행동이 상처 입은 자존심과 고집 때문만은 아 님을 깨닫는다.

"철, 화명! 잠시 물러서게."

악화명은 이귀에게서 눈을 떼지 않으며 소리쳤다.

"무구 제정신인가? 상대는 파검대력도다. 지금껏 버틴 것도 기적이라고!"

악화명은 지금까지 느껴지는 이귀가 남긴 도의 여운에 진저 리쳤다.

"물러서라면 물러서! 승표는 이귀를 이긴다! 반드시 이긴 다!"

진승표는 자신에 대한 믿음인지, 아니면 바람인지 모를 종 리무구의 말을 들으며 씩 웃었다. 그는 피 묻은 입가를 쓱 닦 고 앞으로 나섰다.

"방법이 보였습니다. 딱 한 번만 해보겠습니다."

"으휴, 빌어먹을! 너 이귀한테 죽으면, 나한테 죽을 줄 알 아."

상관철이 진승표의 등을 철썩 소리나게 두드리며 뒤로 물러 섰다. 그의 얼굴은 걱정으로 가득했다.

“하하, 제게 여분의 목숨이 있는 것은 어찌 아셨습니까?”

진승표는 농담까지 하며 이귀 앞에 다시 섰다. 내력과 몸이 온전치 않음에도 그의 얼굴은 다치기 전보다 오히려 평온했다.

“가르침 잘 받았습니다. 하지만 이번에는 다를 겁니다.”

이귀는 주위에 수하들의 기척이 거의 없음을 감지했다. 만 가지 생각이 머리를 스쳐 지나갔다. 어째서 이런 산중에서 파검문이 최후를 맞아야 했을까. 혼란스러웠다. 그리고 혼란의 끝은 분노요, 때려 죽이고픈 증오였다.

비록 짧은 시간이었지만, 진기를 어느 정도 회복한 그는 잔뜩 충혈된 눈으로 진승표를 쏘아보았다.

“이제 파검문은 없다. 하지만 네놈의 목숨도 없다.”

하핫!

광분한 이귀의 도법은 그동안 휘둘렀던 어떤 공격보다도 빠르고 강했다. 벼락같이 내리꽂는 도기에 진승표의 전신이 노출되었다.

그 순간 진승표의 눈은 당황과 경악 대신 한없이 깊어졌다. 그리고 천만 뜻밖의 일이 벌어졌다.

스르륵!

이귀는 진승표의 몸이 순간적으로 열 겹, 스무 겹 나뉘는 착각에 빠졌다.

슈아앙!

이귀는 자신의 도가 맥없이 텅 빈 허공을 가르는 것을 지켜보았다. 얼떨떨한 심정이 된 이귀는 재차 공격을 가했다.

스륵.

슝, 슈웅!

종리무구, 악화명, 상관철… 그밖에 싸움을 모두 끝낸 단원들은 진승표의 유령 같은 몸짓에 모든 움직임을 정지했다. 모용선은 진승표의 몸짓이 의미하는 바를 조심스럽게 중얼거렸다.

"팔정도. 정견, 정사유. 시간… 늘이기?"

그것은 차라리 경이였다. 고작 스물여섯인 진승표는 마도 십대도객 중 하나인 이귀의 공격을 모조리 피하고 있었다. 상대의 무기를 찍어 눌러 모조리 부순다고 해서 붙여진 파검대력도라는 가슴 서늘한 별호가 무색할 지경이었다.

이귀의 눈은 충혈되다 못해 실핏줄이 터져 붉은 선혈이 흘러내렸다. 그는 자신이 지금까지 제정신인 것이 신기했다. 차라리 미쳐 버리고 싶었다.

"으아악!"

이귀는 경석산이 떠나가라 소리치며 초도, 식도 없이 마구잡이로 도를 그어댔다. 그것이 더 위협적으로 보였지만, 실제로는 피하기에 급급했던 진승표에게 공격의 기회마저 제공하고 말았다.

스걱, 스걱!

짧고 스산한 두 번의 파육음. 이귀의 도가 자신의 팔을 달고 단원들의 머리를 지나 멀리 날아갔다.

쨍그렁!

날아간 도는 바위에 부딪쳤는지 요란한 소리와 몇 개의 불꽃을 만들었다.

이귀는 한쪽 무릎을 땅에 대고 있었다. 도 대신, 잘려 나간 어깨를 움켜쥐고 있었다. 손가락 사이로 피가 흘러내렸고, 무릎에서도 선홍색 피가 흘러 땅을 적셨다.

진승표가 이귀를 잡았다.

2

안휘성 회남(淮南).

정마간 접전지에서 약간 벗어난 회남은 각지에서 안휘성 전역에서 몰려든 상인들로 넘쳐 났다. 평소 좀처럼 찾아보기 힘든 오결 이상의 지위 높은 개방 거지들도 심심찮게 볼 수 있었다.

객잔 입구와 가장 먼 구석에 두 사내가 낮은 목소리로 이야기를 나누고 있었다. 둘은 각기 옆에 자신들보다 큰 봇짐을 하나씩 두고 있었다.

쥐꼬리 수염 사내가 혀를 차며 말했다.

"세상이 어찌 되려는지. 어디 무서워서 장사하겠나."

마주 앉은 보다 젊은 사내가 술로 목을 축이며 물었다.

"젠장, 안휘성 위쪽도 그 모양입니까?"

“몽성(蒙城) 지둔산에서 마도인들이 떼죽음을 당했네. 파검
문도 문을 닫았어. 어떤가? 고작 서른 남짓한 자들에 의해 그
리되었다니 놀랍지 않은가?”

젊은 사내가 치를 떨며 대답했다.

“위쪽은 정도맹이 힘 좀 쓰나보군요? 아래쪽은 정반댑니다.
어찌 보면 더 심합니다. 어찌 예까지 살아왔는지 제 자신이 용
할 정도니 말 다 했지요.”

“대체 어느 정도 이기에?”

“하루에도 수백씩 죽어나갑니다. 물론 죽는 자들 중 열에 아
홉은 거의 정도맹 무인들이지요. 소제가 떠나오기 전날도 함
산(舍山)에서만 사백오십 명이 죽었다고 하더이다.”

쥐꼬리 수염이 습관적으로 수염을 꼬며 말했다.

“거기도 만만치 않은 자들이 있는 모양이구만.”

“있다마다요. 흑풍대인지, 흑룡대인지 얼핏 들었는데…….”

사내는 말하다말고 주위를 조심스럽게 훑어본 후 더욱 낮은
음성으로 말했다.

“백여 명 남짓한 살귀들이 나타나는 곳마다 피가 내를 이룬
답니다. 다 진 싸움도 역전시키고, 그들이 거의 모든 싸움을 주
도하고 있다고 합니다. 거기 대주라는 자가 무슨 살수들의 대
장이라고 하던데, 하여튼 살귀는 살귀인 모양입디다.”

쥐꼬리 수염도 덩달아 낮은 음성으로 말했다.

“어제저녁 정도맹의 정무대가 이곳을 지나 남쪽으로 향했
네. 게다가 파검문을 무너뜨린 자들도 꾸준히 남하하고 있으

니 곧 흑 뭐시기인가 하는 자들과 만나겠군. 흐흐, 어느 놈들이
센지 볼만하겠는데?"

"죽일 놈들. 차라리 이번에 싹 다 뒈졌으면 좋겠군요."

"쉿, 목소리를 낮추게."

둘은 고개를 푹 숙이며, 객잔을 훑었다. 그들 반대편에 삼십
여 명의 무인이 있었는데 다행히 듣지 못한 듯했다.

"휴, 지미럴. 이제 말도 마음껏 못하는 세상인 게지."

두 보부상은 안도의 한숨을 내쉬며, 식사를 시작했다. 그들
이 입을 다물자 이번에는 보부상들의 이야기에 귀 기울이고
있던 무인들이 의견을 나누었다. 그들은 수호단원들로 파검문
을 전멸시키고, 쥐꼬리 수염이 말했다시피 지둔산을 피로 물
들인 주인공이었다.

"함산에서 사백오십이라. 함산이면 남궁세가가 있는 황산
까지 멀지 않습니다. 좀 더 서둘러야 할 것 같습니다."

진승표의 근심 가득한 재촉에 곁에 앉아 있던 악화명이 고
개를 저었다.

"너무 조급하게 생각할 것 없어. 지금쯤이면 정무대가 도착
했을 테니 단숨에 어찌 되기야 하겠는가?"

매일 수많은 무인들이 죽어나갔다. 희생자가 많아질수록 정
과 마는 더욱 첨예하게 대립했고, 싸움의 규모도 커져만 갔다.

종리무구는 단원들을 둘러보며 물었다.

"그나저나 새로운 소식 들은 사람 없는가? 사소한 것이라도
상관없네."

"저, 그게 있긴 한데……."

남궁표환은 무슨 일인지 모용선과 모용경의 눈치를 살피며 망설였다.

"표환, 대체 무슨 얘기를 들었기에 자네답지 않게 말을 하다 마는 건가?"

남궁표환은 상관철의 재촉에 할 수 없이 입을 열었다.

"개방도가 하는 얘기를 어렴풋이 들어서 정확하지는 않습니다. 믿어지지도 않고요."

"그러니까 대체 그게 뭐냐니까?"

"저, 그게 그러니까 말입니다. 그분이 실종되셨다는 터무니없는 말을 들었습니다."

"그분?"

"전대 맹주님요. 그러니까 모용승천 그분 말입니다."

잔뜩 집중하고 있던 단원들은 남궁표환의 말에 무슨 헛소리냐는 표정을 지었다. 남궁표환은 스스로 생각해도 어이없는 말이라 벌게진 얼굴로 머리를 긁적였다.

"그러니까 제가 말하지 않으려 한 것 아닙니까. 하하. 괜히 나만 우스운 놈이……."

여태까지 한마디도 없던 기정풍이 손을 들어 말을 막았다.

"가만. 그 얘기를 거지에게서 들었다고?"

"예. 하지만 매듭이 두 개밖에 없는 거지의 말이라 별로 신빙성은……."

기정풍은 이번에도 남궁표환의 말을 중도에서 막았다.

"됐다. 더 말하지 않아도 된다. 정확히 말해줄 놈이 오고 있으니."

기정풍의 말이 끝나자마자 지독한 악취가 코끝을 파고들었다. 단원들은 악취가 풍기는 방향을 쫓다 객잔 입구로 고개를 돌렸다.

한 떼의 거지들이 객잔 안으로 위풍당당하게 걸어 들어오고 있었다. 선두에 선 거지는 삼십대 후반쯤으로 보였는데, 허리춤에 자그마치 여덟 개의 매듭을 달고 있었다.

종리무구는 냄새나는 것도 잊고 중얼거렸다.

"독아… 반당?"

독아 반당.

개방의 방주 천수장 아황의 수제자이자, 개방의 미래를 이끌 후개였다.

반당은 객잔에 들어서서 주위를 훑어 누군가를 찾았다. 그러던 차에 종리무구의 음성을 듣고 수호단 쪽으로 고개를 돌렸다. 반당의 눈초리가 순간 매섭게 번뜩였다.

반당은 수호단 일행에게 큰 걸음으로 다가갔다.

"혹시, 진 소협이 아니시오?"

진승표는 반당이 자신을 알아보고 인사를 건네자, 쓰게 웃으며 일어섰다.

"오랜만입니다, 반 대협. 그간 안녕하셨습니까?"

반당은 인사를 받으며 단원들을 짧게 훑어보았다. 전혀 놀란 기색이 없는 것으로 보아 이미 여기 있는 줄 알고 온 모양이었다.

“실종되었다던 수호단원들께서 어찌 여기 계신 겁니까?”

“저 그게… 설명하자면 깁니다. 우선 앉으십시오.”

종리무구가 일어나 자리를 권했으나, 반당은 인상을 찡그릴 뿐 앉으려 하지 않았다.

“곳곳에서 사람이 죽어나가고 있소이다. 어찌 한가하게 객잔에서 술잔이나 기울이고 있겠소이까.”

반당의 말은 수호단원들에 대한 질책이었다. 단원들은 변명하자면 못할 것도 없었지만, 반당의 의협심과 곧은 품성을 존경하던 차라 누구 하나 반박하지 않았다.

하지만 그것은 어디까지나 단원들에 한해서일 뿐이었다.

“이 재수없는 놈은 대체 뭐냐? 웬 거지새끼가 훈계를 하는 것이야?”

썰렁한 기운이 객잔 전체를 휘감았다.

잠시 침묵이 흐른 뒤, 회남 분타주 아작은 감히 젊은 녀석이 후개와 자신들을 싸잡아 모욕하자 앞뒤 잴 것도 없이 침을 튀기며 소리쳤다.

“네놈은 어떤 집안의 개잡놈이기에 감히 본 방의 후…….”

쿵!

아작은 말하다말고 뒤로 쓰러졌다. 이름 그대로 아작 난 것이다. 누가 어떻게 손을 썼는지 보지도 못한 상황에서 벌어진 일이었다. 수호단원들은 어렴풋이 누구의 소행인지 짐작했기에 침착했지만, 거지들은 대경실색했다.

“누, 누구냐!”

거지들은 저마다 봉을 꼬나 쥐고, 사방을 경계한다, 범인을 찾는다, 부산히 움직였다. 한데 유독 후개만이 제자리에서 입을 벌리고 다리를 바들바들 떨며 서 있었다.

"독아님! 대체 무슨……. 혹시 당하신 것은……?"

반당은 누가 옆에서 말하는지도 몰랐다. 그는 식은땀을 줄줄 흘리며 기정풍을 손가락으로 가리켰다.

"다, 당신은… 그, 그 놈마!"

반당은 실책을 깨닫고 서둘러 자신의 입을 틀어막았다.

"나를 안다?"

기정풍은 자신을 빤히 바라보며 바들바들 떨고 있는 거지를 유심히 바라보았다. 어디서 한번 본 듯도 한데 생각이 나지 않았다. 이럴 때는 좋지도 않은 머리 쥐어 짜봐야 소용없다. 다른 좋은 방법이 있으니.

정사유, 반추(反芻).

기정풍의 눈이 가일층 맑고 깊어졌다. 동시에 그의 기억은 천리마가 되어 과거로 거슬러 올라갔다. 기억은 칠 년 전 어느 날 멈췄다.

"쯧, 누군가 했더니 봉천의 그 겁 많던 길잡이였구나."

독아 반당은 기겁했다. 어째서 저 괴물 같은 자가 자신을 기억한단 말인가.

그는 칠 년 전쯤 있었던 잊지 못할 그날을 떠올렸다.

그는 당시 요녕성에 있었다. 좀 더 정확히 말하자면 요녕성 봉천 장터에 있었다. 그곳에서 흑룡왕과 쌍압문을 탐문하고 있는데, 갑자기 자신을 흑룡왕이라 일컫는 미친 자가 나타났다. 그때까지만 해도 그냥 대책없이 미친놈이라고만 생각했었다.

한데 미친놈이라 생각했던 자가 괭이질로 장터 한가운데 우물을 만들었다. 반당은 연기가 아니라 실제로 기겁해 머리를 싸잡고 잔뜩 움츠렸었다.

그 후에 뒷덜미를 잡혔고, 꼼짝없이 모용세가의 비밀 통로 입구가 있는 유조호까지 안내해야 했다. 이제 죽었구나 싶었는데 무사히 풀려난 건 지금 생각해도 기적이었다.

그는 쌍압문, 흑룡왕, 농마 등과 관련한 일련의 사건에 대해 개방총단으로 전서를 날리고 조사를 계속했다. 하지만 쌍압문 전체가 농마에게 당한 것만 짐작될 뿐, 그 이상은 진척이 없었다.

농마 본인도 땅으로 꺼졌는지 하늘로 솟았는지, 도통 찾을 길이 없었다.

그렇게 허송세월을 보내기를 몇 해. 방주의 부름으로 다시 중원으로 돌아왔다. 그러나 머릿속에 깊이 각인된 농마는 뇌리에서 쉬이 떠나질 않았다. 그리고 때마침 세가수호단과 패도문의 일전이 터졌다.

반당은 거도신마를 박살 냈다는 자를 보기 위해 한걸음에 달려갔다. 그러나 그 역시 헛수고였다. 틀림없이 농마일 것으로 짐작되던 자는 또 사라지고 없었다.

반당은 혼란스러웠다. 농마를 찾아다니는 자신이 세상에 없는 허상을 뒤쫓는 어리석은 망령이 된 듯했다. 심지어 잠도 제대로 이루지 못했다.

독아란 별호는 한번 문 것은 반드시 캐내고야 마는 고약한 성격 때문에 붙여진 별호였다. 독아라는 별호를 내심 자랑스럽게 여겨온 그였는데 처음으로 지랄 맞은 성격이 진저리쳐지도록 싫어졌다.

그렇게 몇 년을 찾아 헤매던 농마가 마침내 눈앞에 나타났다. 칠 년의 세월이 지났지만 농마는 여전히 그대로였다. 그리고 농마는 뜻밖에도 자신을 기억하고 있었다.

길을 알려준 하찮은 존재였던 자신마저 잊지 않았다니. 희대의 대천재가 아닌가.

팔정도라는 것을 전혀 모르는 반당이었기에 전율을 느꼈다. 찾아 헤맨 그동안의 피로가 한번에 씻기는 듯했다.

신색을 가다듬은 반당은 포권하며 허리를 반으로 접었다.

"정식으로 인사드리지요. 다음 대 개방 방주로 내정된 독아 반당입니다."

거지들은 눈을 휘둥그렇게 떴다.

"좋아. 겁쟁이든 거지든 어쨌거나 물을 것이 있었는데 잘됐다."

"저, 후배가 선배님을 어찌 불러야 하올지……."

"단심문의 기정풍이다."

"아예, 기 문주님 하문하십시오."

반당은 기정풍을 대함에 있어 마치 돌아가신 부모님 모시듯했다.

"혹시 근래 모용세가에 별일이 없었느냐?"

반당은 모용승천의 실종 소식을 얘기했다. 더불어 북쪽 정세를 상세히 설명했다.

"여진부족이 통일되었습니다. 누르하치라는 자가 후금(後金) 건국을 선포했습니다. 조정에서 얼마 전 병사를 일으켜 북으로 향했으니, 머지않아 명과 전쟁이 일어날 가능성이 큽니다. 아니, 벌써 터졌는지도."

기정풍을 비롯한 단원전체는 벌떡 일어섰다. 모용선의 낯빛은 핏기 한 점 없이 창백했다.

"저, 정말 우리 아버지가……. 게다가 전쟁이라니!"

사실이라면 보통 일이 아니다. 모용세가의 위치로 보아 전쟁의 소용돌이에 가장 먼저 휩쓸릴 가능성이 매우 컸다.

"모용 소저로군. 다시 말하지만 확실한 정보요. 모용 공자가 얼마 전 맹에 직접 가지고 온 소식이니."

다른 누구도 아닌 개방 후개가 보장한 정보다. 의심의 여지가 없다.

"모용 공자?"

"소가주 모용황 말이오."

"오라버니가 맹에?"

"그대들의 세 분 당주께서도 맹에 계실 것이오."

낮게 중얼거린 모용선은 갑작스럽게 객잔 밖으로 뛰어나갔다. 단원들이 따라나서려 하자 기정풍이 막았다.

"모용세가의 일은 내가 처리한다. 너희들은 계획했던 대로 길을 나서라. 진승표!"

"예, 사부님! 말씀하십시오."

반당은 사부라는 호칭에 눈이 휘둥그레졌다. 큰 눈에 담긴 감정은 경악, 부러움, 약간의 질시였다.

"이들을 이끌어라."

"하지만 저는……."

"하지만은 없다. 그리고 거지!"

"예? 아예, 반당입니다."

"너는 이들과 함께 싸움을 말려라. 이제 정마대전은 아무런 의미가 없다."

목소리는 아직 귀에 생생한데, 정작 말한 주인공은 시야에서 사라졌다. 기정풍이 연기처럼 사라지자, 반당이 뛰어나가며 소리쳤다.

"맹으로 가시는 거라면 관두는 게… 그는 이미 떠났……. 휴, 벌써 떠났군."

반당의 음성에 아쉬움이 진득하게 묻어났다.

第四章

여진의 별 누르하치

1

끝도 없는 모래사막과 초지(草地)가 맞닿은 거대한 평원.

수십, 수백 개의 원통형 파오가 평원을 가득 메우고 있었다. 몇 해 전까지만 해도 크게 세 갈래로 다시 작게는 수십 개의 부족으로 흩어져 수렵과 유목으로 생계를 꾸려가던 여진족들의 진영이었다.

다른 것들보다 족히 다섯 배는 크고 호화로운 파오 안.

긴 탁자를 사이에 두고 무장한 군병들이 줄지어 앉아 있었다. 그들의 시선은 하나같이 탁자 중앙에 놓인 지도(地圖)에 멈춰 있었다. 그것은 중원 전도였다.

여진이 점령한 땅은 푸르게, 그렇지 않은 땅은 붉게 그려져 있었다. 군사 지도답게 곳곳에 초소가 표시되어 있었고, 중요한 거점들과 관문 등 요충지들은 깃발이 놓여 있었다.

갓 스물이나 됐을까? 눈매가 무척이나 날카로운 자가 지도 상에 표시된 요녕성을 가리키며 말했다. 그는 범문정이라 불리는 자로 한이 아끼는 책사였다.

"선발대가 이미 요녕까지 점령했습니다."

범문정의 말에 이미 예상했던 일인지라 군관들은 고개를 묵묵히 끄덕였다. 상석에 앉아 있던 젊은 사내가 물었다.

"모용세가와 무림인들은 절대로 건들이지 말라 명했었다. 어찌했다더냐? 명을 어기지 않았겠지?"

범문정은 극도의 예를 취하며 말했다.

"예. 한이시여, 모용세가의 가솔들은 한의 장자이신 추잉 장군께서 병사들을 이끌고 봉천 땅에 다다르기도 전에 지레 겁먹고 도망쳤다고 합니다."

"쯧, 도망이라… 그자의 무공으로 보아 제법 뼈대있는 가문이라 보았거늘."

한이라 불린 사내는 무언가를 생각하는 듯 잠시 눈을 감았다.

"모용세가는 이미 수년 전 큰 타격을 입은 바 있습니다. 그간 재건 작업에 몰두했다고는 하나, 그자를 잃은 이상 더 이상 힘을 쓰기는 무리였을 것입니다."

범문정의 말에 드물게 갑주를 입은 장수가 거들었다.

"그렇습니다. 놈들은 돌아가신 한의 제자 흑룡왕의……."

"그만! 짐 앞에서 놈 얘기는 더 이상 꺼내지 말라!"

한은 수하의 말을 소리쳐 막았다. 불쾌한 기색이 역력했다.

"죄, 죄송합니다. 소신이 금기를 그만……."

흑룡왕의 애기를 꺼냈던 장수는 사색이 된 얼굴로 물러섰다.

"모용가의 그 검사는 어찌하고 있느냐?"

"여전히 물 한 모금도 입에 대지 않고 있습니다. 두문불출, 가부좌 상태로 파오 안에서 하루 열두 시진을 보내고 있습니다."

한은 그럴 줄 알았다는 듯 끄덕였다.

"역시 생각했던 대로 보통 고집은 아니구나."

"분부하시면 강제로라도 식사를 시키겠습니다."

한은 팔을 휘저으며 말했다.

"됐다. 그대로 두어라."

"한이시여, 그런데……."

범문정은 평소의 그 답지 않게 뒷말을 흐렸다.

"무슨 일이냐."

범문정은 한의 재촉에 마지못해 대답했다.

"요녕 땅의 거의 모든 무인들이 잔인하게 피살된 사건이 있었습니다. 무관과 삼류문파까지 무공을 익힌 본인뿐 아니라, 그 가족들도… 살인 솜씨가 매우 대범하고 익숙했습니다. 전문적인 살인 무공을 익힌 자들의 소행임은 분명한데 전혀 흔적을 찾을 수가 없었습니다."

"지금 뭐라고 했느냐!"

한의 언성이 올라가자 범문정은 식은땀을 쏟으며 말했다.

"다른 것은 모르겠으나, 저들의 죽음을 우리 금군에게 덮어 씌우겠다는 의도가 분명합니다."

한은 분노에 떨며 눈을 감았다. 그가 무림인들을 건들지 말라고 명한 것은 무림인들이 마음에 들어서가 아니었다. 그것은 후금이 중원을 점령해도 무림인들에게는 위해를 가하지 않겠다는 뜻을 보여주기 위한 행동이었다.

그러니까 서로 간섭치 말자는 무언의 전언이었던 셈이다. 한데 일이 틀어지고 말았다. 이제 저들은 위협을 느꼈을 것이다.

어차피 계획은 틀어진 것. 한은 미련을 버리고 분노를 삼키며 물었다.

"으음, 명군(明君)의 상황은 어떠냐?"

범문정은 식은땀을 닦으며 가운데 지도를 가리키며 말했다.

"중원 곳곳에 민란이 일고 무림마저 정마가 크게 싸우는 중입니다. 놈들은 산해관을 포기하고 산해관과 이백 리가량 떨어진 만성에 주둔해 있습니다. 수성전을 하겠다는 의도로 보입니다."

"수는 어떠냐? 그리고 군기는?"

범문정은 내심 한숨을 몰아쉬었다. 이제부터는 모두 희소식인 것이다.

"고작해야 오류만 내외에 불과한데다 훈련이 안된 초병들이 대부분입니다. 수나 군사들의 훈련 상태로 보나 놈들은 우리의 적수가 못됩니다."

"하하하!"

한은 범문정의 말에 대소했다. 그가 웃자, 잔뜩 긴장해 있던 장수들도 통쾌하게 웃음을 터뜨렸다.

한은 웃음을 뚝 그치는 동시에 벌떡 일어섰다.

"좋아, 범[虎]이 한낱 비루먹은 강아지를 상대함일진대, 탁상공론을 하는 것도 우스운 짓이겠지! 어차피 이리된 것. 군과 무림을 동시에 상대한다."

장수들도 덩달아 일어났다. 그들의 표정은 붉게 상기되어 있었다.

"용권풍이 지나는 대로 출정을 준비하겠습니다!"

범문정의 말에 한은 힘차게 끄덕였다.

"곧 불어닥칠 바람은 짐과 너희들이 마지막으로 보는 모래 폭풍이 될 것이다."

한과 장수들의 눈에는 중원을 향한 열망으로 가득 찼다. 사철 물이 넘치고, 심는 대로 자라나는 땅. 곧 그곳에 서게 될 터였다.

휘이잉~ 휘이잉~

이른 아침부터 텁텁한 공기를 몰고 온 모래바람이 파오를 한차례 휩쓸었다. 반 각쯤 지났을까. 바람이 지나고 먼지가 개자 사람들이 하나둘씩 모습을 드러내기 시작했다.

조잡한 가죽 따위로 만든 옷을 입어 남루한 병사들. 새까맣게 탄 얼굴이 촌스럽기 그지없었다. 그러나 그것이 다가 아니

었다. 눈빛만은 먹이를 노리는 매인 양 칼날 같았고, 다부진 몸
에서는 저마다 강인한 기상이 엿보였다.

수십만 병사들이 응집하자, 삼엄한 군기가 뿜어졌다. 오합
지졸이라면 능히 일당백을 상대할 만한 완벽히 단련된 정병들
이다.

어둑어둑했던 땅은 동녘 저편에서 떠오르는 해로 인해 환해
지기 시작했다.

수십만이나 되는 여진 병사들은 전신 갑주를 입은 수백의
장수들을 에워싼 형태로 늘어섰다. 그리고 장수들 중심에는
젊은 사내가 있었다.

황금 투구를 쓴 위험을 줄기줄기 뿜어내는 사내는 파오 안
에서 한이라 칭해졌던 자였다.

막 떠오르기 시작한 태양 빛이 투구에 반사되어 신비로운
광경을 연출했다.

태양이 지평선 끝으로 모습을 완전히 드러냈을 때였다. 한
이 태양을 가리키며 소리쳤다.

"우리는 머지않아 자금성에서 저 태양을 보게 될 것이다!"

참으로 기이했다. 사내의 외침은 부딪쳐 메아리칠 곳 하나
없는 너른 평온임에도 강한 공명을 일으켰다. 가히 상상을 절
하는 엄청난 내력이었다.

웅웅거리는 공명을 동반한 그의 음성은 광풍보다 강하고,
해일보다도 세차게 평원 저 끝까지 치달았다. 그리고 수십만
병사들의 너른 중원을 향한 열망을 일깨웠다.

처척!

병사들은 허물어지듯 한쪽 무릎을 꿇었다. 그야말로 일대 장관! 태풍에 옥수수 대가 일제히 눕는 듯했다.

"충(忠)!"

수십만 병사들이 일제히 지르는 구호는 땅마저 진동시키고 하늘마저 놀라게 했다.

"대여진 만세! 황제 폐하 만세!"

팔을 번쩍 들어 병사들의 외침을 잠재운 한은 스스로에게 다짐하듯 말했다.

"짐은! 누르하치라는 명예로운 이름을 걸고 반드시 너희들을 중원 땅의 주인으로 만들어주겠다!"

스스로를 누르하치라 밝힌 사내. 그는 흑룡왕의 사부요, 대설의 사부였으며, 천착무결무록에서 언급된 절대지검 멸천성검의 주인이었다.

2

현자는 어두침침한 밀실에서 살문의 암문으로 적힌 보고서를 단숨에 읽어 내렸다. 그의 안색은 여느 때와는 달리 창백했고 푸르스름하기까지 했다. 무형지독이 발작할 시기가 가까워진 때문이었다.

현자는 그런 몸으로 농마와 독의 대가라는 자들의 행적을 쫓느라 하루에도 수백 통에 이르는 보고서를 일일이 확인하고 있었다.

한 장, 한 장… 오른쪽에서 왼쪽으로 옮겨지는 장수가 많아질수록 현자의 인내심도 점차 바닥이 나고 있었다.

잠시 작업을 멈추고 뒷목을 주무르던 현자가 중얼거렸다.

"정말 알 수 없는 놈이군. 힘이 있으면 응당 쓰고 싶게 마련인데. 대체 어디에 처박혀 있단 말인가."

한숨을 크게 내쉰 현자는 다시 작업에 몰두했다. 그리고 얼마 후.

한 장의 종이가 현자의 손에 잡혔다.

"이놈이다!"

현자는 소리치며 벌떡 일어섰다.

그날 밤 휘청대는 나라 사정에도 불구하고 형형색색 불야성을 이룬 주루의 삼 층으로 검은 그림자가 은밀히 스며들었다.

창가에 어른거리는 그림자를 발견한 현자는 기울이던 잔을 조용히 내렸다.

"그만 나가보아라."

"예, 상공. 적적하시면 언제든지 부르셔요."

시중을 들고 있던 기녀들이 날듯이 절하고 나가자, 현자는 급히 일어나 포권하며 말했다.

"오셨습니까?"

스르륵.

현자의 말이 끝나자마자 단번에 주루 삼층에 스며든 대설이 모습을 드러냈다.

"쯧, 안색이 좋지 않구나. 받아라."

대설은 현자에게 콩알만 한 단환을 건넸다. 한이 보내준 무형지독의 발작을 두 달간 억제하는 일시적인 해약이었다.

현자는 해약을 천천히 씹어 삼켰다. 단환을 복용하자마자 창백하던 그의 얼굴이 잠깐 만에 거짓말처럼 홍조를 되찾았다.

"주군, 일단 앉으시지요."

대설이 상석에 앉자, 현자는 따라 앉으며 아찔하도록 매혹적인 웃음을 지었다.

"무슨 고민이 있으시군요. 정무대 때문이겠지요?"

대설은 현자가 뿜어대는 사이한 매력에도 전혀 동요하지 않고 담담히 말했다.

"쯧, 속일 수가 없구나."

"위에서 놈들에 대한 엇갈린 지시가 내려왔군요."

대설은 좋지 않은 안색으로 끄덕였다.

"맹주 월영신마는 놈들을 상대하라는 명령을 내렸고, 한은 두 알의 단환과 함께 그들을 상대하지 말라는 명을 내렸다."

월영신마는 파죽지세로 밀어붙여 정마대전에서 승리하고자 했다. 반면 한은 정무대가 마도맹을 한바탕 휘저어 상대적으로 피해가 덜한 마도맹도 타격을 입기를 바라고 있었다. 그래야 싸움이 오래 지속되고 더욱 많은 희생자가 생길 테니까.

전혀 상반된 명령, 그것이 바로 대설의 고민거리였다.

만약 월영신마의 명령대로 정무대를 상대한다면 한의 눈 밖에 날 것이 뻔하다. 그렇다고 정무대를 상대하지 않고, 활개를 치도록 둔다면 월영신마가 의심할 것이다.

"어찌할 요량이셨습니까?"

"어차피 답은 하나다, 한. 그 늙은이의 명을 어기면 당장 두 달 후의 목숨을 장담할 수 없다. 무형지독의 해약을 얻지 못하면 죽은 목숨이야."

현자는 고개를 저었다.

"더 이상 그런 일로 고민하실 필요 없습니다. 두 가지 명령을 다 지키면 되니까요."

"그게 무슨 말이냐?"

현자는 그간 은밀히 진행했던 일들과 계획한 일을 차분히 설명했다.

"지금은 매순간 순간의 결정이 전체적인 승패를 가름할 만큼 중요한 때입니다. 그동안은 여진족의 한에게 신임을 얻느라 정마대전을 일으켰지만, 이제는 오히려 싸움을 적극적으로 말려야 할 때입니다. 무림이 서로 싸우다 괴멸되면 결국 이득을 취하는 것은 여진의 황제밖에 없을 테니까요."

대설은 한결 진지한 표정으로 끄덕였다.

"그렇지 않아도 중원의 관군이 금에게 속절없이 밀리고 있다는 소문은 들었다."

"소문이 아니라 사실입니다. 이대로라면 큰 타격 없이 한이 중원을 삼키게 됩니다. 그 자체로 무적인 그인데 세력마저 온전하다면 도무지 꺾을 여지가 없게 되는 것이지요."

현자의 분석은 구구절절 옳았다.

"계속 말해보아라."

"며칠 못 가 정파에서 마도맹으로 사자가 올 것입니다. 휴전을 제의하는 뜻을 담은 정도 맹주의 밀서를 가지고 말입니다."

현자의 확신에 찬 말에 의아함을 느낀 대설은 눈을 가늘게 뜨며 물었다.

"그간 정도맹의 늙은이들은 북방에 전혀 신경 쓰지 않았지 않느냐. 왜 갑자기 휴전을 제의할 거라고 생각하지?"

현자는 생각했던 물음이라 씩 웃으며 말했다.

"본 문의 살수들이 후금이 점령한 요녕성의 무인들을 모조리 처치했습니다, 그것도 아주 잔인하게."

대설은 현자의 뜬금없는 말에 생각에 잠겼다. 잠시 후 전후 사정을 살펴 그것이 의미하는 바를 헤아린 대설은 엄지손가락을 추켜세웠다.

"역시! 너의 계략을 따를 수가 없구나."

"이제 시작일 뿐입니다. 다만 문제는 정파가 요녕성에서 벌어진 일들을 보고 받으려면 며칠은 걸린다는 것입니다."

"어쨌거나 그 며칠 동안은 정무대를 상대해야 한다는 말이구나."

"그렇습니다. 상대를 하되 양측 모두 피해가 없어야 합니다."

"그저 도망만 다니면서 시간을 끌란 말이냐? 월영신마가 의심할 텐데?"

현자는 씩 웃으며 세밀하게 그려진 한 장의 지도를 내밀었다. 지도 우측 상단에 운해곡(雲海谷)이라는 글씨가 선명했다.

"이것을 보시지요."

"운해곡이라?"

"황산의 한 자락으로 이곳과 그리 멀지 않은 곳입니다. 사철 구름이 덮인 곳으로, 진식을 설치하기에는 그야말로 천혜의 환경이었습니다."

"벌써 진을 펼쳐 놓았다는 말이냐? 그러니까 이곳으로 정무대 놈들을 유인해 진 속에 가두고 시간을 끌라는 말이렷다?"

현자는 끄덕이며 부언했다.

"그렇습니다. 정무대원들은 한이 키운 비밀 세력을 상대해야 할 자들입니다. 전면전은 절대적으로 피하고 시간을 끄십시오. 만약을 대비해 계곡 좌우에 하나씩 설치해 놓았으니 그들을 끌어들이는 것은 별 어려움이 없을 것입니다. 운무환상진(雲霧幻想陣)은 절진이라 하기에는 손색이 많은 진법이지만, 운해곡의 환경과 맞물려 절진 못지 않은 힘을 발휘할 것입니다. 정무대 정도는 능히 며칠 동안 가둘 수 있을 것입니다."

적의 적은 동지라 했다. 현자는 한이라는 대적을 두고 정과 마 모두를 아군으로 보았다.

둘은 한참 동안 진이 설치된 위치와 세부적인 계획을 논의했다.

"한시름 덜었구나."

"멸검과 성검의 진척은 어느 정도인지요?"

"익힐 수 없었다. 뭔가가 가로막고 있어. 세 무공을 이어주는 어떤 고리가 빠져 있는 느낌이다."

대설은 천착무결무록을 보고 멸, 천, 성검이 본래 하나의 검법임을 알고, 얼마 전 연의와 현자로부터 멸검과 성검의 구결을 받아 익히고 있었다. 그런데 어찌 된 일인지 시작부터 간단치가 않았다.

"큰일이군요. 뭔가 새로운 심법이 필요한 것이 아닐까요?"

대설은 고개를 가로저었다.

"그럴지도 모르지. 하지만 요즘 들어 뭔가가 다가오는 기분이다. 시간을 가지고 연구한다면 필시……."

"소신은 주군을 믿습니다. 소인 또한 무형지독의 해독 방법을 백방으로 찾고 있으니 심려치 마십시오."

"그래야지. 나 또한 너를 믿는다."

현자는 황송하다는 듯 고개를 푹 숙이며 말했다.

"주군, 그보다 오늘 주군을 모신 이유는 따로 있습니다. 그를 찾아냈습니다."

대설은 현자가 말하는 그가 누구인지 대번에 알아챘다.

"놈은 어디 있느냐?"

"행적으로 짐작컨대 정도맹 총단 쪽으로 향하고 있는 듯합니다."

대설의 안색이 눈에 띠게 어두워졌다.

“정도맹이라… 그래, 역시 그곳과 연관이 있었던가.”

농마와 같은 자에게 정도맹 같은 든든한 끈이 있다는 것은 그들에게는 큰 악재였다. 대설과는 달리 여전히 현자의 안색은 여전히 밝았다.

“농마가 정도맹으로 향한 것은 개방의 후개로 보이는 자와 만난 직후입니다. 자세히는 알 수 없으나 후개로부터 그를 움직이게 한 어떤 소식을 들었다는 추측이 가능합니다.”

“농마를 움직이게 할 상황이라… 어떤 소식일 것 같으냐?”

“정도맹 나온 이후의 그의 행적이 말해줄 것입니다. 제 짐작대로라면 그자는 북으로 향할 것입니다. 한에게로 말입니다.”

“하하! 그렇게만 된다면야 더 바랄 것이 없지. 이제 두 맹수가 서로 할퀴는 것만 구경하면 되는 것이냐?”

“그전에 한 가지 처리할 일이 있습니다. 농마가 정도맹 총단으로 향하기 직전까지 같이 있던 자들이 있습니다. 현재 남궁세가에 접근하는 중이지요.”

“그토록 찾던 농마의 수족이냐?”

현자는 고개를 저었다.

“정황상 패도문과의 일전에서 생존한 세가수호단원들 같습니다.”

“애송이들이군. 숫자는?”

“서른여 명쯤 되는 것 같습니다. 숫자는 적으나 전력은 상당할 것으로 예상됩니다.”

대설은 현자가 품은 뜻을 짐작하고 피식 웃었다.

"정무대 놈들과 전면전을 치르지 않고, 매양 유인한다면 필시 흑룡대원들이 불만을 터뜨릴 터이니 놈들에게 노리개 감으로 줘라 이거냐?"

현자는 끄덕이며 따라 웃었다.

"어차피 살아 있어 봤자 농마의 힘이 될 놈들이라면 일찌감치 제거하는 것도 나쁘지 않다는 생각입니다."

북방은 칼바람이 불고, 중원 중심에는 정마대전으로 피바람이 휘몰아치는 가운데 주루의 작은 방에서 현자와 대설은 세상을 집어삼킬 계획을 완성해 나가고 있었다.

기정풍과 헤어진 지 닷새. 수호단원들과 반당을 비롯한 개방의 몇몇 제자들은 마도맹의 무인들과 수차례 혈전을 치른 후 산을 타고 있었다. 산을 간신히 반쯤 넘었을 때였다.

대낮임에도 하늘이 어둑어둑해지더니, 금세 때 아닌 가을비가 내리기 시작했다. 장대비는 아니었지만 주적주적 청승맞게 내리는 비로 옷이 흥건하게 젖어버렸다. 젖은 옷이 몸에 달라붙어 강행군으로 지친 육신에 피로를 한층 더했다.

만약 이런 몸으로 강적을 만난다면, 힘도 써보지 못하고 당할 공산이 컸다.

하늘을 올려다본 진승표는 일행들을 돌아보며 뽀얀 입김을 뿜으며 말했다.

"쉬이 그칠 비가 아닙니다. 동굴이라도 하나 찾아서 좀 쉬어야 할 것 같습니다. 제가 주변에 동굴이 있는지……."

악화명이 얼른 나서서 손사래를 쳤다.

"무슨! 아무리 작은 무리라도 자네는 우리들의 머리일세. 수고를 끼쳐서야 쓰겠는가. 내가 찾아보고 오겠네."

악화명은 먼저 숲을 뚫고 나아갔다.

진승표는 며칠 동안 기정풍이 부탁한 대로 일행들의 우두머리 역할을 충실히 이행했다. 숨겨진 능력이 조금씩 발휘되면서부터 무공 등 여러 면에서 단원들 중 으뜸이라 단원들도 군말없이 그를 따랐다.

곧 어두침침한 동굴을 찾아들어 간 일행은 진승표가 번을 서는 가운데 각자 가부좌를 틀었다. 운기행공으로 몸을 데워 옷도 말리고 피로도 풀어야 했다.

불을 피우면 응당 연기가 나게 마련이니 그럴 수도 없었다. 이들의 목적은 싸우겠다는 것이 아니라, 싸움을 말리는 것이었기에 마도맹의 수뇌들에게 접근하기 전까지는 되도록 마도맹의 일반 무인들과 부딪쳐서 좋을 것이 없었다.

한 시진 전, 원치 않게 마도맹의 무인들과 만났었다. 그들은 싸울 뜻이 없음을 밝혔으나 마도맹 무인들은 코웃음치며 죽어라 덤벼드니 결국 싸울 수밖에 없었다. 전혀 대화가 통하지 않았던 것이다.

후우욱!

무공이 일정 이상의 경지에 든 수호단원들이 먼저 긴 호흡을 뱉으며 운공을 끝냈다. 얼마 후 반당이 개방 거지들 중 가장 먼저 운공을 마쳤다.

반당은 운기를 마치고 눈을 뜨자마자, 먼저 운기를 마치고 깨어 있는 단원들을 보고 놀란 표정을 지었다.

"아니, 벌써 운기를 마친 것이오?"

단원들은 미미하게 끄덕였다.

반당은 내심 단원들이 대주천이 아니라, 소주천을 행하고서 마치 대주천을 한 것처럼 행세한다는 생각에 마음이 언짢았다.

"승표, 자네도 어서 운기하게."

상관철은 반당이 엉뚱한 오해를 하고 있는 동안 동굴 입구에 있던 진승표를 안쪽으로 잡아끌며 말했다.

"아닙니다. 전 괜찮습니다."

"아무리 자네라도 젖은 옷을 오래 입고 있는 것은 좋지 않네."

악화명까지 나서서 재촉하자 진승표는 할 수 없이 운기에 들었다. 그가 좌정하고 얼마 지나지 않아 몸에서 더운 김이 모락모락 솟아나기 시작했다. 떨떠름한 표정을 짓고 있던 반당의 얼굴에 점점 놀람이 깃들었다.

운기를 시작한 지 일각쯤 지났을까?

진승표가 단 일각만에 텁텁한 공기를 뱉어내며 대주천을 마쳤다. 반당의 표정은 거의 경악으로 바뀌었다. 그는 아직도 운기 중인 거지들을 보며 고개를 절레절레 흔들었다.

개방 거지들은 그때까지도 세상모르고 운기 중이었다. 그

들의 젖은 옷이 말라갈수록 지독한 악취가 동굴을 가득 메웠
다.

반당은 거지인 본인조차 참기 힘든 악취인데다, 개방도들의
형편없는 무공 수준에 놀랐던 마음은 사라지고, 부끄러운 마
음이 들어 단원들을 볼 낯이 없었다.

"허허, 이거 참."

반당이 헛기침을 토하며 얼굴을 붉히자, 진승표가 속삭이듯
말했다.

"대협, 저희들은 괜찮으니 마음 쓰지 마십시오."

반당이 슬며시 고개를 들어 단원들을 바라보니, 불쾌한 표
정이라고는 찾아볼 수 없었다. 심지어 옅은 미소까지 지어 보
이며 자신을 위로하고 있지 않은가.

이건 연기가 아니라 진심이다!

가슴 한구석이 따뜻해져 왔다.

사실 단원들은 산속에서 몇 달씩이나 거지보다 더욱 거지답
게 살아온 전력이 있었기에 이 정도는 아무것도 아니었다. 하
지만 반당이 그런 사실을 알 리 없었다.

반당은 속으로 중얼거렸다.

무공과 인품, 그리고 인내심까지. 내가 이들을 잘못 보았구
나.

반당은 선입견을 천리만리 보내고 단원들을 새삼 다시 보았
다.

"허허, 부끄럽소이다."

“부끄럽다니요. 무엇이 말입니까?”

진승표의 물음에 반당은 속마음을 털어놓았다.

“기 문주님이 그대들과 같이 동행하라 하셨을 때는 심히 언짢았었소. 그분은 내게 있어 워낙 특별한 분이기에 말을 따랐을 뿐. 사실 그대들에 대한 반감이 없지 않았소. 한데 내가 매우 옹졸했음을 깨달았소.”

수호단원들은 어찌 보면 정마대전의 직접적인 원인 제공자들이라 할 수 있었다. 그러니 대협의 표본이라 할 수 있는 반당이 그들에게 반감을 품은 것도 무리는 아니었다.

“하하, 그러셨습니까?”

훈훈한 대화가 몇 마디 오고 간 후, 개방의 거지들도 모두 깨어났다.

그들은 최대한 적들을 피하면서, 전선 깊숙이 침투할 방법에 대해 논의했다.

“지리는 저희들보다 개방의 영웅들께서 더 환하실 테니, 온전히 맡기겠습니다.”

진승표의 말에 반당은 고개를 저었다.

“지금부터 정마대전에 관련한 모든 정보를 그대들과 공유하겠소. 그 정보들을 토대로 논의해서 함께 결정하도록 합시다.”

일행은 비가 얼추 그치자 길을 나섰다. 밤을 낮 삼아 험한 지형을 택해, 수백 리를 달린 지 사흘. 단 한 번도 마도의 무리들과 마주치지 않고 황산의 한 자락에 이르렀다.

반당은 걸음을 멈추고, 멀리 계곡을 가르쳤다.

"저곳이 바로 운해곡이란 곳이오. 저곳만 지나면 남궁세가는 지척이지."

단원들은 끄덕이며 반당이 가리키는 곳을 바라보았다. 과연 하늘에 있어야 할 구름이 땅에 내려와 바다처럼 끝도 없이 펼쳐져 있었다. 운해곡이라는 명칭과 정확히 부합되는 계곡이었다.

"난생처음 보는 절경이로군."

"아!"

단원들은 저마다 탄성을 발하며 감탄했다.

반당이 단원들에게 말했다.

"평탄한 길과 조금 험한 길. 두 갈래 길이 있소. 어떤 걸 택하겠소?"

단원들의 시선이 진승표에게 모였다.

진승표는 딴생각을 하는지 입을 굳게 다물고 있었다. 계곡을 바라보는 그의 눈은 경이로움 대신, 정체 모를 불안감으로 가득했다.

사실 그는 한 시진 전부터 왠지 불길한 예감이 들었다. 뒷목을 자극하는 불안감은 운해곡을 보자마자 최고조에 이르렀다. 형언할 수는 없었지만 가슴이 먹먹하도록 스산한 기분이 들었다.

종리무구가 어깨를 툭 치며 물었다.

"자네, 왜 그러나?"

"아, 아무것도 아닙니다."

반당이 물었다.

"진 소협, 무슨 문제라도 있소?"

종리무구는 진승표의 등을 두드리며 답했다.

"하하, 아무래도 조심성 많은 우리 진 대장은 저 운무 속으로 들어가기가 꺼려지는 것 같습니다."

반당은 겨우 그거였냐는 표정으로 씩 웃으며 품속에서 뭔가를 꺼내 보였다.

"이게 운해곡의 지도요. 여기 우측 측면에 있는 늪지대만 조심하면 별 위험이 없는 곳이오. 게다가 보기에만 이렇지 막상 들어가 보면 시야가 적어도 이 장까지는 확보되니, 길을 잃을 염려는 거의 없소. 정 염려되신다면 평탄한 길로 들어갑시다."

진승표는 반당의 말에도 불구하고 불안감을 떨쳐 버리지 못했다. 때로 무인의 감각이란 이성보다 정확할 때가 있는 법. 진승표가 용기를 내 돌아가자고 말하려 할 때였다.

삐이익!

하늘로부터 고음의 맑은 새 울음소리가 들려 올려다보니, 독수리 한 마리가 수백 장 상공에서 빙글빙글 돌고 있었다.

반당이 손짓하며 마주 휘파람을 불었다.

휘이익!

"놈은 '홍아'라 부르는 전서응이니 놀라지 마시오."

반당의 말을 듣고 자세히 보니 독수리의 발에 작은 죽통이 매달려 있었다. 홍아는 쏜살같이 내려와 반당의 어깨에 앉았다.

"하하! 이놈. 수고했다. 그래, 오늘은 어떤 소식을 가지고 왔
느냐."

반당은 홍아의 머리를 쓰다듬는 한편 능숙하게 죽통을 풀어
전서를 꺼냈다. 전서를 펼쳐 잠깐 동안 훑어보던 반당은 눈을
크게 떴다.

"이런!"

반당의 표정이 심상치 않자, 종리무구가 급히 물었다.

"반 대협, 대체 무슨 일이기에 그리 놀라시는 겝니까?"

"상황이 급박하게 돌아가고 있소. 정무대는 흑룡대를 추격
하다 이틀째 연락이 두절되었고, 월영신마를 비롯한 마도맹의
주축들이 파죽지세로 정파를 몰아가고 있다 하오. 이미 육대
세가 중 몇몇 가문은 궤멸직전까지 몰렸다는 소식이오."

"그럴 수가! 이러고 있을 때가 아닙니다. 서두릅시다."

수호단원들 서른넷과 반당을 포함 열다섯 개방도는 끝내 운
해곡에 발을 들여놓았다. 진승표로서도 마음이 급했기에 돌아
가자는 말을 할 수가 없었던 것이다.

진승표는 일행의 전면에 서서 천천히 전진했다. 운해곡 중
심부로 들어갈수록 안개의 농도가 짙어지고 온도도 높아졌다.
그러나 희미하기는 했지만, 반당이 장담한 대로 이 장 이상의
사물은 식별이 가능했다.

들어갈수록 온도와 습도가 높아서인지, 밖은 늦가을임에도
계곡 안은 어른 키만큼 자란 음지 식물들이 우거져 있었다.

사삭!

들릴 듯 말 듯 지극히 낮은 기척이었다. 그러나 온 신경을 집중하고 있던 진승표는 즉시 감지하고 자리에 멈춰 섰다. 주저앉아 몸을 낮춘 그는 즉시 일행 쪽으로 돌아섰다.

"쉿!"

진승표는 입에 검지를 붙여 조용히 하라는 신호를 보냈다.

"……?"

진승표는 일행의 표정에서 느낄 수 있었다, 자신 말고 방금 났던 기척을 알아챈 사람이 아무도 없음을.

진승표의 짐작대로 일행은 무슨 일이 일어났는지 몰랐다. 하지만 진승표의 표정이 워낙 굳어 있는지라 숨마저 멈춰 기척을 없앴다. 그렇게 일 다경이 흘렀다.

아무런 일도 일어나지 않자, 종리무구는 진승표에게 조심스럽게 다가가 속삭였다.

"승표, 무슨 일인가?"

반당도 다가와 말했다.

"조심하는 것도 물론 좋지만 너무 예민한 것 아니오?"

심각한 표정으로 기척이 들린 방향을 주시하고 있던 진승표는 낮은 음성으로 말했다.

"글쎄요. 하지만 별로 느낌이……."

반당이 별것 아니라는 듯 말했다.

"만에 하나 적이 있다 해도 겁낼 것은 없소. 이런 지형 조건이라면, 오히려 수가 적고 개개인의 무공이 높은 우리들에게 절대적으로 유리할 것 같은데?"

진승표는 반당을 따라 일어서며 인상을 와락 구겼다.

"쥐새끼!"

진승표의 돌발 발언에 반당은 얼굴을 일그러뜨렸다.

"방금 뭐라고 했소?"

아무리 기분 나쁘다고 해도 평소 진승표의 행동과는 거리가 멀었다. 중간에서 무안해진 종리무구는 둘 사이를 막아서며 진승표를 나무랐다.

"아니, 자네. 왜 이러나? 반 대협께 이게 무슨 짓인가?"

개방도들도 안색을 붉히며 막 따지려 할 때였다.

반당이 아니라 안개 저편에서 진승표가 가리킨 진짜 쥐새끼의 스산한 목소리가 전해졌다.

"흐흐, 제법이군. 단 한 번도 십 장 이내에서 들킨 적이 없었거늘."

정체를 알 수 없는 자의 말이 끝나자마자, 사방에서 인기척이 일었다. 이번에는 공력이 낮은 개방도까지도 들을 수 있을 정도로 노골적이었다.

나라의 정세는 급박하게 변하고 있었다. 후금의 침략과 맞물려 전국에서 민란이 일어났다. 후금과의 전쟁도 감당하기 벅찬 관군은 안팎에서 불어닥치는 칼바람을 어느 것 하나 잠재우지 못하고 있었다.

게다가 나라 사정은 방관한 채 무림은 둘로 갈라져 피비린내나는 다툼을 계속하고 있었다.

호북성 정도맹 총단.

어느 때보다 많은 무인들로 북적였다. 그도 그럴 것이 맹주 청진자가 구파에 총동원령을 내려 각파의 거물들과 그들을 따르는 무인들이 대거 하산해 정도맹 총단에 운집한 상태였다.

정도맹 회의장 분위기는 어느 때보다 무거웠다. 딱딱한 분위기가 마음에 들지 않았던지 점창문주 운학이 벌떡 일어서며 말했다.

"허허! 이럴 시간이 어디 있습니까? 당장 안휘성으로 진군해 놈들을 쓸어버립시다."

진철 군사가 운학에게 포권하며 말했다.

"진인, 잠시만 참으십시오. 상황이 그리 간단치가 않게 되었습니다."

"간단치가 않다니? 설마 정무대도 놈들에게 밀리고 있다는 말인가?"

"그런 것이 아닙니다. 정무대는 안휘성에 투입된 즉시 정파의 최대 걸림돌이었던 마도맹의 흑룡대를 뒤쫓고 있습니다. 덕분에 침울했던 우리 정파의 분위기가 한결 나아지고 있다는 보고가 있었습니다. 이번에 맹주께서 총동원령을 내린 것은……."

운학이 진철의 말을 끊고 대소하며 말했다.

"하하하, 그거 듣던 중 반가운 소리군. 하면 뭐가 문제인가? 우리를 부른 것은 저 무식한 마도 놈들에게 마지막 일격을 가하자는 뜻 아니었나?”

운학의 곁에 있던 공동파의 문주 수벽자가 운학을 끌어 앉히며 말했다.

“운학도장. 급할수록 돌아가라 하지 않았소이까. 군사의 말을 끝까지 들어 봅시다.”

회의 진행에 어려움을 겪고 있던 진철은 수벽자에게 감사의 눈빛을 보내고는 계속 말했다.

“아무래도 정마대전을 조속히 멈춰야 할 것 같습니다. 이것을 보십시오.”

진철이 서신 한 장을 꺼내놓았다. 소림의 방장 대방 선사가 서신을 읽는 동안 이번에도 궁금증을 참지 못한 운학이 물었다.

“이것은 무엇인가?”

“얼마 전 모용가주의 실종 때문에 모용세가로 보낸 맹의 조사대가 보내온 소식입니다.”

“대체 무슨 소식이기에…….”

진철이 대답하기에 앞서 서신을 본 대방 선사가 큰 숙제를 안은 사람처럼 탄식하며 입을 열었다.

“아미타불… 서신의 내용이 사실이라면 큰일이오. 속히 정마대전을 멈춰야 할 것이오.”

곧 서신을 모두 읽은 문주들도 얼굴색이 변했다.

서신을 살핀 운학은 도무지 믿기지 않는다는 표정으로 물었다.

"모용세가의 무인들은 흔적도 없이 실종되었고, 요녕의 모든 문파와 무인들은 채 피할 시간도 없이 군사들에 의해 짓밟혔다고? 이 내용이 정녕 사실인가?"

진철 대신 개방 방주 아황이 대답했다.

"사실이오. 본 방의 거지들이 보내온 소식은 그보다도 심했소. 저들은 문파에 속한 모든 것, 심지어는 갓난아이까지도 창에 꿰어 잔인하게 죽였다 하오. 칼밥을 먹고사는 자라면 떠돌이 무인들까지도 죽음을 피하지 못했다 하니 저들의 뜻은 명백하오."

여러 장문들이 이구동성으로 소리쳤다.

"무림멸절!"

현자의 계획대로였다. 중원 살문의 살수들에 의해 자행된 살인은 고스란히 후금의 소행으로 전가되었다.

진철이 장문들을 한차례 쓸어보며 말했다.

"저들은 당나라와 원나라가 어떻게 무너졌는지 잊지 않고 있습니다. 언젠가 위협이 될 수 있는 우리 무림 문파를 없애버리겠다는 의지를 분명히 한 것입니다."

운학이 입맛을 다시며 말했다.

"무림 전체가 들고 일어서면 저들도 결코 쉽지 않을 텐데, 왜 그런 강수를 두었을까?"

"관과 무림을 동시에 상대할 수 있는 힘이 있다는 반증이겠지요. 게다가 중원 무림이 반으로 갈라져 싸우고 있는 것도 저들에게는 반가운 일이겠지요."

듣고만 있던 맹주 청진자가 일어서며 말했다.

"오월동주의 고사를 잊어서는 안 될 것이오. 정마대전을 속히 종결시켜 저들이 원하는 대로 움직이면 아니 될 것이오. 마도와 뜻을 모아 저들에게 대항해야 하오."

"아미타불, 지당하신 말씀이오. 우리 소림은 맹주의 뜻에 따르겠소."

"우리 무당파도 맹주의 뜻에 따르겠소이다."

"우리 공동파도……."

각파의 장문들과 원로들은 한 소리로 맹주와 뜻을 같이하겠다고 약속했다.

장문인 대신 하산한 화산제일검 무정검객이 오랜만에 입을 열었다.

"군사, 마도인들도 이러한 정세를 읽고 있을 터인데, 그들의 반응은 어떤가."

자파의 어른이라 최대한 공경의 눈빛을 보낸 진철은 저간 상황을 자세히 설명했다.

"그렇지 않아도 육대세가의 맹주를 통해 저들에게 정도맹의 뜻을 전했습니다. 그러나 그간 싸움이 격화된 데다 정마대전의 양상이 저들에게 유리하게 돌아가는 상황이라 휴전제의에 선뜻 응할지는 의문입니다."

진철이 회의적인 입장을 보이자 대방 선사가 불호를 외며 말했다.

"아미타불, 설사 저들이 탐탁지 않게 나온다 해도 우리 정파

가 마도에 한 발 양보해서라도 반드시 이번 싸움은 중지시켜
야 할 것이오."

말이 쉬워 양보지 겉으로 보면 정파가 마도에 무릎을 꿇는
것으로 비칠 것이다. 그것을 잘 알고 있는 운학이 분통을 터뜨
렸다.

"이런 빌어먹을! 육대세가 놈들! 그 수호단인지 뭔지 하는
어린것들과 거도신마를 죽였다던 그자만 없었더라면 정마대
전은 일어나지 않았을 테고, 감히 오랑캐 따위가 우리 무림 문
파를 업신여기는 일도 없었을 것이 아닌가!"

"지금은 책임을 따질 때가 아니오."

"선사, 누가 그걸 모릅니까. 그저 분통이 터져서 하는 말입
니다."

진철은 운학이 앉길 기다렸다가 말했다.

"대방 선사님의 말씀대로 누구의 책임을 따질 때는 아닙니
다. 하지만 분명한 것은 운학 문주님이 지적하신 대로 이 싸움
의 발단은 세가수호단과 정체가 확실치 않은 단심문주라는 자
입니다."

"군사는 결자해지(結者解之)를 말하고자 함인가?"

무정검객의 핵심을 찌르는 물음에 진철은 끄덕임으로 긍정
했다.

"그렇습니다. 패도문 생존자들의 증언대로라면 패도문의
몰락과 거도신마의 죽음은 모두 단심문주 한 사람의 소행입니
다. 우리가 속히 마도와의 협정을 끌어내기 위해서는 세가수

호단은 몰라도 그자만은 마도 측에 반드시 넘겨야 할 것입니다."

운학도장은 박수를 치며 맞장구쳤다.

"옳거니! 그자를 넘겨야 한다는 의견에 동의하오. 새파란 것들이야 생각이 모자라고 세상물정을 몰라 단심문주라는 자를 흠모한다, 어쩐다 하고 있지만 사실 생각해 보면 거도신마를 제거한 놈의 저의가 심히 의심스럽소이다."

무정검객은 짐짓 놀란 척하며 물었다.

"운학도장의 말씀은 단심문주라는 자가 정마대전을 조장하기라도 했단 말씀이십니까?"

"왜 아니겠소! 그러니 일을 벌려놓고 몸을 감춘 것이 아니요? 필시 뒤에서 무슨 간계를 꾸미고 있을지도 모르오."

곤륜의 현천 진인까지 수염을 쓸어내리며 그럴듯한 음모론을 제기했다.

"허허, 사실 빈도도 그자가 혹시 후금의 사주를 받고 온 자가 아닌지 의심하고 있었소."

정파가 한 목소리로 외치는 구호는 사필귀정(事必歸正) 사마필멸(邪魔必滅)의 여덟 글자다.

정도인은 마도를 쳐부수는 것이야말로 영원한 과제이며 숙명으로 알고 산다. 마도의 한 축인 거도신마를 처치한 기정풍의 행동은 우러러봄이 마땅한 일이다. 실제로 정파의 젊은 층에서는 기정풍을 단 한 번이라도 보기를 소원했고, 엄청난 힘을 소유하고도 모습을 감춘 그를 우상으로 여기는 자들이 많았다.

그런데 정작 정파의 수뇌들은 기정풍을 원망하고 심지어는 그를 마도맹에 넘겨야 한다며 목소리를 높이고 있다.

불력이 정심하기로 유명한 대방 선사는 눈을 감고 괴로움 표정을 지었다.

"아미타불… 정파에 신성이 떴다 여기고 있었거늘. 그저 운학도장의 추측이 사실이 아니길 바랄 뿐이오."

운학이 혀를 차며 말했다.

"쯧, 신성이 아니라 살성이나 아니면 다행이겠소. 그나저나 군사, 모습을 감춘 그자를 어디서 찾는단 말인가? 찾아야 주리를 틀든지 마도맹에 넘기든지 할 것이 아닌가."

"그건 걱정하지 않아도 됩니다. 이미 그의 행적을 찾았습니다."

천수장 아황이 진철의 말이 사실임을 증명해 주었다. 그는 이미 반당으로부터 기정풍이 정도맹을 향했으니 외모만 보고 판단해 격동시키지 말고 최대한 잘 대접하라는 전서를 받은 상태였다.

"군사의 말은 조금도 틀림이 없소. 무슨 이유인지는 모르나, 그자가 이곳으로 오고 있다고 하니 얼마 안가 직접 보게 될 것 같소이다."

아황이 말을 마치자 맹주가 다시 일어나 상황을 정리했다.

"들은 바와 같이 그자는 얼마 후면 맹에 도착할 것이오. 우

리는 그가 눈치 채지 않도록 극진히 예우하다가 기회를 틈타
반드시 생포해야 하오. 일단 그를 잡아 배후를 알아낸 후에 마
도맹에 보내 저들과 화해를 도모합시다.”

第五章
정도맹 구타 사건

1

히히힝!

질주하던 흑운이 한순간에 멈춰 섰다.

파팟!

흑운에 타고 있던 기정풍과 모용선은 앞으로 쏠리는 힘을 이용해 그대로 허공으로 몸을 띄웠다.

"어어? 게 서라!"

정도맹 총단 정문을 지키고 있던 위사가 놀라 소리쳤다. 그러나 그가 소리치는 동안 둘은 삼 장 높이에 이르는 정문을 훨훨 날아 단숨에 안으로 들어갔다.

남녀가 끝내 시야에서 사라지자, 위사는 서둘러 정도맹 안으로 뛰어들어 가며 고래고래 소리쳤다.

"침입자다! 침입자가 나타났다!"

위사가 충실히 외쳐 준 덕분에 기정풍과 모용선은 한 무리의 무사들을 만날 수 있었다.

기정풍은 무사들을 뛰어넘으려는 모용선을 붙잡았다.

"이곳을 잘 아느냐?"

모용선이 고개를 저었다. 처음인데 알고 있을 턱이 없었다.

"모른다면서 무작정 달려서 뭘 어쩌겠다고? 저들을 이용하자."

그사이 열 명쯤 되는 무인들이 둘을 에워쌌다.

"누구냐! 감히 예가 어디라고 월담을 하느냐?"

퍽!

"으악!"

모용선은 기정풍이 불문곡직하고 무인들을 쓰러뜨리자 황당한 얼굴로 물었다.

"아니, 왜? 이들에게 물어보자면서요?"

"난 이들을 이용하자고 했지 물어본다고 한 적 없다. 이놈들이 비명을 지르면 높은 놈들이 알아서 나오겠지."

"커헉!"

호통쳤던 자를 포함 기정풍의 몇 번의 손짓에 다섯 명이 외마디 비명과 함께 거꾸러졌다.

기정풍이 다시 다른 사람에게 손을 쓰려 하자 모용선은 기겁해서 막으려 했다. 하지만 그녀가 어찌할 틈도 없이 나머지 무인들도 땅에 코를 박았다.

저마다 살 떨리는 비명을 지르는 것이 꽤나 고통스러운 모양이었다.

"쯧, 어째 비명 소리가 시원치 않아."

기정풍은 쓰러져 파르르 떠는 자의 몸을 툭툭 건드렸다. 기절한 자의 회음혈을 슬쩍 걷어차자 끔찍한 비명을 질러댔다.

"아악! 으아악!"

"오호, 여기가 가장 아픈 곳이었군?"

기정풍은 몰려드는 무인들을 불문곡직하고 쓰러뜨렸다. 결국 정문 근처를 지키고 있던 위사들이 모두 쓰러지고 나서야 세 당주가 달려나왔다.

"아니, 넌 선아가 아니냐!"

"당주님!"

모용선은 득달같이 달려가 악한영의 품에 안겼다. 악한영은 외팔이가 된 모용선을 보며 눈을 크게 떴다. 그녀는 자초지종을 묻기보다 일단 품에 안겨 울음을 터뜨리는 모용선을 부드럽게 다독였다.

흐느끼던 모용선은 곧 마음을 다잡으며 물었다.

"그보다 저희 오라버니가 이곳에 와 계신다고……. 정말 제 아버지께서 실종되신 건가요?"

둘이 얘기를 나누는 동안 상관기와 남궁설은 기정풍에게 다가왔다.

"아니, 이게 어찌 된 일인가. 그동안 어디 있었나? 나머지 아이들은?"

"살 놈들은 살고, 죽을 녀석들은 죽었다. 그보다 모용승천이 실종되었다 들었는데, 대체 어찌 된 것인지 알아야겠다."

상관기는 모용황이 가지고 온 서찰의 내용을 한 자도 틀리지 않고 말했다. 좀처럼 놀라지 않는 기정풍인데 이번만큼은 크게 놀랐다.

"흑룡왕의 사부라고? 그것이 정말이냐?"

상관기와 남궁설이 차례로 말했다.

"틀림없는 사실일세. 그자와 가주님의 실종이 무관치 않다는 생각이 드네."

"더욱 놀라운 것은 그 흑룡왕의 사부라는 자가 바로 여진의 황제라는 사실이네."

점입가경이다. 흑룡왕은 쌍압문이라는 세력을 업고도 세 개 성을 휘어잡았었다. 그런데 그 사부라는 자는 여진족의 황제라니.

"무면객! 그 늙은이는 어디 있지?"

"모용승천의 실종 소식을 듣던 날 어찌 된 일인지 말씀도 없이 사라지셨네."

기정풍의 안색이 갈수록 딱딱하게 굳어졌다.

보지 않아도 알 수 있었다. 무면객은 모용세가와 연을 끊었다 했지만 말도 안 되는 일. 필시 실종된 아들을 찾아 나섰을 것이다.

"그래서 너희 정파는 어찌하기로 했느냐? 정마대전을 중단하고 흑룡왕의 사부라는 자에게 대항하기로 했겠지?"

상관기가 어두운 안색으로 말했다.

"그게 그렇지가 않네."

"그렇지가 않다니! 그것보다 급박한 일이 어디 있다고!"

"답답한 노릇이네만 수뇌들은 국방의 일은 군사들이……."

상관기가 그동안의 답답한 심정을 말하려 할 때였다. 맹주와 진철, 그리고 몇몇 장로들이 날듯이 달려나왔다.

진철은 줄줄이 쓰러져 끙끙대고 있는 위사들을 보며 물었다.

"아니, 이게 무슨 일인가?"

쓰러져 있던 한 위사가 고통을 참으며 기정풍을 가리켰다. 진철은 기정풍을 한차례 훑었다. 짧은 시간 그의 눈이 예리하게 반짝였다.

"상관 대협, 어찌 된 일인지 설명해 주실 수 있겠습니까?"

상관기는 마치 자랑스러운 아비라도 소개하듯 어깨를 펴며 당당히 말했다.

"허, 험. 군사, 이 공자가 바로 거도신마를 제거한 사람이오."

진철은 눈을 크게 떴고 뒤에 서 있던 맹주는 급히 앞으로 나섰다.

"아니, 그게 정말이오?"

상관기는 맹주의 놀란 얼굴을 즐기는 표정으로 끄덕였다.

"틀림없는 사실입니다."

맹주는 상관기를 제치고 걸어가 기정풍의 손을 덥석 잡았다.

“이런, 맹에 이러한 귀인이 오시다니! 내 몰라 뵈었소. 하하!
알았다면 백 리 앞까지 마중을 나갔을 것을.”

“세상에나 이렇게 젊은 용모라니! 환영하오.”

“어서 오시오.”

“환영하오. 내 미리부터 그대의 얘기를 듣고 흠모하고 있던
차였소.”

맹주를 시작으로 여러 장로들이 줄줄이 나와 기정풍을 환영
했다. 그러나 정작 운학도장 등 구파의 핵심 인물들은 단 한
명도 보이지 않았다.

요란한 환영식을 끝낸 기정풍은 객사에 들었다. 그가 세
당주와 그간에 있었던 일들에 대해 간략하게 대화를 나누고
있을 때, 장로 회의에 참석해 달라는 맹주의 요청이 들어왔
다.

거절할 이유가 없는 기정풍은 모용선과 수호단의 세 당주와
함께 회의장에 들었다.

기정풍 등이 자리에 앉자 진철이 본격적으로 회의를 진행시
켰다.

“오늘 이 자리에 모인 것은 흑룡왕의 사부라는 자에 대
해…….”

“잠깐!”

기정풍은 손을 들어 진철의 말을 막았다.

“공자, 회의 도중에 하실 말이 있으면 발언권을 얻어…….”

“거참, 미안하군. 이 몸이 워낙 무지해서 말이야.”

진철은 기정풍의 안하무인격인 태도에 인상을 찡그렸다.

"기왕 이리됐으니 하실 말이 있거든 속히 하십시오."

기정풍은 맹주 뒤에 처진 수묵화 병풍에 시선을 주며 말했다.

"뒤에 있는 자들은 누군가?"

"맹주님의 호위들입니다."

"자네는 혹시 개가 맹수를 호위하는 것을 봤나?"

진철은 시치미를 뗀다.

"당최 무슨 말씀을 하시는지? 그런 일이 세상에 어디 있단 말입니까?"

"바로 이 자리에서 그런 일이 벌어지고 있는데 그런 일을 본 적이 없다? 쯧, 신경 거슬리게 하지말고 나오는 것이 어떤가!"

맹주는 기정풍이 단번에 눈치 채자 벌떡 일어섰다.

"듣던 대로 대단하군! 나오시오!"

스스슥!

맹주의 말이 끝나자마자 열두 폭 병풍이 조각조각 갈라졌다.

병풍이 뚫리자 각양각색의 복장을 한 열 명의 고수가 튀어나왔다. 그들은 맹주를 호위하는 위치를 점하고 무지막지한 살기를 기정풍에게 집중시켰다.

우웅웅!

무형의 살기가 전신을 압박하자 기정풍은 안면 근육을 씰룩이며 말했다.

"흐, 대가리들의 본격적인 행차라 이건가. 어째 필요 이상으로 호들갑들을 떠는 꼴들이 구린내가 난다 했지."

기정풍은 회의실에 들어온 순간부터 병풍 뒤에 누군가 있음을 알고 있었다. 그러나 전혀 눈치 채지 못했던 세 당주는 좀처럼 입을 다물지 못했다.

단순히 누가 뛰쳐나와서가 아니라, 나타난 자들의 지위 때문이었다. 그들의 면면은 그저 놀랍다는 말로는 표현이 힘들 지경이었다.

소림 방장 대방 선사, 무당의 태극선인, 화산제일검이자 화산칠검의 수좌인 무정검객, 개방 방주 천수장 아황, 공동오로 중 첫째 수벽자 등…….

구파 일방의 장문이거나, 최고수로 일컬어지는 사람들이었다.

토끼눈으로 면면을 살피던 상관기는 진철의 표정을 보고 이 모든 사건의 전말을 깨달았다.

"진철 군사, 당신이……."

진철은 상관기와 두 당주를 보며 입꼬리를 말아 올렸다. 정신을 추스른 악한영이 각파를 대표하는 고수들에게 말했다.

"설마 기라성 같은 분들께서 협공하시겠다는 건가요?"

부끄러움을 아는지 열 명의 안색이 몰라보게 붉어졌다. 진철은 그들이 동요를 보이자 얼른 소리쳤다.

"여러 어르신들에게는 참으로 죄송합니다. 하지만 정파뿐

아니라 전무림의 안위가 걸린 일이니 저자를 절대로 놓쳐서는
안 됩니다."

거의 정파의 핵심이라 할 수 있는 자들을 등에 업은 청진자
는 한 걸음 나서며 기정풍에게 담담한 목소리로 말했다.

"끝났네. 순순히 오라를 받는 것이 서로에게 좋은 일일세."

기정풍은 맹주의 담담한 음성에 속이 뒤틀렸다.

"크큭, 다 잡아놓은 고기 취급이라……. 뭔가 큰 착각들을
하고 있군 그래."

기정풍을 찢어 죽일 듯 쏘아보던 점창파의 문주가 발끈해서
소리쳤다.

"이 천하에 음흉한 녀석아, 끝까지 우리를 상대로 버텨보겠
다는 것이냐?"

"음흉? 네놈 말뜻은 나는 음흉하고 병풍 뒤에서 사람 하나
잡겠다고 쥐새끼처럼 웅크리고 있던 너희 늙은 종자들은 광명
정대하다는 것이냐?"

기정풍에게 모욕을 당한 점창 문주는 낯을 붉혔다. 기정풍
과 열 명의 고수 간에 팽팽한 긴장감이 흐르는 순간.

"잠깐! 진철 군사! 대체 이렇게까지 하는 이유가 무엇인가?"

진철은 상관기의 다급한 음성에 느긋하게 웃으며 말했다.

"상관 대협, 우리로서도 어쩔 수 없었소. 아시는 것보다 훨
씬 더 북쪽 전황이 심상치 않게 돌아가고 있소. 산해관 이북이
순식간에 여진족에게 함락되었고, 명군은 곳곳에서 연전연패
하고 있소."

그것은 이미 예상했던 대로가 아닌가. 상관기는 오히려 안색을 풀며 말했다.

"그러게 우리가 뭐라고 했는가. 속히 정마대전을 중단시키고……."

"그래서 그러는 거요. 개방의 정보대로 판단하건대 여진족이 이 나라를 삼키는 즉시 무림은 끝장나오. 이미 요녕성의 모든 무인들이 도륙당했소. 해서, 본 맹도 정마대전을 종식시키고 군을 돕기로 뜻을 모았소."

"아악! 그, 그게 정말인가요?"

모용선이 창백한 얼굴로 물었다.

"모용세가 아가씨군. 소저는 안심해도 될 것 같은데?"

"그, 그게 무슨 말이죠?"

"모용세가는 후금의 병사들이 들이닥치기도 전에 감쪽같이 사라졌다더군."

모용선은 진철의 말투가 비꼬는 투든 말든 일단 안도의 한숨을 쉬었다. 짧은 순간 사라졌다는 것은 필시 지하로 대피했을 가능성이 컸다.

기정풍과 세 당주도 그 사실을 알고 있었기에 놀람을 가라앉혔다. 마른침을 삼킨 상관기가 말했다.

"그렇다면 이러고 있을 것이 아니라 속히 마도 측과 협상을 해야 하지 않소이까?"

"물론 그럴 생각이오. 다만 우리는 마도맹 측이 쓸데없는 고집을 부릴까 걱정하고 있는 것이오. 사실 천하제일가가 빠지 때문에 정파가 싸움에서 밀리는 형세라 다급한 건 저들이 아니라 우리거든.”

진철이 이야기를 질질 끌자 악한영이 나섰다.

“그게 지금 상황과 무슨 상관이 있단 말이죠?”

“관계가 있소. 앞뒤 꽉 막힌 그들을 설득하려면, 저들이 원하는 것을 쥐어줘야 하지 않겠소? 떼쓰는 아이를 달랠 달콤한 전병 같은 것 말이오.”

악한영은 얼떨떨한 표정으로 중얼거렸다.

“전병이라고?”

진철은 기정풍을 가리키며 말했다.

“그렇소. 이를테면 무공 좀 세다고 천지분간 못하고 날뛰는 저 어린 공자 말이오. 만약 어린 공자로도 안 되면 별수없지 않겠소? 소수가 다수를 위해 희생하는 수밖에.”

세 당주와 기정풍은 진철이 말하는 소수가 수호단원들을 지칭하는 것임을 묻지 않아도 알 수 있었다. 기정풍 하나로 만족하지 않으면, 그때는 수호단원들까지 넘기겠다는 엄포였다.

듣고 있던 남궁설이 가슴을 치며 소리쳤다.

“네가 그러고도 도사냐? 정도를 대표하는 화산파의 제자인가 말이다!”

기정풍의 싸늘한 음성이 낮게 깔렸다.

“너희들 셋은 그만 하고 물러서라!”

격분했던 세 당주는 뼛속까지 서늘한 기분에 주춤주춤 물러섰다. 기정풍은 자신에게 무기를 겨눈 자들을 하나하나 살폈다. 그의 시선이 개방 방주 아황에 가서 멎었다.

"거지군. 왕초라는 건가. 너는 반당이란 애송이 거지와 어떤 사이냐?"

아황은 기정풍과 시선이 정면으로 마주치자, 머리털이 곤두서고 심장이 오그라드는 기분을 맛봐야 했다. 팔십 평생 처음 겪어보는 섬뜩한 기분이었다.

"그, 그놈은 내 제자일세."

아황은 말하면서도 자신의 음성이 떨려 나오는지 의식하지 못했다.

"사부라……. 놈에게서 내 얘기를 듣지 못했느냐?"

아황은 못 들었다는 말을 하려다가 입을 다물었다. 퍼뜩 머리를 스치는 생각이 있었기 때문이다. 그는 반당이 정체불명의 절대고수를 찾아 헤맬 때 가장 못마땅하게 여기던 사람 중 하나였다. 수년간 농마를 찾아 방황하는 제자에게 불호령을 내려 요녕성에서 끌고 온 것도 그였다.

한데, 요녕성에서 몇 년만에 돌아온 제자가 처음 했던 말이 왜 지금 떠오르는 것일까.

"사부! 그는 절대 천하제일검 사공휴가 아닙니다. 괭이를 독문무기로 쓰는 농마라는 자입니다. 천하제일검의 아래가 아닙니다. 그가 천하제일인입니다! 어디 있는지는 모르나, 기필코 제가 찾아 보이겠습니다."

제자의 음성이 아직도 귀에 쟁쟁했다.

'농마, 괴물… 독문무기… 괭이?'

단어들을 되뇌던 아황의 눈이 배는 커졌다. 기정풍의 손에 들린 새까만 괭이가 그의 눈에 시리게 들어와 박혔던 것이다.

반당 그녀석이 말한 자가 이자였구나!

"…서라."

생각하느라 기정풍의 말을 제대로 듣지 못한 아황은 남몰래 식은땀을 닦으며 물었다.

"뭐라 했는가. 다시 한 번……."

"반당, 네 제자 놈의 낯을 보아 물러설 기회를 준다고 했다. 물론 이자들과 함께 덤비든, 물러서든 왕거지 너의 자유다."

아황은 자신이 중대한 기로에 섰음을 직감했다. 수십 년간 최고급 정보를 다뤄 온 그의 감각은 물러서라 외치고 있었다.

'그래, 제자 놈의 안목을 믿어보자.'

"커험, 아무리 생각해도 여럿이서 하나를 핍박하는 것은 광명정대한 무인이 할 짓이 아니지."

아황은 되도 않는 말을 내뱉으며 슬쩍 물러섰다. 그는 몇 걸음 물러서자마자, 가슴을 짓누르던 낯선 기분이 씻은 듯 사라짐을 느꼈다.

내심 가슴을 쓸어내린 아황은 속으로 중얼거렸다.

'이것이 말로만 듣던 진짜 무형의 살기라는 것이구나!'

타구봉을 쥔 그의 손은 긴장으로 이미 흥건히 젖어 있었다.

이로써 구 대 일의 구도가 만들어졌다.

수호단의 세 당주도 이때만은 긴장했다. 거도신마를 해치운 무력을 가졌으니, 그 앞에서 머리 숫자는 무의미하다고 할 수도 있겠다. 그러나 아홉이라는 숫자가 정도 구대문파의 최고수들이라면 이야기가 다를 것이다.

2

우르릉!

하늘이 우는 소리가 들렸다.

드드드!

급기야 땅도 흔들렸다.

검을 든 도사 복장의 중년 도사가 얼떨떨한 표정으로 중얼거렸다.

"이, 이게 무슨……. 지, 지진……?"

회색 가사를 입은 소림의 중이 건물 벽을 가리키며 소리쳤다.

"저, 저기!"

정도맹의 원로 회의장 밖을 지키고 있던 백 명이 넘는 무인들의 시선이 일제히 중의 손가락을 따라 움직였다.

드득, 드드득.

그들은 건물 전체에 일어나는 균열을 멍한 표정으로 지켜보았다. 대부분 몇 시진 전 각파의 최고 고수와 함께 맹에 입성

한 자들이었다.

그들이 보고 있는 순간에도 아름드리나무 뒤틀리는 소리가 건물로부터 연이어 새어 나왔다.

쩌적, 쩌저적!

눈 깜짝할 사이에 벽에 생긴 실금이 동아줄 만하게 커졌다.

"건물이 무너진다!"

누군가의 다급한 외침 직후였다.

쾅! 콰콰쾅!

굉음을 내며 회의장 전체가 폭발하듯 터져 나갔다.

슈슈슉—

건물을 지탱하던 기둥과 벽을 구성했던 단단한 재료들이 위험천만한 무기가 되어 무인들에게 들이닥쳤다.

"피, 피해!"

누군가가 악을 써댔지만 굉음에 묻혀 들리지도 않았다. 흙먼지가 자욱하게 피어올랐다. 어느 정도 충격이 가셨다. 건물로부터 수장씩 물러나 머리를 감싸 쥐고 납작 엎드렸던 자들이 하나씩 일어섰다.

우웅! 우우웅!

놀란 가슴을 채 달래기도 전, 급작스럽게 울린 검음은 무인들을 다시 한 번 공황 상태로 몰아넣었다. 검음과 동시에 몰아친 살 떨리는 기파는 입을 여는 것조차 허락지 않았다.

본래 건물이 있던 자리에서 벼락같은 음성이 터졌다.

"안 되오! 힘을 줄이시오! 이대로라면 저들은 모두 죽고 말

것이오!"

가슴을 압박하는 기운에 구파의 무인들은 숨도 못 쉬고 있었다. 망부석처럼 굳어 있던 그들은 공포에 깃든 눈으로 정면을 바라보았다.

대체 무슨 일이 벌어지고 있는가.

건물이 무너질 때 피어오른 먼지 때문에 한 치 앞도 짐작할 수 없었다.

휘이잉~

한줄기 바람이 불어와 시야를 차단하던 뿌연 먼지를 걷어냈다.

그토록 궁금하던 전경이 무인들의 눈에 속속들이 들어와 박혔다.

한 명의 젊은이를 나이든 아홉 명이 둥글게 포위하고 있었다. 어마어마한 기파는 그들로부터 기인된 것이었다. 그들 뒤로 십여 장쯤 떨어진 곳에는 모용선과 세 당주, 아황을 비롯한 장로회의에 참석했던 사람들이 서 있었다.

젊은이는 말할 것도 없이 기정풍이었고, 아홉은 구대문파의 고수들이었다.

그으응!

화산제일검 무정검객의 검에서 한층 격렬한 검명이 울려 나왔다.

우웅—

뒤이어 곤륜 현포 진인의 검도 검명을 토해냈다.

펄럭, 파팟—

대방 선사의 넓은 소매는 금방이라도 찢어질 것처럼 세차게 펄럭거렸다.

기정풍은 드물게 힘겨운 표정을 지으며 땀을 쏟고 있었다. 열 명을 상대로 이 장을 격하고 내력 대결을 펼치고 있었으니, 아무리 괴물인 그라도 입조차 열 수가 없었다.

아홉 고수도 힘겹기는 매한가지였다. 그들의 등에는 식은땀을 줄줄 흐르고 있었다. 내력 소모가 심하기도 했지만, 아홉 고수의 내력을 능히 받아내고 있는 신화 같은 존재는 그들의 가슴을 서늘케 했다.

무슨 수를 써서라도 반드시 죽여야 했다. 구파 고수들의 한결같은 생각이었다.

반드시 죽이고 말겠다는 의지가 내력에 깃들자, 갈수록 오가는 기파가 차가워졌다. 검이 숫제 깨지는 소리를 냈고, 밖으로 쏘아지는 진기의 양도 도를 더해갔다.

쩌정, 쩌저정! 파파파!

소리 하나하나가 치명적인 살기를 싣고 굳어 있던 무인들을 공격했다.

"크윽!"

"으윽!"

갈수록 무인들의 낯빛이 푸르뎅뎅하게 변했다. 개방 방주 아황은 나이도 잊고 발을 동동 굴렀다. 그의 힘으로는 도무지 어찌해 볼 수가 없었다. 방법은 하나! 양측이 동시에 내력 대결을 멈추는 것뿐이었다.

"양쪽 모두 힘을 풀어야 하오! 정녕 저들을 전부 죽이고야 마시겠소?"

아황의 절규에 가까운 부르짖음에 구파 측 고수 중 내력이 가장 고강한 대방 선사가 간신히 입을 열었다.

"아.미.타.불! 이 지옥의 괴수를 놓아줄 수는 없소."

몇 마디 한 것뿐인데 대방 선사의 입과 코에서 선홍색 피가 흘러 나왔다. 이번에는 기정풍이 한 자, 한 자 힘주어 말했다.

"나는 잠시 멈췄다가 저들을 물린 후 다시 대결에 임할 용의가 있다."

기정풍은 말을 마치고 눈을 지그시 감았다. 그는 무리하게 입을 연 덕분에 울컥 끌어오르는 피를 꿀꺽 삼켰다.

잠자코 있던 진철 군사가 나섰다.

"그걸 어떻게 믿지?"

상관기가 소리쳤다.

"그는 결코 속임수나 쓰는 소인배가 아니오!"

남궁설은 주먹을 불끈 쥐고 이를 악물며 말했다.

"만약 불상사가 일어난다면, 우리 세 가문이 공동으로 책임지겠소."

진철이 굳은 표정으로 끄덕였다.

"좋소. 믿어보도록 하지."

돌아선 진철은 똑똑히 들리도록 큰 소리로 말했다.

"제가 셋을 세겠습니다! 내력을 거두되, 양쪽 분들 모두 서로를 공격하거나 단 한 걸음도 움직여서는 안 됩니다!"

양측은 진철이 셋을 셈과 동시에 내력을 거둬들였다.

마음대로 쓰러지지도 못했던 백여 무인은 초주검이 되어 힘없이 픽픽 쓰러졌다.

열 명은 내력은 거뒀을지 몰라도, 여전히 서로를 매서운 눈으로 견제했다. 내력은 없었으나 순수한 살기만으로도 족히 사람을 상하게 할 정도였다.

"속히 저들을 안전한 곳으로 물려라!"

진철의 명령에 곧 대결을 방해했던 자들이 멀리 치워졌다.

주위 상황을 보지 않아도 상세히 느낀 열 명의 고수는 서서히 재대결에 임해, 기세를 돋우기 시작했다.

웅―!

다시 검이 울고, 도포자락이 펄럭이기 시작했다.

내력이 고강하고, 기가 안정된 경지에 접어들수록 회복 속도가 빠를 수밖에 없다. 비록 잠시 동안이었지만 대부분의 기력을 회복한 기정풍은 전과는 달리 여유가 넘쳤다.

불리하게 돌아가는 것을 느낀 구파의 고수들은 안색이 창백해졌다.

빠드득!

다소 안심한 표정으로 기정풍을 주시하고 있던 모용선은 문득 이질적인 소리에 돌아보았다.

언제 가지고 왔을까? 진철 군사가 자신의 키만 한 대궁에 화살을 재고 있었다. 그것도 일반 화살이 아니라 강철로 주조된 철시였다.

모용선은 급히 화살촉이 향하고 있는 곳으로 눈을 돌렸다.

"아악! 안 돼!"

세 당주도 진철을 발견하고 소리쳤다.

"이런 비열한 놈!"

팅!

화살은 모용선의 자지러지는 비명과 당주들의 분노를 비웃으며 엄청난 속도로 날아갔다.

쉬익!

진기를 머금은 철시는 검을 뻗고 있던 무정검객의 겨드랑이를 지나갔다. 진철은 하고많은 사람 중에 하필 무정검객 뒤에서 활을 쏘았을까. 그것은 결코 우연이 아니었음을 쏘아진 화살이 증명하고 있었다.

슝!

무정검객의 겨드랑이를 스치듯 지난 철시는 대치하고 있던 질긴 기파의 중심부로 무리없이 진입했다. 아니, 오히려 화살이 품고 있던 진기와 동류(同流)의 무정검객의 기를 만나 속도나 기세가 한층 더해졌다.

기정풍은 무정검객의 소매에서 불쑥 튀어나온 화살을 바라보았다. 화살이 가진 힘은 양측이 대치한 힘에 비하면 지극히 미미했다.

그러나 화살은 모두를 비웃듯 무정검객의 검첨이 가리키는 실낱같은 길을 따라 유유히 기의 막을 뚫었다.

픽!

어쩌면 그것은 모기가 소가죽을 뚫고 피를 빠는 것과 흡사했다.

만약 진철이 무정검객이 아니라 다른 쪽으로 화살을 쏘았다면?

철시 아니라, 만년한철로 주조된 화살이었다고 할지라도 불가능했을 것이다.

애초에 자비를 베푼 것이 잘못이었다. 약속이고 뭐고 섬혼기로 끝냈어야 했다.

눈 깜짝할 순간 화살은 지척에 이르렀다. 하필 화살의 진행 방향은 목이었다. 옷으로 보호받지 못하는 곳이다. 이대로라면 목이 꿰뚫릴 판!

후회보다는 어떤 결정을 내려야 했다.

어딘가에 숨어 있던 팔정도가 뇌리에 똬리를 틀었다.

팔정도의 극한.

정사유!

스으— 윽!

화살이 순간 정지되듯 목 한 치 앞에서 정지했다.

이 화살을 막는다면, 놈들의 내력에 휩쓸릴 것이다. 살아날 확률은?

거의 없다.

만약 살아난다 해도 개처럼 끌려 다니다가 끝내는 죽을 것이다.

그렇다면 화살을 목으로 받고 살아날 확률은?

없다, 전혀.

'결국 죽는 수밖에 없는가?

맥이 축 빠졌다. 이렇게 죽으려고 그 빌어먹을 것을 무공을 완성했던가?

섬혼기!

머릿속에서 폭죽이 터졌다. 포기하려는 순간 떠오른 기발한 생각이 있었다. 가능성은 낮았지만 일단 시험해 볼 가치는 충분했다.

픽!

기정풍은 정사유를 미련없이 깨뜨리고 현실로 돌아왔다. 생각이 비현실적으로 빨라질 뿐, 정사유를 시전한다고 해서 아주 시간이 가지 않는 것은 아니다. 그 사실을 깨우쳐 주듯 한 치 앞에 있던 화살은 이미 피부에 닿아 있었다.

"하. 아. 앗!"

기정풍은 목이 터져라 기합을 넣었다. 이제 관건은 과연 혈맥이 과부하를 버텨줄 것인가 하는 것이었다.

지극히 짧은 순간 기정풍의 몸이 터질 듯 부풀어 올랐다.

"크윽!"

퍼퍽!

억눌린 신음을 토한 기정풍은 불꽃에 휩싸였다. 목을 노렸던 철시는 한 치 정도 파고들었지만 한 줌의 쇳물로 사라졌다. 그걸로 끝이 아니었다. 곧바로 아홉 고수의 진기가 밀려들었다.

"으음!"

쿵, 쿵, 쿵!

기정풍은 크게 세 걸음 밀려났다. 간신히 서기는 했지만 그의 전신을 두르고 있던 겁화는 꺼질듯 위태롭게 일렁였다.

"아!"

모용선은 비명대신 탄성을 질렀다. 전후 사정을 알 수는 없었지만, 그녀가 보기에 기정풍은 모든 어려움에서 벗어난 것처럼 보였다.

하지만 보이는 것이 다가 아니었다.

단숨에 단심기와 섬혼기를 극한까지 끌어올리는 무리수를 둔 덕분에 기정풍의 전신 혈맥은 막대한 충격을 받아 군데군데 상처가 났다. 갈기갈기 찢어지지 않은 것이 그나마 다행일 정도였다.

거기다 대고 아홉 고수가 쏟아낸 진기는 기정풍의 내부를 다시 한 번 흔들었다.

만약 기정풍의 몸을 두르고 있는 강기가 대부분의 기운을 와해시키지 않았다면, 지금쯤 그는 명계를 걷고 있었을 터였다.

화살에 상한 목과 전신 곳곳의 터진 혈맥에서 출혈이 발생했다. 엄청난 열기에 증발한 피는 곧바로 안개로 치환되었다. 온몸이 찢어지는 고통이 찾아들었다.

기정풍은 통증을 씹어 삼키고 오히려 이를 드러내고 웃었다.

"흐흐, 하하하!"

처절한 응징을 예고하는 광소였고, 상상을 절하는 내공이 깃든 사자후였다.

"어헉!"

"으음!"

관전하고 있던 무인들은 귀를 막고 주춤주춤 물러섰다. 아홉 고수는 귀를 막지는 않았지만, 뜨거운 열기에 쫓겨서 물러서기는 매한가지였다.

불에 싸여 있는 것만도 충분히 기겁할 일인데, 피 안개까지 뿜어대니 한마디로 끔찍했다. 막연히 기정풍을 엄청난 고수라고만 알고 있었던 수호단의 세 당주도 마른침을 삼켰다.

마귀를 방불케 하는 기정풍의 모습에 대방 선사는 무슨 생각인지 물러서던 것을 멈췄다. 급히 목에 걸고 있던 염주를 풀러 손에 쥔 그는 광명진언(光明眞言)을 읊기 시작했다.

"옴 아모가 바이로차나 마하무드라 마니파드마……."

진언이 울려 퍼지자 사람들은 다소 안심했다. 진언을 들은 기정풍이 얼굴을 찌푸리자, 얼굴에 혈색마저 돌았다.

마귀가 진언에 힘들어한다.

하지만 기정풍이 인상을 쓴 것은 어이가 없어서였지, 진언이 무슨 축귀(逐鬼)의 효험을 발휘해서가 아니었다. 오히려 대방 선사의 행동은 기정풍에게 살의를 돋우는 것 이상의 효과는 없었다.

"크크, 죽지 못해 환장한 땡중이로다!"

대방 선사는 불심이 깊어 웬만한 잡귀 따위는 몇 마디 주문으로써 쫓아내곤 했다. 한데 일심으로 읊은 진언조차 무효하자, 부르르 떨며 말했다.

"아미타불! 현세에 저와 같은 마귀가 출현할 줄이야!"

기정풍은 대방 선사의 말에 피를 토할 뻔했다.

"오냐, 미친 중아! 마귀가 되어주마."

푸른 불꽃이 일렁인다 싶은 순간, 기정풍은 대방 선사 앞에 불쑥 모습을 드러냈다. 선사는 반사적으로 염주를 내밀었다.

파팍!

기정풍의 권과 맞닿자 염주를 묶어주던 실이 녹아버렸다. 사방으로 불붙은 염주 알이 튕겨져 나갔고, 기정풍의 주먹은 계속 전진해 대방 선사의 가슴을 두드렸다.

"으헉!"

가슴에 일격을 허용한 대방 선사는 실 끊어진 연처럼 맥없이 날아갔다.

"선사!"

평소 대방 선사와 절친하게 지내던 무당의 태극선인은 몸을 날려 대방 선사를 받았다. 얼른 대방의 몸에 붙은 불을 끈 그는, 정신을 잃은 대방 선사의 입을 벌려 환약을 넣었다. 무당의 비전 자소단이었다.

기정풍의 상황도 결코 좋지만은 않았다.

십이성 공력을 유지하기도 힘들거니와 전신 혈맥에 걸린 과부하로 진기가 속절없이 새어나가고 있었다. 출혈도 만만치

않아 몸이 마치 밑 빠진 독이라도 된 듯 체력과 기력이 빠른 속
도로 소진되고 있었다.

기정풍을 감싸고 있던 불꽃이 조금씩 희미해지더니 곧 흔적
도 없이 사라졌다. 그대로 있다가는 제풀에 쓰러질 처지라 공
력을 반으로 줄인 것이다.

기정풍의 변화에 가장 민감하게 반응한 것은 역시 구대문파
의 고수들이었다. 부상이 극심한 대방 선사가 빠졌으나, 그 자
리를 맹주 청진자가 메웠고, 여전히 아홉이 된 그들은 때를 놓
칠세라 자파의 절초를 펼치며 매섭게 공격해 들어갔다.

츠츠츠!

기를 잔뜩 머금은 무정검객의 검에서 눈부신 검광이 허공을
수놓았다.

쉐엑! 우웅!

점창 문주의 사일검 또한 공간을 둘로 쪼개며 날아들었다.
곤륜, 무당 등의 검법 또한 매섭기 그지없었다.

그들은 이미 기정풍의 인간 같지 않은 신위를 본 터라 협공
하는데 전혀 거리낌이 없었다.

검광이 기정풍이 섰던 자리를 휩쓰는 찰나!

극에 다다른 환마절영보가 기정풍의 발끝에서 펼쳐졌다.

스스스!

기정풍은 희끗한 잔상을 남기며 검 사이를 미꾸라지처럼 빠
져나갔다. 일전 모용세가의 지하에서 일곱 명의 원로를 상대
할 때와 거의 흡사했다.

뭇 고수들은 간담이 서늘했다. 대방 선사의 말대로 귀신이 아니고서야 어찌 이런 무공이 나올 수 있단 말인가.

"놈은 마귀가 아니라도 필시 귀문(鬼門)에 든 자. 반드시 죽여야 하오! 무림이, 아니, 세상이 도탄에 빠질 것이오!"

맹주 청진자는 소리쳐 독려하며 기정풍이 남긴 잔상을 악착같이 쫓았다.

쉬쉬쉬, 콰콰콰!

여덟 개의 검, 그리고 한 쌍의 육장이 무수한 그림자를 만들어냈다. 환마절영보의 신묘함이 여실히 드러났지만, 시간이 갈수록 위태한 상황이 빈번히 일어났다. 환마절영보가 눈에 익기 시작한 것이 가장 큰 요인이었다.

찌익!

태극선인의 검끝이 기정풍의 등을 스쳤다. 다행히 보의 덕에 상처는 면했지만, 통증만은 피할 수 없었다.

'빌어먹을!'

기정풍은 내심 욕설을 뱉어냈다. 처음에는 각개격파를 노릴 심산이었다. 한데 직접 부딪쳐 보니 그것이 아니었다. 경지에 이른 자들이다 보니 합격술을 따로 익히지 않았음에도 공수의 연계가 자유로웠다.

몸만 온전했어도 겁화를 일으켜 그냥 가서 부딪치면 끝일 텐데, 이만저만 골치 아픈 것이 아니었다.

지직!

또다시 어깨에 검이 스쳤다.

기정풍은 통증을 참으며 멀찍이 서서 눈동자를 이리저리 굴리고 있는 진철이란 놈을 쏘아보았다. 놈만은 기필코 찢어 죽이리라 결심했다. 놈이 화살만 날리지 않았더라도 이런 엿 같은 상황에 처하지는 않았을 터였다.

하지만 어떻게?

잠시 딴생각을 하는 사이에 검 하나가 찔러왔다.

쉬익!

옆구리를 베어오는 종남파 낙일도사의 검을 슬쩍 피한 기정풍은 눈을 반짝였다. 때맞춰 공동파의 수벽자가 넓적한 검으로 허벅지를 베어왔다.

차핫!

기정풍은 기다렸다는 듯이 수벽자의 검을 밟고 공중으로 치솟았다. 합공당하고 있는 마당에 의지할 곳 하나 없는 허공에 몸을 띄운 것은 명백한 실수처럼 보였다.

"놈! 끝이다!"

불안한 눈으로 관전하고 있던 진철은 소리치며 주먹을 불끈 쥐었다.

맹주를 위시한 구파의 고수들은 원진(圓陣)을 펼쳤다. 대뜸 기정풍이 떨어질 위치에 천라지망이 만들어졌다. 그야말로 검기의 그물망이었다.

날개가 없으니 떨어지는 것은 자명한 일. 기정풍도 결국 떨어져 내리기 시작했다.

"으으, 안 돼!"

두 손을 모으고 지켜보던 모용선도 이때만은 절망했다. 그
때였다.

우웅!

수만 마리의 벌 떼가 일제히 날아오르면 이런 소리가 나지
않을까?

사람들은 눈을 의심했다. 수십, 아니, 족히 백여 개는 되어
보이는 도검이 공중을 가득 수놓고 있었다. 눈을 감았다가 떠
도, 비비고 보아도 여전히 보였다.

무기들은 조금 전, 경천동지할 내력 대결의 여파로 쓰러졌
던 무인들의 것으로 그들을 옮길 때, 급해서 챙기지 못했던 것
들이었다.

떨어지고 있는 기정풍의 안색은 푸르스름했다. 지난날 그는
수십 개의 혈접비들을 조종한 적이 있었다. 그러나 지금 그가
펼친 경지는 그것과는 차원이 달랐다.

내력은 둘째 치고, 심력 소모가 심해 머리가 깨질 지경이었
다.

단정히 뒤로 묶었던 머리는 언제 풀렸는지, 사방으로 무질
서하게 휘날리고 있었다. 그 꼴로 얼굴마저 찡그리니 악귀가
따로 없었다.

기정풍은 남은 심력을 마저 쥐어짜 손가락으로 재빨리 원을
그렸다. 그 한 동작으로 기정풍은 무기에 탄(彈)의 묘리를 덧
입혔다. 부족한 내력 대신 속도로 승부를 볼 속셈이었다.

우웅!

심상치 않음을 느낀 아홉 고수가 천라지망을 풀고 물러서려
는 그때,

"가라!"

기정풍의 손가락이 발 아래를 향했다.

쉬이이익─

백여 개의 무기가 동시에 한 점을 향해 쏘아졌다. 쏘아졌다
싶은 순간 무기들은 아홉 고수의 코앞에 도달해 있었다. 위력
이나 속도, 정확도 등 어느 면에서도 멸강청로에 비할 바는 아
니었지만 모자란 부분은 숫자가 메웠다.

쨍, 쨍, 째쟁─!

짧은 순간 수십 번의 금속성이 울려 퍼졌다.

티팅! 푹─

"크윽!"

"커억!"

검기가 난무하고 신음이 터지는 가운데, 기정풍은 아무런
방해도 받지 않고 유유히 떨어져 내렸다.

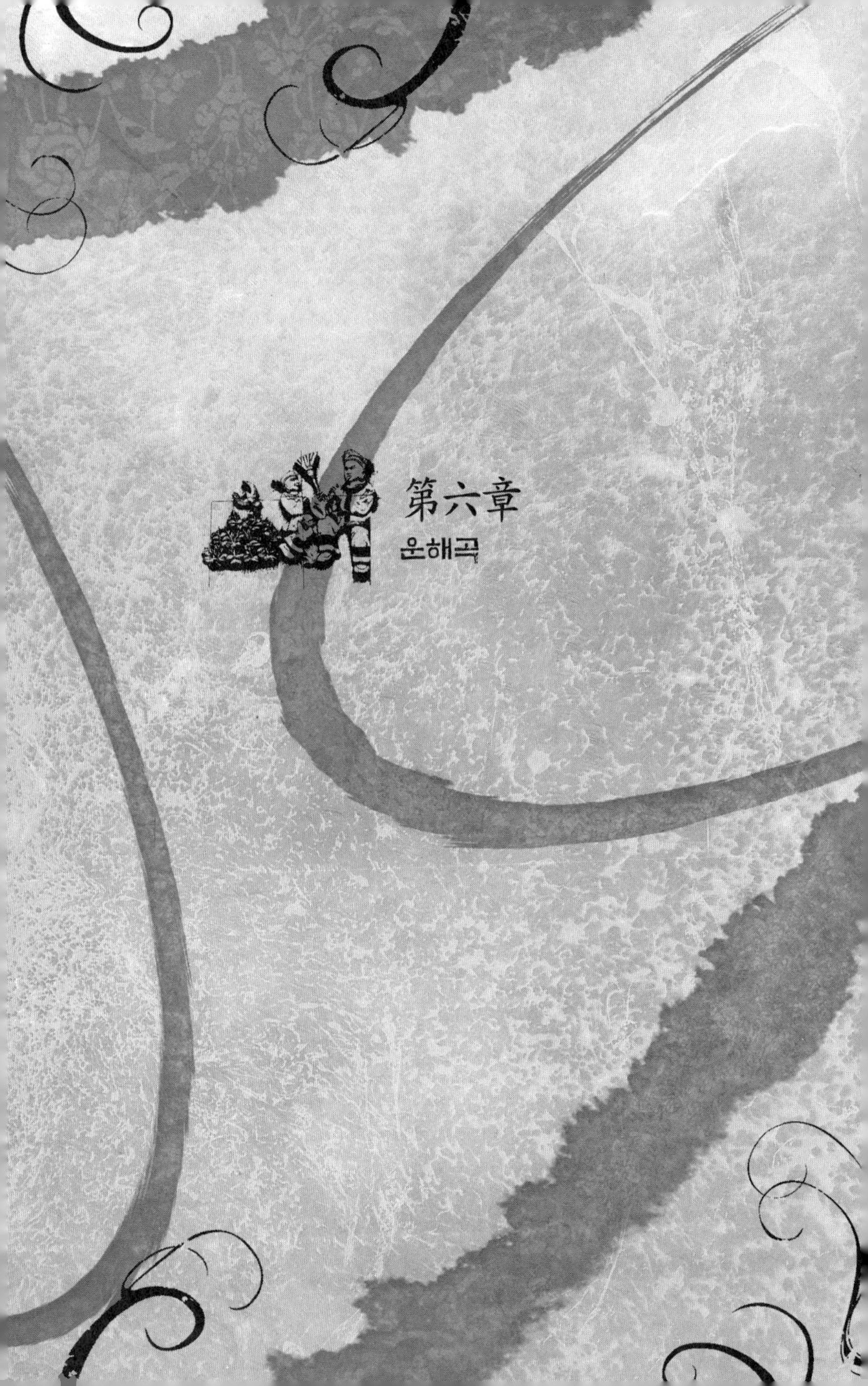

第六章
운해곡

1

스스스—

안개 너머를 날카로운 눈으로 응시하던 진승표가 일행에게 말했다.

"아무래도 전문적인 살수 같습니다, 그것도 수준이 높은."

반당은 진승표를 오해했던 것에 대해 사과할 정신도 없이 서둘러 말했다.

"살문은 현재 필살지문에 의해 통일되었소. 지류(支流)라면 모를까, 저자들이 필살지문의 근간을 이루던 자들이라면 결코 만만치 않은 상대요."

반당의 짧은 설명을 들은 진승표는 속히 결정을 내렸다.

"적들은 많아야 오십 내외. 모여 있으면 암기에 노출될 확률이 많으니, 흩어지십시오. 다만 길을 잃고 고립될 위험이 있으니 동료들을 인지할 수 있을 거리는 염두에 두고 행동하는 것을 잊지 마십시오.”

진승표의 결정에 단원들은 군말없이 따랐다.

홀로 떨어진 진승표는 놈들을 찾기 위해 모든 감각을 총동원했다.

사삭—

기척이다. 방향을 가늠하고 조심스럽게 접근했다.

“……?”

살수가 아니었다. 개방의 거지가 눈을 이리저리 굴리며 사방을 감시하고 있었다.

고개를 절레절레 저으며 돌아서던 진승표는 깜짝 놀라 다시 돌아보았다. 거지 일 장 뒤에 안개가 미세하게 비정상적으로 움직이고 있었다. 그것이 뜻하는 것은……?

퍼뜩 깨달은 진승표가 거지에게 소리쳐 경고하려 했을 때였다.

쉭!

툭……!

첫 번째 소리는 폭이 극단적으로 좁은 세검(細劍)이 휘둘러지는 소리였고, 두 번째는 거지의 머리가 목에서 떨어져 바닥과 부딪치는 소리였다.

분노한 진승표는 임무를 수행하고 유유히 안개 속으로 스며드는 살수를 뒤쫓았다. 그의 유령 같은 움직임은 살수를 능가

하는 것이었다.

스윽!

진승표는 은밀히 접근해 득달같이 달려들어 목을 그었다. 살수의 목에서 뿜어지는 핏물마저 팔뚝으로 막아 모든 소음을 없앴다. 누가 보면 전직 살수로 의심할 정도였다.

진승표는 숨이 끊어진 살수를 면밀히 살폈다.

살수하면 응당 야행의, 즉 흑색 무복을 생각하기 쉽다. 그런데 죽은 살수의 옷은 흰색이었다. 뽀얀 안개 속이라 백의(白衣)를 준비한 모양이었다. 목 뒤에 엄지손톱만 한 붉은 낙엽이 수놓아져 있었다. 그들만의 표식인 듯했다.

진승표는 즉시 입고 있던 옷을 벗고, 살수의 옷으로 갈아입었다. 그의 옷은 때에 절어 검은색에 가까웠으니 백의가 여러모로 유리할 터였다. 게다가 살수가 그를 발견하고 동료로 착각한다면 그보다 좋은 일은 없을 거라는 판단이었다.

파공음을 줄여주는 살수의 검마저 챙긴 진승표는 곧바로 다른 살수를 찾아 나섰다.

부스럭!

진승표의 예민한 귀는 이번에도 기척을 놓치지 않았다. 아니나 다를까, 이번에도 살수가 아니라 개방 거지였다. 그냥 돌아서려던 그는 문득 정지했다.

'과연 이 기척을 나만 들었을까?

진승표는 거지로부터 멀어지는 대신 오히려 은밀히 다가갔다. 거지와 이 장쯤 떨어져 있는 수풀에 몸을 숨겼다. 그 직후였다. 거지 근처의 안개가 미세한 이상 움직임을 보였다.

스슥!

거지 뒤, 안개가 급작스럽게 안개가 좌우로 확 밀려났다. 살수가 먼저 죽인 자가 가지고 있던 것과 똑같은 검을 치켜들고 급작스럽게 나타났다. 입에도 구멍 뚫린 손가락만 한 대롱을 물고 있었다. 이대로라면 거지는 목이 떨어져 죽든 독침에 맞아 중독사하든지 할 판이었다.

웅크리고 있던 진승표는 먹이를 노리는 흑표처럼 튕겨져 나갔다.

거지, 그러니까 개방의 사결제자 정탁은 전면에 불쑥 나타난 살수를 발견하고 기겁했다. 물론 그가 본 것은 살수가 아니라 살수로 변장한 진승표였다. 어쨌거나 정탁은 살수의 벼락같은 움직임에 이제 죽었구나 싶어, 되는 대로 타구봉을 휘저었다.

부웅!

쉬익, 서걱!

"크윽!"

정탁은 억눌린 비명을 지르며, 목을 감싸 쥐었다. 비틀거리며 쓰러진 것은 물론이다.

"끝났습니다. 그만 일어나십시오."

쓰러진 채 눈을 꼭 감고 있던 정탁은 진승표가 흔들어 깨우자 황천인가 싶어 실눈을 떴다. 지긋지긋한 안개가 보였다. 목을 더듬어보았다. 웬걸? 사랑스러운 머리통은 아직도 목에 붙어 있었다.

후닥닥!

벌떡 일어나 휘휘 돌아보았다.

"으읏!"

뒤쪽에 머리와 몸이 분리된 시체가 있었다. 생전 처음 보는 낯선 자, 백의를 입은 살수였다. 진승표는 정탁을 깨우고 즉시 아까 그 풀숲에 숨었다. 그는 우스꽝스러운 행동을 하고 있는 정탁을 몰래 바라보며 쓴웃음을 지었다.

정탁은 진저리치더니 다른 곳으로 이동했다. 그는 최대한 조심한다고 했지만 자잘한 인기척을 숨기지 못했다. 숫제 '나 여기 있소' 하고 광고를 하고 다녔다.

진승표는 살수를 찾아다니기보다 정탁을 지켜보기로 했다. 기척을 제대로 숨기지 못하는 개방 거지를 미끼로 한 살수 낚시였다. 어쩌면 지극히 비인간적인 짓이었지만 개방도를 지키고 살수를 잡는 일석이조의 효과는 곧바로 나타났다.

덕분에 정탁은 아무것도 모르고 목을 움켜쥐고 쓰러졌다가 다시 일어나기를 수차례 반복해야만 했다.

진승표는 정탁을 따라다니며 여섯을 죽였다. 그는 살수가 더 이상 접근해 오지 않자, 직접 찾아 나설 심산으로 살며시 일어섰다.

바스락.

노골적인 기척을 따라 가까이 다가갔다. 거지가 수풀에 엎드려 있고 멀지 않은 곳에 악화명이 창을 겨누고 있었다. 그 또한 낚시를 벌이고 있었다. 진승표의 경우와 다른 것은 거지가 자신이 미끼라는 것을 알고 있는 눈치라는 것 정도였다.

아마도 거지의 기척에 살수인 줄 알고 접근했던 악화명이 거지를 구하고 둘이서 뜻이 맞아 한 조가 된 모양이었다.

이동하는 곳마다 흡사한 광경이 펼쳐지고 있었다. 심각한 상황에서도 웃음이 터지려 했다.

스스!

"크윽!"

또다시 멀지 않은 곳에서 작은 기척과 함께 억눌린 비명이 터졌다. 우측, 거리는 대략 십 장 내외. 진승표는 살수가 뱉은 비명이라 지레짐작하며 미소까지 지으며 이동했다.

비명이 들린 곳에 도착한 진승표는 그대로 굳고 말았다. 살수가 아니라 개방도의 목이 나뒹굴고 있었다. 진승표는 불길한 예감에 시선을 좌에서 우로 느릿하게 이동시켰다.

"……!"

진승표는 자신의 눈을 믿을 수가 없었다. 남궁표환이 목과 몸이 분리되어 싸늘한 주검이 되어 있었다. 살수가 미끼를 물고, 낚싯대를 드리운 남궁표환마저 삼켜 버린 것이다.

정신적 충격에서 벗어난 진승표는 아무렇게나 떨어져 있는 남궁표환의 머리를 들어 품에 안았다. 이를 악문 그는 수급을 옮겨 잘린 목 부위에 조심스럽게 내려놓았다.

다시 일어서던 진승표는 앉지도, 서지도 않은 엉거주춤한 자세로 정지했다. 그때 뒤쪽에서 조롱하는 소리가 들려왔다.

"크크, 여기 있으면 올 줄 알았지. 감히 우리를 상대로 낚시를 해?"

진승표는 깨달았다, 놈이야말로 살수들의 우두머리라는 것을.

"네가 놈들의 수장이냐?"

진승표는 감히 돌아설 생각은 하지 못하고 도병(刀柄)에 손을 올리며 물었다.

"뭐 마려운 강아지같이 서서는 궁금한 것도 많구나. 맞다! 내가 바로 필살지문의 일호다. 더 궁금한 것이 있느냐?"

이호였다가, 일호가 대설의 손에 죽은 후 일호가 된 자였다. 진승표는 뒤를 잡힌 상황이라 모든 근육에 팽팽한 긴장감을 심으며 말했다.

"살수가 어찌 우리를……?"

영악한 일호는 대답해 줄 것처럼 물으라고 해놓고, 막상 진승표가 말을 끝내기도 전에 공격해 들어왔다.

진승표는 일호의 이 같은 술책을 대비하고 있었기에 움직임을 감지한 순간 재빨리 앞으로 튀어나갔다.

샤악!

매서운 칼바람이 진승표가 섰던 자리를 훑고 지나갔다. 그 짧은 순간 반쯤 돌아선 진승표는 돌아서는 탄력을 이용해 쾌속하게 도를 뽑아 휘둘렀다.

쒜액—

쩡!

도와 검이 세차게 부딪쳐 불꽃이 튀었다. 둘 다 주춤 물러섰다가 동시에 얽혀들었다.

파팟!

쉭, 쉬익!

쨍! 쨍!

진승표는 놈의 실력이 자신에 못지않음을 인정해야 했다. 하지만 상황은 그에게 절대적으로 유리했다.

그의 무기가 두툼한 도인데 반해 놈의 그것은 얇디얇은 세검이다. 보통 검을 든 검사도 도와 부딪치기를 꺼려하는데, 세검은 말할 것도 없었다. 아닌 게 아니라 일호는 몇 차례 부딪친 때문에 충격을 받았는지 검을 든 손가락을 쉴없이 꼼지락거리고 있었다.

복면에 가려져 일호의 표정은 볼 수 없었으나, 진승표는 놈의 흔들리는 눈동자로 불안해한다는 것을 알 수 있었다. 무공의 고하를 떠나 살수가 노출되었다는 건 여러모로 좋을 게 없었다.

"불안해 보이는군."

"닥쳐라! 진가 애송이!"

일호는 진승표의 도발에 발악하듯 소리치며 덤벼들었다.

쉭, 쉭!

진승표는 살수가 분노할수록 더욱 냉정해졌다. 그는 비약적으로 발전한 무공을 유감없이 펼치며 일호를 몰아붙였다.

서걱!

앞섶을 베인 일호는 펄쩍 뛰어 물러섰다. 일호의 움직임을 예측하고 있던 진승표는 혼신의 힘을 다해 도를 세로로 세차게 그어 내렸다.

경혼참마도법.

참격(斬擊)!

슈아악!

"크윽!"

일호는 물러서다 말고 벼락 맞은 사람마냥 부르르 떨었다. 입가에 흐르는 피를 쓱 닦은 일호는 머리에서 사타구니까지 혈선이 그어지는 가운데서도 독설을 내뱉었다.

"애송이들… 크윽, 어차피 이 운해곡이 네놈들의 무덤이 될 것……."

쿵!

진승표는 두 쪽 난 일호의 시체를 보며 중얼거렸다.

"운해곡이 우리의 무덤이 된다고?"

2

진승표는 느낌이 좋지 않았다. 일호가 죽어가면서 했던 말은 단순히 겁을 주려고 한 게 아닌 것 같았다. 놈들을 물리쳤음에도 처음 계곡에 들어서기 전에 느꼈던 불안감이 아직 가시지 않은 것도 찜찜했다.

잠시 후, 흩어졌던 사람들이 속속 모여들었다. 모두 모인 인원은 마흔아홉. 그중 숨을 쉬지 않는 자가 열한 명이었다. 희생자 중 열 명은 개방도였고, 나머지 하나는 일살에게 죽은 남궁표환이었다.

일행은 열한 구의 시체 앞에 한동안 말을 잃었다.

괴로워하던 반당은 가슴을 치며 자책했다.

"모두 내 잘못이오. 아무리 급해도 운해곡으로 들어오는 것이 아닌데……."

종리무구는 고개를 가로저었다.

"대협의 잘못이 아닙니다."

상관철도 동조했다.

"놈들은 우리를 노리고 있었습니다. 어느 길을 택했더라도 마찬가지였을 것입니다."

진승표는 고민 끝에 입을 열었다.

"잘잘못을 따지기보다 앞으로가 문젭니다."

반당이 놀라 물었다.

"진 소협, 앞으로라니? 무슨 뜻이오? 혹시……?"

"짐작하신 대로입니다. 확실하지는 않지만 우리를 노리는 자가 이 계곡에 더 있는 것 같습니다. 아니, 이제부터가 진짜라는 생각이 듭니다."

그렇지 않아도 무거웠던 분위기가 한층 가라앉았다. 동료들의 좋지 않은 얼굴을 바라보던 상관철이 주먹을 불끈 쥐며 말했다.

"언제부터 우리가 싸움을 두려워했나! 적이 있으면 쳐 죽이고 당당히 지나면 그만이야! 싸우겠다고 온 길은 아니지만 감히 우리의 목숨을 위협한다면 용서치 않는다!"

옆에 있던 악화명이 상관철의 커다란 머리를 두드리며 말했다.

"으휴! 이런 철두(鐵頭)! 그런 것이 아니잖아. 우리가 또다시 놈들을 죽여봐. 어디 휴전 협상이 제대로 될 것 같아?"

상관철이 그제야 안색을 풀며 말했다.

"그럼 돌아가자는 거야?"

진승표는 고개를 저었다.

"우리는 돌아가지 않습니다. 돌아간다 해도 이미 기다리는 자들이 없다고 장담할 수도 없고, 어차피 싸워야 한다면 소수인 우리로서는 이 운해곡이 절대적으로 유리합니다."

죽은 동료를 가매장한 일행은 무거운 마음을 안고 계곡을 가로질렀다. 반 시진쯤 전진했을 때였다. 앞에서 지도를 보며 걷던 반당과 진승표가 멈춰 섰다.

상관철은 욕설과 함께 소매를 걷어붙였다.

"빌어먹을… 그렇게 싸우고 싶다면 모조리 뭉개주마."

안개 저편을 바라보고 있던 진승표는 심각한 얼굴로 고개를 가로저었다.

"다릅니다. 이건……."

안개가 폭풍을 만난 듯 불규칙적으로 요동쳤다. 적의 모습은 보이지 않는데 살벌한 기세가 확 밀려왔다.

"고수! 아까 두더지 같은 놈들이랑은 차원이 달라!"

종리무구의 긴장 가득한 말이 끝나자마자 안개 속에서 수십 개의 그림자가 나타났다.

"설마… 흑룡대? 이런! 왜 이자들이 여기에! 정말이지 최악의 상대요."

반당의 짐작대로 나타난 자들은 마도맹의 최정예 흑룡대였다.

"크큭. 환영한다, 정파의 애송이들."

"처음 만난 선물로 갈기갈기 찢어주마."

"흐흐, 조만간 혈무곡(血霧谷)이 되겠군."

흑룡대원들이 중구난방 떠들어대는 말속에는 어떤 긴장감도 찾아볼 수 없었다. 패배란 전혀 염두에 두고 있지 않을 만큼 자신만만하다는 증거였다.

진승표는 입을 열어 대꾸하는 대신 날카로운 눈빛으로 적들을 훑었다. 대략 팔십 명쯤 되어 보였다. 흑룡대의 전 인원은 백이십여 명이라 들었으니 전원은 아니라고 봐야 했다.

불행 중 다행이었지만 전혀 긴장의 끈을 풀 수가 없었다. 붙어봐야 알겠지만 느껴지는 기세로 판단컨대, 개개인이 자신들에 비해 못지 않아 보였다.

살수가 죽어가며 했던 말이 이제야 이해가 되었고, 불길한 예감의 실체를 확인하는 순간이었다.

반당이 한 걸음 나섰다.

"혹시 그대들은 위명을 떨치고 있는 흑룡대요?"

맨 앞에 선 자가 반당의 위아래를 쓰윽 훑었다.

"누군가 했더니 협객 흉내를 곧잘 낸다는 개방의 새끼 두목이구나. 맞다. 우리가 바로 흑룡대다."

말한 자는 기갑신마의 손자 막이중이었다. 그는 마도영웅대회 사강에서 주승과 맞붙어 떨어졌다. 마찬가지로 사강에서 대설에게 패해 패자전으로 떨어진 청경과 붙었는데 아쉽게 한 수 차이로 최종 삼 인에 뽑히지 못했다.

덕분에 삼대의 대주 자리를 놓친 그는 흑룡대로 들어와 부대주로 눌러앉았다.

"하하, 반갑소. 그대가 흑룡대주 대설이오?"

껄껄 웃던 막이중이 대뜸 인상을 구겼다. 그렇지 않아도 대주 자리를 놓친 마음의 앙금이 채 가라앉지 않은 판에 반당이 무심히 뱉은 말에 자극받은 것이다.

"대주면 어떻고, 부대주면 어떠냐? 곧 뒈질 놈들이."

막이중이 더욱 심한 말을 쏟아냈으나, 반당은 여전히 미소 띤 얼굴로 말했다.

"하하, 그렇구려. 하지만 우리는 싸우러 온 것이 아니요."

반당은 막이중의 행동에서 그가 대주가 아님을 알아보았다.

"싸우러 온 것이 아니다?"

"그렇소이다."

"오호, 그럼 싸우지 않고 얌전히 뒈지러 왔다 이거냐?"

막이중의 말에 흑룡대원들이 폭소를 터뜨렸다. 보다 못한 진승표가 나섰다.

"군자에게 칼은 내릴지언정 모욕은 주지 말라 했소. 어찌 모욕을 주시오! 우리는 말했던 대로 싸우러 온 것이 아니라 그대들과 화친을 논하고자 왔소이다."

"개소리! 그렇다면 어찌 살수들을 죽였느냐?"

"그건 그들이 다짜고짜 칼을 휘두르니 살기 위해 어쩔 수……."

"닥쳐라. 비열한 종자들! 약자는 멋대로 벤 주제에 이제 와서 강자를 만나니 화친을 빙자해? 저 냄새나는 것들을 당장 쳐라!"

챠챵!

상대가 저리 나오자 수호단원들도 무기를 뽑아 들었다.

양측이 도검을 곧추세우자 대뜸 살벌한 기운이 사방으로 뻗어나갔다.

"뭣들 하느냐! 놈들의 씨를 말리지 않고!"

"존명!"

흑룡대원들은 힘찬 대답과 함께 일제히 공격해 들어갔다.

싸움을 막을 수 없음을 직감한 반당은 급히 소리쳤다.

"방도들은 즉시 타구진을 펼쳐라!"

사방에서 불꽃 튀는 싸움이 벌어졌다.

예상했던 대로 싸움은 단원들에게 힘겨운 방향으로 흘렀다. 의외인 것은 무공이 형편없는 개방 방도들은 흑룡대원 둘을 맞아 잘 버티고 있는 점이었다.

그런 그들을 바라보는 진승표의 얼굴에 안타까움이 스쳐 갔다. 개개인의 무력만 키워왔지. 합격진을 연마할 생각은 꿈에도 해보지 않았었다. 근 십여 년을 함께한 그들인데 만약 합격진을 한 가지씩만 연마했더라면 그 효용이 배가되었을 것이 아닌가.

수호단원들은 고스란히 한 명당 두 명꼴로 맞서게 되었다. 예상했던 대로 진승표와 종리무구 악화명 등 몇몇을 제외하고는 수세에 몰렸다. 흑룡대원들은 두 명씩 달라붙고도 인원이 남자 비교적 여유가 있던 진승표 등에게 가세했다.

팔짱을 끼고 관전하던 막이중은 수호단원들의 무공에 내심 경악을 금치 못했다.

"진강은 이미 죽었다 들었는데……."

막이중은 좀처럼 말을 끝맺지 못했다. 그는 수호단원들의 무공 수위에 무척이나 혼란스러웠다. 대주가 조심하라하기에 코웃음을 쳤었는데, 이제 보니 보통 놈들이 아니었다.

그를 가장 많이 자극한 사람은 초절정의 경지에 근접한, 아니, 이미 들었을지도 모르는 진승표의 존재였다.

"제길, 몸이 근질거려서 도저히 참을 수가 없군!"

막이중은 참지 못하고 수투를 정비하고 앞으로 나섰다. 그런 그를 막아선 것은 곁에 있던 여인이었다.

"막 부대주님이 나서지 전에 제가 한번 해보겠어요."

막이중은 고개를 모로 꺾었다.

"연 부대주가? 글쎄, 힘들 텐데?"

"쉬운 싸움만 하고자 했다면 결코 무인이 되지 않았을 거예요.”

연 부대주라 불린 여인은 영웅대회 팔강에서 의도적으로 탈락한 연의였다. 그녀는 막이중의 말류를 뿌리치고 기어이 나섰다.

“물러서요. 이제부터는 내가 상대합니다.”

연의의 말에 흑룡대원 셋은 진승표를 거칠게 밀어붙이고 훌쩍 뛰어 물러섰다.

“연 부대주님, 너무 무리하시는 것은 아닙니까?”

“걱정 말고 물러서세요.”

연의의 말투는 시종일관 부드러웠다. 하지만 명령까지 부드러운 것은 아니다. 상관의 명에 불복종하면 즉결 처분도 가능한 것이 흑룡대의 규율이었으니.

잠깐 짬이 난 진승표는 주위를 둘러보았다. 가슴이 착잡했다. 동료들은 상처가 하나씩 늘고 있었고, 기력도 적들보다 배는 소진되어 얼마 버티지 못할 것 같았다.

“다른 곳에 신경 쓸 틈이 없을 텐데요?”

“휴, 지금은 여인이라고 사정을 봐줄 형편이 아니오. 객기 부리지 말고 물러서시오.”

“흥, 아주 자신만만하군요.”

촤라락!

연의가 검을 떨치자 매서운 칼바람이 일어났다. 진승표는 눈을 크게 떴다. 그냥 매서운 검이 아니라, 은은한 훈풍마저 내포되어 있는 상승절학이었다.

“……!”

“이제 좀 할 마음이 생겼나요?”

“아마도 그런 것 같군. 오시오!”

진승표가 끄덕이자 여인이 먼저 공격해 들어왔다.

“사양하지 않겠어요.”

쉭, 쉬익!

여인의 검은 마치 나비의 날갯짓 같았다. 마치 싸우겠다는 것이 아니라 한바탕 검무라도 춰보겠다는 심산 같았다.

“흥!”

진승표는 콧방귀를 뀌며 강공일변도로 나갔다.

챙! 띠디딩!

진승표는 연의를 거칠게 몰아붙였다. 연의는 힘겨운 표정을 지으며 한 걸음씩 밀렸고, 얼마 지나지 않아 막이중과 상당히 떨어지는 곳까지 오게 되었다.

연의가 계속 밀리자, 흑룡대원 중 하나가 막이중에게 말했다.

“제가 가보겠습니다.”

“아니, 그럴 필요 없다. 흥, 대주 놈만 믿고 천방지축 날뛰는 계집은 따끔한 맛을 봐야 정신을 차리지 않겠느냐.”

“하지만 다치기라도 한다면 대주께서…….”

“놈! 내 말을 거역할 참이냐!”

막이중이 호통과 함께 솥뚜껑만 한 주먹을 흔들자, 흑룡대원은 굳은 얼굴로 주춤 물러섰다.

어쨌든 막이중의 사갈 같은 심보 덕에 눈치를 볼 필요가 없어진 연의는 검을 떨쳐 내는 도중에 입을 열었다.

"혹시 저를 아나요?"

낮고 너무도 잔잔한 음성에 맹공을 퍼붓던 진승표는 순간적으로 휘청했다. 자신이 상대하고 있는 여인이 말했을 거라고는 생각도 못한 그는 주위를 순간적으로 둘러보았다. 온통 기합 소리와 도검 부딪치는 소리뿐이었다.

그가 얼떨떨한 표정을 짓고 있을 때 연의가 다시 말했다.

"저예요."

그제야 환청이 아님을 알게 된 진승표는 가슴을 노리고 들어오는 연의의 검을 간단히 막으며 말했다.

"무슨 수작이오?"

"쉿, 목소리를 낮춰요!"

연의는 말을 끝내자마자 기합을 넣어 진승표를 공격해 들어갔다

"하앗!"

때댕!

진승표는 어렵지 않게 막으면서도 여우에게 홀린 기분이었다.

"당신은 저를 모르는군요."

"내가 당신을 알 리가 없잖소? 어줍지 않은 수작을 부리는 거라면 관두는 편이 좋을 거요."

"수작? 뭔가 크게 오해하고 있군요. 전 당신들을 도우려는

거예요.”

둘은 공수를 주고받으며 서로에게만 간신히 들릴 정도의 음성으로 대화를 이어갔다.

“돕는다? 내 생각에 지금 당장 쓰러져 주는 것이 도와주는 것 같소만?”

진승표는 얕은 수작은 어림없다는 듯 연의를 더욱 거칠게 몰아붙였다. 그런데 얼마 전까지만 해도 속절없이 밀리던 연의는 매서운 공격에도 불구하고 전혀 밀리지 않았다.

“잘 들어요. 혹시 팔정도를 익혔나요?”

“헉!”

팔정도라는 말에 크게 당황한 진승표는 상체에 커다란 허점을 노출했다. 동시에 연의의 검이 빛살처럼 파고들었다. 진승표는 눈을 질끈 감았다.

찌직!

다시없는 호기(好機)에도 불구하고 연의의 검은 옷만 찢고 지나갔다.

진승표는 어리둥절한 표정을 지었다.

“왜… 베지 않았소.”

“제 목적은 당신들을 돕는 것이라고 했잖아요. 어서 공격이나 해요. 저들이 눈치 채지 않게. 어서!”

연의는 진승표를 매섭게 공격해 다시 도를 들게끔 만들었다.

멀찍이 둘을 지켜보고 있던 막이중이 혀를 찼다.

“쯧, 꼴에 사내라고 이 상황에서 여자라고 봐주는 모양이
군.”

막이중이 혀를 차든 말든 연의와 진승표는 대화를 계속했다.

“팔정도를 어떻게 알았소?”

“역시 팔정도였군요.”

연의가 중얼거림을 듣지 못한 진승표가 다시 물었다.

“혹시 당신도 그분과 아는 사이요?”

“그분?”

“단심문주 기정풍 어른 말이오.”

“기.정.풍……? 모르겠어요. 처음 듣는 이름이에요.”

연의의 말에 그녀에 대한 경계를 풀었던 진승표는 다시 긴
장의 고삐를 바짝 조였다. 진승표가 말이 없자, 연의가 다시 물
었다.

“기정풍이란 사람은 누구죠?”

“팔정도는 어떻게 알았는지 모르나, 더 이상은 아무것도 애
기해 줄 수 없소.”

진승표의 확고부동한 태도에 아쉬움을 삼킨 연의는 화제를
돌렸다.

“얼마 후면 흑룡대주와 사십 명의 대원이 추가로 도착할 거
예요.”

“친절하군. 죽을 시간이 얼마 남지 않았다는 것까지 알려주
다니.”

“비꼬지 말아요! 당신들이 탈출할 수 있는 시간이 얼마 남지

않았다는 것을 말하고 있는 거예요.”

“탈출이라고? 누구 약 올리시오?”

“충분히 가능해요. 잘 들어요. 우측으로 오십 장만 가면 늪이 있어요. 폭이 십 장, 길이가 삼백 장에 이르는 늪이죠. 거기로 힘껏 뛰어든다면 아무도 뒤쫓지 못할 거예요.”

연의의 말에 진승표의 낯은 숫제 홍시로 변했다.

“이런 간악한! 지옥으로의 탈출로를 알려주는 것인가!”

절벽 끝까지 밀린 사람에게 살려주겠노라 하고서 뛰어내리라 말하는 것이나 진배없었다.

째쟁!

“쉿! 목소리를 줄여요! 내 말을 끝까지 들어봐요. 늪이 시작되는 곳으로부터 오 장쯤 되는 곳에 붉게 색칠한 갈대가 있을 거예요. 그 밑을 한 자만 파 내려가면 쇠줄이 나올 거예요.”

“그 말을 지금 믿으라고 하는 소리요?”

“믿으세요. 쇠줄은 반대편 계곡 벽과 연결되어 있어요. 단단하게 연결되어 있으니 절대 늪에 빠져 죽을 염려는 없어요.”

“설령 그 말이 사실이라 칩시다. 개방의 후개조차 모르는 쇠줄의 존재를 당신은 어떻게 그렇게 세세히 알지?”

진승표의 조롱에도 불구하고 연의의 표정은 더 없이 진지했다.

“당연하죠! 그걸 아는 사람은 세상에 저 하나밖에 없으니. 어젯밤에 제가 설치한 거니까요.”

진승표가 판단하기에 연의의 말은 일고의 가치조차 없었다.

늪이 무엇인가? 무거운 것이 들어가면 즉각 삼켜 버리는 것이 아닌가? 일이십 장이라면 모르되 수백 장에 걸쳐 넓게 펼쳐진 늪지라면 난다 긴다 하는 고수조차 생존 가능성이 없다고 봐야 했다.

그런데 그런 늪에 혼자의 힘으로 쇠줄을 달았다니? 믿으면 오히려 바보천치였다.

진승표의 표정에서 강한 불신의 뜻을 읽은 연의는 답답해 미칠 지경이었다.

"멍청이!"

"오히려 속는 사람이 멍청이 아닌가?"

"당신 때문에 당신 동료들이 다 죽어도 좋다는 거야?"

"뭐라고 해도 늪지에 대가리를 처박고 자살하느니, 하나라도 더 죽이고 죽는 걸 택하겠소."

진승표의 태도는 확고부동했다.

연의는 입술을 짓씹었다.

"저들을 봐. 이대로라면 어차피 다 죽어. 하나라도 더 죽이고 죽겠다고? 고작 그따위 생각으로 살 수 있는 기회를 버리겠다는 거야?"

진승표는 아예 대꾸도 하지 않았다. 그것으로 끝내지 않고 오히려 아꼈던 내력을 돋워 경혼참마도법을 본격적으로 풀어냈다.

꽝! 꽝!

도와 검이 충돌하자 연의는 주르륵 밀려났다. 버티는 것이용해 보였다.

"연 부대주! 도움이 필요하면 언제든지 말만 하시오!"

뒤에 있던 막이중이 이죽거리며 말하자 연의는 앙칼지게 쏘아붙였다.

"이것은 내 싸움! 누구든 이 싸움에 끼어들면 용서하지 않겠어요!"

막이중은 대설에게 평소 감정이 좋지 않았다. 자연히 대설과 각별한 사이인 연의 또한 탐탁지 않게 여기고 있던 차였는데 쓸데없는 고집을 부리자 비웃으며 말했다.

"뭐, 좋을 대로 하시오."

꽝, 꽝, 꽝!

연의는 밀리고 밀려 다른 무리가 전혀 보이지 않을 만큼 떨어졌다. 결국 계곡 좌측 벽까지 밀렸다. 벽에 등을 맞댄 연의는 막다른 곳까지 몰렸음에도 웬일인지 피식 웃었다.

"고작 이 정도였어?"

"강한 척할 필요없소. 지금까지 버틴 것도 매우 훌륭했으니."

"웃기는군!"

연의의 눈이 순간 차갑게 반짝였다. 그리고 뿜어지는 엄청난 존재감!

고오오오!

연의는 잠자던 내력을 단번에 폭발시켰다. 동시에 단정히 묶였던 머리카락이 풀려 사방으로 비산했고, 주위의 안개도 진저리치며 밀려났다.

"헉!"

연의의 갑작스런 변화에 진승표는 헛바람을 집어삼켰다. 하지만 놀라기에는 아직 일렀다.

그으으응!

연의의 검에서 용음이라 할 만큼 청명한 검의 울음이 울렸다. 직후, 파란 물감을 떨어뜨린 듯 검신이 검병 쪽에서부터 파랗게 물들기 시작했다. 짧은 시간에 검첨까지 다다른 푸른 물은 검끝까지 치솟았고 그것도 모자라 족히 반 자는 더 뻗어 나왔다.

우웅!

검을 덧씌운 청색 불꽃이 차갑게 불타올랐다.

연의는 그 검으로 옆에 바위를 향해 그어댔다.

서걱, 서걱!

털썩.

바위가 두부 썰리듯 하는 것을 본 진승표는 뒷걸음치다 돌에 걸려 그대로 주저앉았다.

"거, 검강……."

스스슥!

연의의 검에 걸렸던 검강은 씻은 듯 사라졌다. 연의 주변으로 휘몰아치던 기운도 본래부터 없던 것처럼 흔적도 없이 사라졌고, 밀려났던 안개도 차츰 자리를 되찾았다.

"내가 널 어쩌지 못해서 지금까지 입 아프게 나불댔다고 생각해?”

“…….”

“한 명이라도 더 죽이고 죽겠다고 했지? 지금도 생각에 변함이 없어?”

진승표는 아무런 말도 할 수가 없었다. 눈앞의 여자는 절대적인 존재였다. 단원 전체가 달려들어도 승부를 점칠 수 없을 정도로.

“이제 정말 얼마 남지 않았어. 그가 오면 나조차도 어쩔 수 없어.”

진승표는 초점 풀린 눈으로 연의를 올려다보았다.

“다, 당신은 누구요? 그리고 그는 또 누구요?”

연의는 진승표의 물음에 고개를 저었다. 소용없으니 묻지 말라는 뜻이었다.

“아까 내 말은 모두 사실이야. 살든 죽든 이제 너희들의 운명은 네 결정에 달렸어.”

진승표는 벌떡 일어났다. 믿어야 했다. 단원 전체를 해치울 수 있는 여자인데 쓸데없이 거짓말을 할 리가 없지 않은가. 동료들에게 달려가던 진승표는 문득 돌아섰다.

“아까 팔정도에 대해 물었지?”

진승표의 물음에 연의는 말없이 끄덕였다.

“나는 팔정도를 기정풍이란 분에게 배웠소. 혹시 당신도 팔정도를 알고 있소?”

연의가 급히 끄덕이자 진승표가 다시 물었다.

"누구에게 배웠소?"

연의는 고개를 가로저었다. 그녀가 알고 싶은 것이 바로 그 것이었으니까.

"그냥 알아. 내가 어떻게 그걸 알게 되었는지는 나도 모르겠어."

"기억을 잃었소?"

"약간……. 하지만 그 약간이 내 인생에 있어서 무척이나 중요한 것이라는 생각이 들어. 기정풍이란 자는 어떤 사람이지?"

진승표는 연의의 태도에서 뭔가 사연이 있음을 눈치를 챘다.

"강한 분이오, 말로 설명할 수 없을 만큼."

"그리고?"

"자세히는 나도 모르오."

"그를 만나려면 어떻게 해야 하지?"

"지금 그분은 정도맹 총단에 있을 것이오. 아니, 이쯤이면 아마 모용세가로 갔을 지도 모르겠소."

"모용세가……. 모용선? 거기는 왜 갔지?"

"모용선 소저를 아시오?"

연의가 끄덕이자 진승표의 표정이 조금 밝아졌다. 이제야 연의에 대한 완전한 믿음이 생긴 것이다.

"모용세가의 가주가 실종되었소. 그것 때문에 간 것이오."

"그분이 실종됐다고?"

연의는 눈을 감고 생각에 잠겼다.

"나는 그만 가봐야겠소."

진승표가 채 서너 걸음을 걷기도 전이었다. 눈을 번쩍 뜬 연의는 진승표를 잡아 세웠다.

"잠깐!"

"더 할 말이 있으시오?"

"느, 늦었어. 그가 오고 있다!"

진승표는 핏기 한 점 없이 하얗게 탈색된 연의의 얼굴을 보고 놀라서 물었다. 검강을 뽑아내는 여인을 저토록 주눅 들게 하는 자는 누구란 말인가.

"그라니? 누구를……."

"말할 시간이 없다. 돌아가기에는 늦었어. 동료들을 포기하고 늪으로 달아나! 어서!"

"죽어도 그렇게는 할 수 없소!"

"멍청이!"

파팟!

연의는 진승표가 고집을 부리자 벼락같이 마혈을 점했다. 연의는 나무토막같이 굳은 진승표를 번쩍 안아 들고 자신이 말했던 늪을 향해 몸을 날렸다.

쉬익!

단숨에 늪 깊숙한 곳에 이른 연의는 가라앉지 않게 진승표를 갈대와 함께 쇠줄로 묶었다. 진승표는 연의가 자신을 품에 안고도 수장을 훨훨 날아간 것도, 얇은 갈대 가지를 밟는 것만으로 늪에 빠져들지 않는 연의의 모습도 인식하지 못할 만큼 다급했다.

진승표는 유일하게 움직일 수 있는 눈동자를 이리저리 굴려 풀어달라는 뜻을 필사적으로 전했다. 동료들을 살려달라고, 그들만 두고 혼자 살 수 없다고.

"휴, 그대 심정은 이해하지만 나로서도 어쩔 수 없다. 점혈은 반나절이면 풀릴 거야. 살아서 나간다면 기정풍이란 사람에게 반드시 전해라. 여진의 황제만큼이나 위험한 자가 흑룡대주라고."

"아악!"

연의가 말을 마치자마자 수호단원들이 있는 곳에서 처절한 비명이 들려왔다.

진승표의 눈이 더욱 커졌다. 연의는 진승표의 간절한 눈빛을 보며 한숨을 푹 쉬었다. 그녀는 잠시 망설이다가 결국 진승표의 수혈을 점하고 비명이 들린 방향으로 몸을 날렸다.

第七章

경천동지

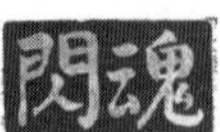

1

　자정을 일찌감치 넘긴 시각 야트막한 산 정상에 달빛을 등지고 두 사람이 서 있었다.

　백발이 성성한 노인과 오십은 넘었을 법한 초로인이었다.

　노인은 앉아서 가부좌를 틀었고 초로인은 호위하듯 노인의 뒤에 시립했다. 둘은 말없이 커다란 바위 위에 올라 산 아래를 응시했다. 군데군데 화톳불이 피워진 산 아래는 여진 병사들의 진영이었다.

　노인은 등에 장검을 매고 있었는데 전신에 어린 풍모가 마치 인세를 달관한 검선 같았다. 백발을 단정히 틀어 금빛 관으로 고정시킨 머리와 가슴까지 내려오는 탐스러운 백염은 신비로운 느낌을 더했다. 눈은 유리알처럼 맑았는데 이따금씩 차가운 빛이 일렁였다. 십여 리나 떨어진 여진 진영을 한눈에 꿰뚫어 보는 듯했다.

한참을 여진 진영을 훑던 노인은 시선을 고정시켰다. 귀를 쫑긋한다. 청력을 일으켜 반경 오 리 안에는 아무도 없다는 것을 확인한 노인은 오른팔을 치커올렸다.

스르룽!

서늘한 소리와 함께 검이 스스로 검집을 벗어나 노인의 손에 들어가 안긴다. 검은 핏물에 방금 넣었다 꺼낸 것처럼 섬뜩하도록 짙은 적색 검신을 가졌다. 붕설(鵬舌)… 붕새의 혀라는 거창한 이름의 검이었다.

후우웁!

노인은 숨을 길게 들여 마시며 치커들었던 검을 느릿하게 내린다. 시선이 멈춘 곳을 향해 검첨을 정확히 가리킨 후 숨을 멈추고 이내 눈마저 감았다. 그 상태로 석상마냥 움직이지 않았다.

일각 정도 지나자 노인의 숨소리가 거칠어지기 시작했다. 다시 일각이 더 흐리자 노인의 얼굴이 점점 붉어지더니 땀이 송송 솟는다. 그리고 다시 일각이 흘렀다.

노인은 갑자기 눈을 번쩍 뜨더니 낮고 강하게 말했다.

"눈을 감아라!"

번쩍!

용설검의 끝에서 강력한 빛이 뿜어졌다. 비록 찰나간 뿜어진 빛이었지만 눈을 뜨고 있었다면 실명하고도 남을 만큼 강

렬한 빛이었다. 빛은 눈 깜짝할 사이에 어둠에게 자리를 내준
다.

후우우!

노인은 땀이 비 오듯 흘리는 가운데 긴 숨을 뿜으며 눈을 떴
다. 검을 검집으로 되돌린 노인은 천천히 일어섰다. 노인의 몸
에서 뿌연 증기가 뭉클 피어올랐다. 땀이 일순간 증발해 버린
것이다.

퀴퀴한 냄새가 나도 시원찮을 판인데 노인의 콧속으로 말로
형용키 힘들 정도로 감미로운 향기가 파고들었다.

그것을 아는지 모르는지 노인의 시선은 여전히 같은 곳을
향한 채 움직일 줄 몰랐다. 아무런 변화가 없다. 노인의 미간
에 골이 깊게 파였다.

말없이 노인을 지켜보고 서 있던 초로인이 그 모습을 보고
놀라 입을 열었다.

"움직임이 있습니까?"

노인은 고개를 젓자 장년 사내가 다시 말했다.

"일광천향검(一光天香劍)의 최후 초식 검향만리(劍香萬里)…
설마 실패하신 건……."

노인은 미미하게 고개를 저으며 말했다.

"허허, 검초는 완벽하게 성공했다. 검향은 이미 천지에 퍼졌
다."

경지가 낮아 검향을 전혀 느끼지 못한 초로인은 다시 아래
를 바라보았다. 노인과는 달리 십 리나 떨어진 어둠을 꿰뚫어

볼 수 없었던 그는 기척을 죽이고 오감을 총동원했다.

시간이 무심히 흐른다. 초로인이 참지 못하고 말했다.

"전혀 움직임이 없군요."

노인이 끄덕이자 굳었던 장년 사내의 얼굴이 밝아졌다.

"검향을 느끼지 못했다는 것은 아직 무극에 이르지 못했다는 뜻이 아닙니까."

노인의 굳은 얼굴은 여전히 펴질 기미가 없다.

"섣불리 판단하기에는 사안이 너무나 중대하다. 그는 전설로 전해지는 멸천성검의 주인이니라."

노인의 음성에는 불신이 짙게 배어 있었다.

"아버님의 지나친 기우라 여겨집니다. 천 년이 넘는 무림사(武林史)에 무극의 경지에 이른 무인은 채 십여 명도 되지 않는다 말씀하시지 않으셨습니까."

초로인은 잠시 숨을 고르고 주먹을 굳게 쥐며 말을 이었다.

"이제 아버님께서 그를 제거하신다면 머리를 잃은 여진은 혼란에 빠질 것입니다. 나라를 구한 영웅이 되는 것입니다. 오삼계 장군이 수십만 대군을 이끌고 북진한다는 소식이 있으니 혼란은 극에 달할 것입니다. 또한 우리 사공가는 무림제일가에 그치지 않고, 황제로부터 왕가(王家)로 봉해지게 될 것입니다. 만약 전란 중에 황제마저 죽게 된다면 사공가에서 황제가 나지 말란 법도 없지 않습니까."

정광 가득하던 초로인의 눈은 어느새 욕망으로 들끓고 있었다. 탐욕이 전염된 것일까. 세상을 달관한 것처럼 보였던 노인마저 웃음을 터뜨렸다.

"허허, 황제라……. 허허허!"

노인은 급작스럽게 입을 다물었다. 그뿐이 아니었다. 거대한 폭풍 속에서도 꿈쩍 하지 않을 것 같던 노인의 눈동자가 풍랑을 만난 작은 배처럼 파르르 떨렸다.

기이하게 여긴 초로인이 묻는다.

"아버님, 왜 그러시는지요."

노인은 팔을 들어 장년 사내의 말을 제지했다. 사방을 쓸어보던 노인은 너털웃음까지 터뜨리며 태연한 척 말했다.

"허허! 그만 모습을 보이심이 어떻소."

노인의 말이 끝나기 무섭게 그들과 불과 십여 장 떨어진 맞은편 바위 위로 젊은 사내가 불쑥 솟아올랐다. 뒷짐까지 지고 있는 모습이 마치 산보라도 나온 것마냥 유유자적했다.

희미한 달빛에 드러난 사내는 여진의 한 누르하치였다.

누르하치의 흑요석 같은 눈동자와 노인의 깊은 눈이 정면으로 마주쳤다. 그 흔한 안광(眼光)조차 없는 눈빛 교환. 숨 막히는 시간이 흘렀다. 둘 사이에 오가는 기파도, 유무형의 살기도 없다.

둘을 바라보고 있던 초로인은 먼저 입을 여는 쪽이 약자임을 본능적으로 느꼈다.

누르하치는 검향을 맡고 나타났다. 이제 누르하치가 무극의 경지에 든 자임은 분명해졌다. 노인은 겉으로 드러내지 않았지만 자신과 가문의 운명을 놓고 번민에 휩싸였다.

단 한 번도 누구에게 져 본 적이 없다. 아니, 진다는 생각 자체를 해보지 않고 살아온 백 년의 삶이었다.

'저자를 꺾는다면 중원은 사공가의 천하가 된다!'

노인은 결심을 굳히고 팔을 들어 검을 뽑는 동작을 취했다.

멈칫.

그 순간! 단단한 의지가 엿보였던 노인의 얼굴이 급작스럽게 핏기 한 점 없이 창백해졌다.

더욱 납득할 수 없는 행동은 후에 일어났다. 노인은 검을 뽑으려던 팔마저 슬그머니 내리더니 급기야 고개까지 숙였다.

"허허, 범부가 감히 여진의 황제 폐하를 뵈오."

황제를 알현할 때는 오체투지가 마땅했지만 누르하치는 불쾌한 표정은커녕 만면에 만족한 미소를 지었다.

"독특한 검의 향에 취해 발길을 내딛다 보니 뜻밖에도 귀인을 보게 되었구려."

누르하치의 한어는 매우 유창했다. 억양 또한 전혀 어색함이 없었다.

"허허, 귀인이라니 당치도 않소이다. 그저 늙어도 죽지 못하는 검귀(劍鬼)일 뿐인 것을요."

누르하치는 노인의 겸손에 미소 지으며 말을 받았다.

"귀(鬼)라… 그보다는 제(帝)가 어울릴 것 같은데. 그대는 필시 검제라 칭송받는 중원의 최고 이인(異人)인 듯싶구려."

노인은 누르하치의 말을 부정하지 않았다. 그의 말대로 노인은 천하제일가의 태상가주이자 중원팔대고수 중 일제(一帝)로 추앙받는 검제 사공휴였기 때문이다.

"허허허. 부끄러울 따름이오."

천하제일고수 사공휴의 웃음은 어딘지 모르게 허탈했다. 그는 거대한 산악 같은 누르하치를 보자 자신의 별호가 부끄러워졌던 것이다.

"이곳은 짐의 땅. 귀한 객에게 술을 내지 않는다면 예의가 아닐 터."

누르하치의 말이 끝나기 무섭게 흑의를 입은 사내 넷이 바위 위로 번쩍 뛰어올라 한가운데에 술상을 차려놓고 사라졌다. 도깨비놀음처럼 순식간에 차려진 술상이었지만 술병 하나와 잔 두 개, 김이 모락모락 피어오르는 안주까지 있었다.

누르하치는 술상 앞에 털썩 주저앉으며 말했다.

"초라하나마 대접하고자 하니 건너오시오."

잠시 망설이던 사공휴는 현 가주인 아들 사공도를 남겨두고 누르하치에게 건너갔다. 누르하치는 이미 자신의 잔에 술을 따라놓고 있었다. 누르하치가 어정쩡하게 서 있는 사공휴를 올려다보며 말했다.

"본인은 아직 중원을 통일하지 못했소. 그러니 그대 또한 짐의 신민이 아니오. 지금만큼은 중원 강호의 손꼽히는 고수를 흠모하는 일개 무부(武夫)일 뿐이니 편히 앉도록 하시오."

말을 마친 누르하치는 천천히 술잔을 기울였다. 술을 마시는 자세는 아무래도 암습에 취약할 수밖에 없다. 하지만 누르하치는 그런 것 따위는 신경 쓰지 않는 듯했다.

사공휴의 가슴속에 불길이 치솟았다. 감히 자신이 누군데 여유를 부린단 말인가. 수치심에 얼굴이 붉게 달아올랐다. 당장 검을 뽑아 반쪽을 내고 싶었다.

찌릿!

분노를 폭발시키려는 순간, 방금까지 자신이 있던 자리, 그러니까 사공도가 있는 곳 주변에 강한 기운이 여럿 느껴졌다. 대단한 자들이다. 한둘이라면 모르되 구파 장문보다 윗줄인 사공도조차 감당할 수 있는 자들이 아니었다.

어쩌면 다행이라는 생각이 든다. 검을 빼 든다고 과연 누르하치를 벨 수 있을지조차 의문이다. 사공휴는 애써 분노를 삭이고 앉았다.

한편 남겨진 사공도는 자신이 누르하치의 수하들에게 포위된 것을 눈치 챘다. 자신이 감당하기 힘든 수라는 것도 알고 있었지만 동요하지 않았다. 대신 그는 자신의 부친과 누르하치가 어떤 대화를 하는지 귀를 기울였다.

그러나 어찌 된 일인지 대화 소리가 들리지 않았다. 하지만 표정으로 짐작하건대 대화 내용이 무척이나 심각한 것 같았다.

대체로 누르하치가 말하면 사공휴는 끄덕였다. 그리고 다시 말없는 시간이 지나갔다. 누르하치는 술까지 마시며 차분히 기다리는 자세였고 검제는 뭔가를 고민하고 있었다.

사공도가 궁금함에 속이 탈 지경에 이르렀을 때, 검제가 고개를 무겁게 끄덕였다.

"하하하! 잘 생각했소. 중원 무림은 그대의 천하가 될 것이오. 이제 무림은 내 더 이상 신경 쓰지 않겠소."

누르하치가 기꺼운 표정으로 껄껄 웃더니 연기처럼 사라졌다. 사공도를 포위했던 자들의 기운도 멀어져 갔다.

사공도는 단걸음에 부친에게 달려갔다.

"아버님, 대체 어찌 된 일입니까? 왜 그를 그냥 놓아준 것인지요?"

"참으로 무서운 자다."

"설마 아버님께서 쓰러뜨릴 수 없는 자였다는 말씀이십니까?"

사공휴는 입을 열지 않았다. 긍정의 뜻이다. 사공도는 어안이 벙벙했다.

"대체 어느 정도였기에……."

사공휴가 중얼거리듯 말했다.

"그는 검에서 도를 보고자 하는 자다. 한데 그의 수중에는 검이 없었다. 대답이 되었느냐?"

사공도는 부친의 말을 듣고서야 누르하치가 적수공권이었음을 상기했다. 검사에게 검이 없다. 그럼에도 불구하고 천하제일검인 부친이 검을 뽑을 수가 없었다?

사공도는 뇌리를 스치는 생각에 입을 떡 벌렸다.

"설마! 그, 그는 아버님께서 가고자 하셨던 정상의 길에……."

"그자는 검도의 마지막 경지에 닿은 것 같다. 아니, 틀림없으리란 생각이 든다."

"그것이 무엇이관데 검을 수중에서 놓는단 말입니까."

"그것은 바로 형체가 없는 검이었다. 그는 멸, 천, 성. 세 개의 검을 모두 버리는 대신 무극을 손에 쥔 것이다. 허허, 허허허허!"

사공휴의 쓸쓸한 웃음이 공기 중에 맴돌았다.

사공도는 부친의 심정을 이해할 수 있었다. 아무리 노력해도 닿을 수 없던 자리인데 다른 자가 이미 도착해 있는 걸 보았으니 그 심정이 오죽할까. 그것도 검에 관해서 누구에게도 뒤쳐져 본 적이 없는 부친이었으니.

"그런데 그자가 무엇을 제안했기에 승낙하신 것입니까?"

"허허, 앞으로 우리 가문의 존망에 관련된 일이다. 그는 본가의 미래를 약속했다."

사공도는 누르하치가 떠나기 전에 했던 말을 상기했다. 굳이 묻지 않아도 무슨 얘기가 오갔는지 짐작할 수 있었다.

"그가 중원을 삼킨 후 무림을 본가에 넘긴다 해도 그의 무공은 역시 부담입니다. 그를 대적할 상대가 없는 바에야 약속을 뒤집는다 해도 우리는 어찌해 볼 도리가 없지 않습니다."

"허허, 그날의 일이 천추의 한이 될 줄이야."

"그날 일이라니요?"

"허허, 누르하치 그자를 상대할 만한 아이가 십수 년 전 순백(純白)의 영산(靈山)에서 자라고 있었더니라."

"순백의 영산이라면 장백산을 말씀하시는 것인지요? 장백 검파는 이미 사라졌지 않습니까?"

사공도의 물음을 듣지 못했는지 상념에 잠긴 사공휴는 말이 없었다.

2

정도맹을 나선 기정풍은 세 당주와 모용선을 대동하고 모용세가를 향해 달렸다.

날씨마저 겨울에 접어들어 칼바람이 옷섶을 파고드는데 홑옷만 입은 피난민들이 줄을 이어 남쪽을 향해 내려가고 있었다. 피난민들의 절박한 심정이 일행의 가슴을 후볐다.

기정풍이 피난민을 애써 외면하는 것을 본 상관기가 말했다.

"황군이 결사항전하고 있다고는 하는데 힘에 부치는 모양일세. 이러다가는 정말 도성까지 함락되는 것이 아닐까 염려되는군."

도성 함락은 명의 멸망과 크게 다르지 않았다. 나라가 워낙 크니 도망 다니며 끈질긴 항전을 할 수도 있겠으나, 성도를 잃은 후의 저항은 그저 발버둥에 지나지 않게 되는 것이다.

"저들이 그토록 강하단 말이냐?"

기정풍의 물음에 상관기는 고개를 저었다.

“저들은 물론 강하네. 하지만 명은 가만히 둬도 얼마 안 가 스스로 무너질 나라였어. 그만큼 썩어 있었네.”

“지금이라도 무림의 고수들이 참전한다면?”

“큰 힘이 되겠지. 나도 무림과 관군이 합치면 어쩌면 저들을 물리칠 수도 있으리라 생각했네. 하지만 이제는 달라. 무림의 힘에는 한계가 있네. 어디까지나 황군이 버텨줬을 때 의미가 있는 거란 말일세.”

기정풍은 눈을 감고 침음했다.

“으음! 그 정도라니…….”

“일심으로 대항해도 힘든 마당에 곳곳에서 민란까지 일고 있네. 게다가 듣자 하니 금군은 수십만 대군이야.”

기정풍은 고개를 저으며 중얼거렸다.

“그렇군. 어차피 망할 나라였단 말이지.”

“민란으로 망하든 여진족에게 망하든 어쨌거나 나라가 망하는 건 이제 기정사실인 것 같네. 다만 이 중원 땅이 여진족의 손에 넘어가는 것만은 막아야 한다는 거지.”

구대문파의 고수들을 죽음 직전의 상황까지 몰아붙였다. 결국 많은 것을 양보해서라도 마도맹과 조속히 휴전하겠다는 정도맹주의 약속을 얻어냈던 그였다. 한데 이제와 생각해 보니 그 모든 일들이 부질없었다.

기정풍은 말을 달리며 앞으로의 행보에 대해 고민했다. 동행하던 당주들도 그의 굳은 얼굴을 보고 아무도 말을 걸지 않았다.

일행이 다소 무거운 기분으로 하루 반나절을 꼬박 달려 하북성 북단 만성(滿城) 부근에 이르렀을 때였다.

둥! 둥! 둥!

자신을 넘긴 시각, 희미한 북소리가 북쪽으로부터 울려 나왔다. 금군이 밤을 틈타 성을 공격하고 있는 모양이었다.

성에 도착해 보니 그야말로 아비규환이었다. 불화살이 허공을 가득 수놓았고, 간간이 아이 팔뚝만 한 쇠뇌와 어른 머리만 한 바위까지 심심찮게 날아왔다. 아래에선 갑주 대신 짐승 가죽옷을 입은 금군들이 사다리를 놓고 새까맣게 기어오르고 있었다.

마치 이사를 가는 개미 떼들 같았다. 개미 떼들은 무척이나 용감해서 사다리가 꺾이고 머리통이 터져도 꾸역꾸역 밀려들었다.

일행은 한 장면, 한 장면을 넋을 잃고 바라보았다. 상관기가 침을 꿀꺽 삼키며 무심결에 중얼거렸다.

"나라 간 전쟁이란 이런 것인가."

상관기는 온몸을 미세하게 떨고 있었다. 떠는 것은 상관기뿐만이 아니었다. 나머지 당주들도 그랬고, 심지어 기정풍도 다르지 않았다.

겁나서? 천만의 말씀! 이들은 엄청난 규모의 전투에서 무인 간의 싸움에서는 볼 수도 느낄 수도 없는 색다른 희열을 맛보고 있었다.

"우우!"

일행은 들끓는 무인의 본능을 사자후로 토해내며 누가 먼저 랄 것도 없이 일제히 성곽 위로 몸을 날렸다.

모용선과 악한영은 한 조로 움직이며 적을 상대했다.

촤라락!

악한영은 쌍창을 부지런히 내질러 쏟아지는 화살을 쳐내는 한편 금군들을 보이는 족족 꿰뚫었고, 모용선은 그동안 갈고 닦은 검법을 유감없이 펼쳐 냈다.

남궁설과 상관기의 신위 또한 대단했다.

퍼펑! 샤샤샥—

상관기의 일권에 금군들은 서넛씩 휩쓸려 성 아래로 떨어졌고, 적들이 투석기로 쏘아보낸 바위들도 공중에서 바스러뜨렸다.

남궁설은 신랄한 검법으로 일검에 어김없이 하나의 생명을 꺼뜨리고 있었다. 기정풍의 활약이야 두 말할 나위도 없었다.

명나라 군사들은 갑작스레 나타난 기정풍 등의 활약에 용기백배했다. 그러던 어느 순간,

쿵! 쿵!

종횡무진 누비던 기정풍은 아래쪽에서 들린 둔탁한 소리에 성 난간에 붙어 아래를 내려다보았다. 후금의 군사들이 철로 주조한 수레 끝이 뾰족한 철 기둥을 싣고 성문을 향해 거칠게 부딪치고 있었다.

"성문을 지켜라! 활을 쏴라!"

장수의 외침에 궁수들이 활을 쏘고, 일반 병사들은 어른 머

리통만 한 바위를 떨어뜨렸다. 그러나 여진 군사들은 미리 준비한 수십 개의 무쇠 방패로 머리를 막으니 별 소용이 없었다.

이러다가는 얼마 버티지 못할 것 같아, 기정풍이 막 나서려 할 때였다. 성문을 기준으로 우편, 그러니까 기정풍과는 정 반대편에서 오 척 단신의 노인이 날듯이 달려왔다.

"비켜라! 길을 열어라!"

퍼펑!

노인은 가로막는 적병을 나무젓가락 꺾듯 간단히 제압하며 성문 위까지 순식간에 도착했다.

"하압!"

체구와 어울리지 않게 장중한 기합을 토한 노인은 대뜸 팔을 걷어붙이더니 아래를 향해 두 팔을 번갈아가며 내질렀다.

꽝! 꽝!

노인이 한 번 손짓할 때마다 굉장한 폭발음이 울렸다. 꼭 아래를 향해 폭약을 던지는 것 같았다. 하지만 기정풍은 그것이 아니라는 걸 단번에 알 수 있었다. 노인의 팔뚝 주변에 피어오르는 아지랑이의 정체가 막강한 내력임을 알아보았던 것이다.

"무지막지한 노인네군."

기정풍은 혀를 내둘렀다.

노인의 막강한 장력에 화살과 바위 세례에도 꿈쩍 않던 여진 병사들은 비명도 지르지 못하고 곤죽이 되어 죽어 자빠졌다.

기정풍은 적병을 물리치며 한 걸음씩 노인에게로 다가갔다.

그러는 동안에도 노인은 계속해서 장풍을 쏘아대고 있었다.

노인 곁으로 다가간 기정풍은 고개를 쑥 빼고 아래를 바라보았다. 수십 명의 여진 병사들이 상처를 입다 못해 으깨져 있었다. 하지만 수레가 멀쩡해 죽어나간 병사만큼 금세 채워져 성문 깨는 작업이 멈춰지지 않았다.

기정풍은 지치지 않고 장력을 뿌려대는 노인을 자세히 살폈다. 어림잡아도 팔십은 넘어 보였는데 동글동글한 얼굴에 홍조가 서려 있어 장난기 많은 악동 같은 느낌이었다.

하지만 외모는 그냥 겉모습일 뿐이었다. 노인에게서 느껴지는 힘은 거대했다. 대체 저 작은 체구 어디에 저만한 힘이 숨겨져 있는지 신기할 정도였다.

그때 성 아래쪽에서 크게 외치는 소리가 들렸다.

"위다! 성문 위에서 늙은이가 폭약을 터뜨리고 있다. 화살과 쇠뇌를 쏴라! 모든 투석기를 집중시켜라!"

밤이었지만 불화살과 성 위에 켜놓은 횃불 때문에 노인은 적에게 고스란히 노출되어, 궁수와 투석기의 집중 포화 대상이 되고 말았다.

슈슉! 휘이잉!

장풍을 멈추면 성문이 뚫릴 판이요, 그렇다고 계속 막고 있자니 자신이 쏟아지는 화살에 고슴도치가 될 것이었다. 노인의 얼굴에 잠시 갈등의 빛이 스쳤다.

어차피 자신이 죽으면 성문은 뚫리는 것은 기정 사실이다. 노인은 일단 화살과 바위 덩어리를 피해야겠다고 마음먹고 몸을 빼려 했다.

"노인장 안심하고 하던 일이나 계속해!"

물러서려던 노인은 지척에서 젊은이의 음성이 들리자 움찔해서 돌아보았다.

"젊은이는……?"

둥! 둥! 둥!

적진으로부터 공격을 독려하는 북소리가 울려 퍼졌다. 잠시 주춤했던 적들은 북소리에 신이라도 들린 듯 목숨을 아끼지 않는 공격을 감행해 왔다.

"기어이 성문 뚫리는 꼴을 보고 싶나?"

기정풍은 버럭 소리쳐 노인을 채근하며 허공에 대고 양팔을 휘저었다.

쉬쉬쉭……!

대뜸 공중에 무수한 손 그림자가 만들어졌다. 삼사 장 거리까지 이르렀던 화살은 허리가 꺾여 힘없이 떨어져 내렸고, 투석기로 쏘아보낸 바위는 쇳덩어리라도 부딪친 것마냥 허공에서 박살나 흩어졌다.

기정풍을 중심으로 반경 사 장 안에는 화살은 고사하고 먼지 하나 떨어지지 않았다.

"이게 무슨?"

노인은 장력을 쏘는 것도 잊고 입을 떡 벌렸다.

쿵! 쿵!

꽈지직!

성문 뒤틀리는 소리가 울린 후에야 노인은 퍼뜩 정신을 차리고 장력을 쏘기 시작했다. 기정풍 덕에 안전을 확보한 노인은 더욱더 맹렬히 장력을 퍼부었다. 눌리고 찢긴 시체가 성문 앞을 뒤덮고도 모자라 차츰 쌓여만 갔다.

그렇게 두 식경쯤 흘렀을 때 시체로 인해 수레는 성문에 진입하는 것조차 힘들게 되었다. 성 위쪽도 결사항전 하는 명군과 남궁설 등의 활약 덕에 난공불락이었다. 여진 병사들의 희생이 늘어만 가자 적진으로부터 중저음의 나팔 소리가 길게 울려 퍼졌다.

뿌우우─!

끝없이 밀려들던 여진 병사들은 나팔 소리를 신호로 썰물 빠지듯 물러났다. 일사불란한 움직임만으로도 그들이 얼마나 훈련이 잘된 정병들인지 짐작할 수 있었다.

노인은 공력을 거두고 흐르는 땀을 닦았다. 숨을 몰아쉰 노인은 마지막 화살까지 막아내고 손을 털고 있는 기정풍을 바라보았다. 기정풍은 땀 한 방울 흘리지 않았고 힘든 기색도 전혀 없었다.

기정풍은 탐색하는 눈으로 자신을 살피고 있는 노인에게 말했다.

"난쟁이노인장, 혹시 강호팔대고수인가 뭔가 하는 사람 중에 하나인가? 문짝만 한 칼을 들고 설치던 놈보다도 센 것 같은데 말이야."

노인은 기정풍이 웃으며 하는 말에 안색을 더욱 굳혔다.

"그대가 말하는 자는 혹시 거도신마인가?"

"남들은 그렇게 부르는 것 같더군."

노인의 눈이 매섭게 번뜩였다.

"그대가 거도신마를 쓰러뜨리고 사라졌다던 자인가?"

기정풍이 남 얘기하듯 끄덕이며 말했다.

"아마도 그런 것 같군."

쫘작! 파팟!

기정풍이 말을 마친 순간 희끗한 그림자가 어른거린다 싶더니 벼락 치는 소리가 울렸다.

"어헛!"

기정풍은 바로 코앞에서 일어난 기의 폭발에 경악성을 토했다. 그는 물러서며 전신을 덮쳐 오는 기의 폭풍을 막았다. 그러나 워낙 창졸간의 일이라 힘을 해소시키지 못하고 충격을 가슴으로 받고 말았다.

"크으!"

기정풍은 신음을 토하며 삼 장을 날아갔다. 보의와 의지에 앞서 본능적으로 일어난 반탄기가 아니었으면 죽어도 하등 이상할 것이 없을 만큼 무지막지한 공격이었다.

기정풍은 재빨리 균형을 잡았다. 두 발로 굳건히 선 그는 노인을 보았다.

노인의 양손에는 곤봉과 흰색 포승줄이 들려 있었다. 강기 폭풍을 일으켜 기정풍을 공격한 자가 바로 그였던 것이다. 둘 사이에 살벌한 기류가 오가고 있을 때 둘 쪽으로 전신 갑주를 입은 군관이 달려와 노인에게 말했다.

"대장군! 곧 홍이대포(紅夷大砲) 두 문이 도착한다니 오늘 밤은 안심해도……."

"부관 물러서라 최대한 멀리! 병사들도 모두 물려!"

군관은 노인의 말에 얼떨떨한 표정으로 말했다.

"대장군, 무슨 일이……."

"명령이다! 물러서라면 물러서!"

군관은 그제야 심상치 않음을 깨달았는지 부리나케 사라졌다.

"대장군이었어? 그건 그렇고 아까 그 공격의 의미는 뭐냐?"

노인은 대답 대신 기정풍에게 물음을 던졌다.

"정마대전을 조장해 나라를 혼란에 빠뜨린 자가 너였느냐?"

"보기에 정정한 것 같더니만 노망난 늙은이였나? 찬 날씨에 웬 쉰 소리냐?"

기정풍은 말을 마치기 무섭게 번개같이 돌아섰다. 십여 장 정도 떨어진 성곽 위에 신선 같은 풍모의 노인이 그림같이 서 있었다. 노인은 서 있기만 했는데도 알 수 없는 중압감이 느껴졌다.

'쉽지 않은 자!'

기정풍이 본 노인에 대한 첫 느낌이었다. 그도 그럴 것이 기정풍이 마주하고 있는 노인의 정체는 얼마 전 누르하치를 만나 기가 꺾인 검제 사공휴였다.

"허허! 어떻소? 포박할 수 있겠소?"

검제의 서늘한 음성에 난쟁이노인은 고개를 저으며 탄식했다.

"이자는 노부로서는 도무지 감당할 수 없는 자요. 휴우, 난 생처음으로 무왕이라는 별호가 부끄러운 날이오."

만성에 주둔한 황군의 대장군인 동시에 무왕이라 칭해지는 노인은 잠깐 만에 족히 십 년은 늙은 것 같았다. 그 모습에 검제가 웃으며 말했다.

"그리 자책하실 것 없소. 내 말하지 않았소. 놈은 노부조차 장담할 수가 없다고."

검제는 다시 기정풍에게 시선을 돌렸다. 짧은 순간 둘의 시선이 얽혀들었다.

기정풍은 검제가 자신에게 호의적인 감정을 품고 있지 않다는 것을 본능적으로 느꼈다. 거도신마를 웃도는 무왕, 거기다가 미지의 영역에 들어선 검제라니. 아무래도 피곤한 밤이 될 것 같았다.

검제가 자연스럽게 좌보를 밟으며 기정풍에게 말했다.

"이리 만나게 되어 영광이오."

기정풍은 검제의 단순한 움직임이 자신의 퇴로를 가로막는 위치라는 것을 간파하고 쓴웃음을 삼켰다. 참으로 간악한 늙은이가 아닌가.

기정풍이 이런저런 생각으로 입을 다물고 있자 검제가 다시 입을 열었다.

"순순히 포박을 받겠는가, 그렇지 않으면 기어이 손맛을 보겠는가.”

이제 검제의 말에 살기까지 섞였다. 시간이 없었다. 측량 불가능한 두 고수에게 합공당하면 그로서도 자신할 수 없었다. 게다가 선수마저 내준다면 더욱 어렵게 된다.

‘합공은 허용하되 선수는 내줄 수 없다.’

기정풍이 막 손을 쓰려 할 때였다.

멀지 않은 곳에서 병장기 소리와 고함 소리가 터져 나왔다. 그것도 잠시, 곧 소란은 잦아들었다.

기정풍의 얼굴은 더욱 딱딱해졌다. 무슨 일이 일어났는지 대충 짐작할 수 있었다. 누군가에 의해 모용선 등이 제압됐다. 쉽사리 당한 것으로 보아 천하제일가의 고수들이 근처에 있는 모양이었다.

“이것은 또 무슨 뜻이냐?”

“농마, 이미 그대와 누르하치의 계획은 백일하에 드러났다.”

기정풍의 눈매가 한층 날카로워졌다. 농마, 얼마 만에 들어보는 별호인가. 검제가 어찌 자신의 별호를 알고 있단 말인가.

“……?”

기정풍이 생각에 잠긴 것을 본 무왕은 분노 가득한 얼굴로 추궁했다.

“이미 너의 과거를 알고 있다. 어떤 변명도, 발뺌도 소용없다.”

“과거……?”

"너는 지난날 누르하치의 사주를 받고 쌍압문이라는 문파를 일으켰다. 동북 두 개 성을 어렵지 않게 병합한 너는 모용세가를 회유하려 했지. 하지만 모용세가는 동의하지 않았고, 결국 네놈은 일선을 비롯해 모용세가의 무인들 대부분을 죽였다."

"우습기 짝이 없지만 꽤 그럴듯하군."

무왕은 기정풍의 비웃음에도 동요하지 않고 말을 이었다.

"모용세가의 핵심 인물들을 제거한 너는 권력에서 밀려나 있던 모용승천을 허울뿐인 가주로 세웠다. 결국 모용세가마저 병합한 너는 쌍압문이 멸망한 것처럼 꾸미고 사라졌다. 그사이 너의 오른팔, 그러니까 육대세가의 맹주가 된 모용승천은 세가수호단원들을 쇠뇌시켜 수족으로 만들었고, 그간 죽은 듯 숨어 있던 너는 수호단원들과 합류해 거도신마를 죽이고 정마대전을 일으켰다."

짝짝짝!

"하하, 대단해. 잘도 끼워 맞췄군. 누구의 머리에서 나온 추리냐?"

"추리라고? 정마대전이 일어난 것에 대해 의문을 느낀 천하제일세가에서 은밀히 조사한 사실이다. 또한 현재 모용승천은 실종된 것이 아니라 적진에서 주색을 즐기고 있음도 알아냈다. 얼마 전 사라졌다던 모용세가의 일반 무인들도 그와 함께 있겠지. 이래도 할 말이 있느냐?"

기정풍은 기가 차면 말이 안 나온다는 말을 실감하고 있었다. 하지만 지금은 말을 해야 했다. 엉뚱한 누명이 두려워서도 눈앞에 두 고수를 상대할 자신이 없어서도 아니었다.

물러난 금군이 언제 몰려올지 모르는 상황에서 자중지란을 일으킬 수가 없었기 때문이다. 기정풍은 자존심을 굽히고 말했다.

"쌍압문과 흑룡왕은 이미 수년 전 이 두 손으로 처리했다."

"허허, 네가 흑룡왕과 동일인이라는 것을 증명할 결정적인 증거가 있다. 저기를 보아라."

검제가 성 안쪽을 가리켰다. 흑운은 여러 다른 말들 틈에 섞여 있었지만, 군계일학이라 단연 돋보였다.

"저 말은 천하에 보기 드문 명마로 흑룡왕의 애마다."

기정풍이 흑운을 바라보자 시선을 느낀 흑운이 고개를 쳐들었다. 그리고는 투레질을 하며 꼬리까지 흔든다.

무왕이 조소하며 말했다.

"흥, 그래도 할 말이 있느냐?"

"훗, 흑룡왕의 말을 취한 것이 잘못인지는 몰랐군?"

"이놈이 끝까지……!"

검제는 무왕을 제지하며 말했다.

"자네 말대로 자네가 흑룡왕을 죽였다면 그것을 본 사람이 있겠지? 어떤가, 그것을 증명해 줄 사람이 있는가? 자네가 흑룡왕이 아니라는 증거는?"

"자은사의 중들이 흑룡왕의 죽음을 보았다. 개방의 후개라는 아이도 나를 알고 있고."

기정풍의 말에 검제가 눈썹을 꿈틀했다. 그리고 살기가 폭풍처럼 밀려왔다.

"간악한! 어찌 사자(死者)들을 증인으로 내세우느냐. 설마 그들이 저승에서 뛰어나와 네놈을 위해 항변해 주길 바라느냐!"

"사자라고?"

기정풍의 의문은 무왕이 풀어주었다.

"자은사는 무지몽매한 야만인들에 짓밟혀 개미 새끼 한 마리 살아남지 못했다. 뿐이냐? 개방의 후개 또한 마도맹의 흑룡대에 의해 한 줌의 혈수가 되었다."

기정풍은 눈을 크게 떴다.

"후개가 죽어?"

"허허, 악독한지고! 이미 죽은 것을 알고 거론하고서는 전혀 모르겠다는 얼굴이라니."

"그와 같이 있던 아이들……. 수호단원들은 어찌 되었지?"

"마도의 칼에는 자비가 없는 법. 후개와 같이 죽었다. 형체를 알아보기 힘들 정도로 무참히 찢긴 채 말이다."

쿠쿵!

수호단원들의 몰살 소식에 기정풍에게 적지 않은 충격을 받았다. 그가 놀라는 모습을 본 무왕이 비웃으며 말했다.

"수호단원들의 죽음은 계획에 없었던 모양이지? 세상은 결코 악인의 뜻대로 돌아가지 않음을 이제 알겠느냐?"

"더 말해봐야 무슨 소용이 있겠소. 하늘이 악인을 이곳으로

인도한 것은 필시 처단하라는 뜻! 무왕, 놈은 노부가 처리하겠으니 퇴로를 지켜주시오.”

말로는 퇴로를 지키라 했지만 기정풍의 뒤에 있는 무왕을 신경 쓸 수밖에 없다. 결국 합공하자는 말과 다름없었다.

스르릉!

검제는 느릿하게 검을 뽑아 들었다. 검을 들자마자 심장을 짓누르는 기운이 모락모락 피어올랐다. 덕분에 기정풍은 흠칫 정신을 차렸다.

파팟!

파란 불꽃이 코앞에서 피어오르자 기정풍은 불꽃의 정체가 강기임을 파악할 틈도 없이 두 팔을 교차해 안면을 방어했다.

꽝!

귀가 먹먹하고 양팔에 극통이 밀려왔다. 가린 얼굴이 따듯해졌다. 손바닥이 터져 얼굴로 피가 튄 것이다. 그 상태로 정신없이 밀려났다. 숨 돌릴 겨를도 없이 검제의 혼이 담긴 일검이 매섭게 휘둘러졌다.

우웅!

‘맞받기 버겁다.’

또다시 맨손으로 받았다간 손이 통째로 날아갈 것이다. 단심기를 최고조로 끌어올릴 시간을 벌어야 했다.

스르륵!

기정풍은 환마절영보를 시전하며 단심기를 폭발시키듯 끌어올렸다. 검제는 역시 달랐다. 검제의 강기를 가득 머금은 검은 흐느적거리는 듯한 기정풍의 신영을 단숨에 쫓아왔다. 하지만 이미 공력은 상당수 끌어올린 상태라 맞상대할 수 있을 듯했다.

기정풍의 괭이에도 새파란 강기가 맺혔다. 둘이 정면으로 부딪칠 찰나,

찌릿!

기정풍은 온 신경을 집중해도 시원찮을 판에 흠칫 떨었다. 등 뒤로부터 음유한 기운이 밀려들었던 것이다. 장법 중에서도 악랄하기로 첫째가는 암경이다. 다른 누구도 아닌 무왕의 장에서 발휘된 암경이니 결코 무시할 수 있는 성질이 아니었다.

짧은 순간, 두 손으로 들었던 괭이를 한 손으로 움켜쥐고 나머지 한 손에는 따로 공력을 끌어 모았다.

꽝!

우르릉!

강기 간의 충돌과 장력 간의 부딪침은 엄청난 굉음을 유발했다.

"허엇!"

기정풍은 앞뒤에서 가해진 공격에 적지 않은 충격을 받아 헛바람을 삼켰다. 폐에 들어 있던 신선한 공기가 억지로 밀려나 공기 중에 흩어졌다. 비록 짧은 시간이었지만 진기 수발에 문제가 생겼다. 반면 검제와 무왕은 멀쩡한 상태로 보다 매서운 공격을 감행해 왔다.

‘이대로라면 당한다!’

어떻게든 시간을 벌어서 섬혼기를 극성으로 운용해야 했다. 정도맹에서 입은 내상도 말끔하지 않은 탓에 촌각에 섬혼기를 끌어올리다가는 진짜 혈맥이 터져 나갈지도 몰랐다.

‘결국 열쇠는 환마절영보인가?’

성곽 위는 협소해 보법의 묘용을 십 할도 채 발휘하기 곤란했다.

쉬이익! 우르릉!

두 절대고수의 공격은 작은 번개를 만들었고 천둥을 동반했다. 숨 쉴 틈도 없이 몰아치는 공격은 기정풍에게 잠시의 여유도 허락하지 않았다. 그나마 다행이라면 무왕이 성벽이 무너질까 염려한 나머지 모든 힘을 끌어내지 못하고 있는 것이었다.

기정풍은 환마절영보로 절묘하게 몸을 비틀며 검제의 검을 간신히 비켜 막고, 재빠르게 돌아서서 무왕의 장력에 맞섰다.

꽝! 꽝!

기정풍은 무왕의 장력에 편승해 튕겨지듯 성 바깥쪽으로 떨어져 내렸다. 무왕이 놀라 소리쳤다. 기정풍이 자신과 검제의 합공을 연이어 막아내는 것을 보며 간담이 서늘해진 터였다.

“어헛! 놓치면 큰일이오!”

검제 또한 기정풍을 놓아 보내고 싶은 마음이 없었다. 그는 즉시 몸을 날리며 파랗게 타오르는 검을 세차게 털었다. 믿을 수 없게도 검을 둘러쌌던 파란 검강이 화살처럼 쏘아졌다.

기정풍의 몸으로 검강이 틀어박힌다 싶은 순간, 기정풍의 몸이 시뻘겋게 달아올랐다.

쩌정! 파삭!

기정풍의 등에 부딪친 검강은 관통하는 대신 고철 깨지는 소리와 함께 부서져 나갔고, 기정풍은 잠시 휘청했을 뿐 안전하게 착지했다.

화르륵.

기정풍 주위에 있는 여진 병사들의 시체가 매캐한 연기를 내며 타오르더니 금세 재만 남았다. 나뒹굴던 병장기들도 벌겋게 달아올랐고 급기야 녹아 땅속으로 스며들었다.

기정풍에 이어 검제와 무왕이 내려섰다. 무왕은 수족은 푸른 불꽃이 넘실거리고 사지와 몸통은 시뻘건 불길에 싸인 기정풍을 보며 파르르 떨었다.

기정풍이 장력을 쏘자 둘에게 뜨거운 기운이 밀려들었다. 무왕은 훌쩍 뛰어 피하며 중얼거렸다.

"이, 이런 열기라니!"

"이것이 바로 녀석의 진면목이오. 노부가 혼자는 자신없다고 한 것도 바로 이 때문이고."

검제의 얼굴은 전에 없이 굳어 있었고 손에 든 검은 어느 때보다 강렬한 강기로 넘실대고 있었다.

"저 푸른 불꽃은……?"

"강기의 일종으로 보이오. 열기로 보아 극양의 기운으로 발현된 강기인 것 같소."

"열양강기! 그렇다면 붉은 몸은?"

"그 또한 강기와 대동소이하니 절대 마음을 놓아서는 아니 되오. 차라리 온몸이 강기 덩어리라고 생각하고 싸움에 임하는 편이 좋을 거요."

"오, 온몸이 강기! 그것이 가능하오? 어찌 붉은색 강기가 있을 수 있소?"

"붉은 몸이 단순히 열기로 인한 것인지, 강기로 인한 것인지는 확실하지 않소."

무왕은 질렸다는 듯 고개를 저었다.

"어쨌거나 괴물임에는 틀림없군."

"강기든 아니든 그것은 후에 따져 볼 일. 지금 중요한 것은 놈을 제거하는 일이오. 우리의 명예를 위해서라도 놈은 반드시 처치해야만 하오."

무왕은 끄덕였다.

무왕, 그리고 검제.

둘이 합공해 단 한 명을 상대한 것이 강호에 퍼진다면 고개조차 들지 못할 것이다. 무왕은 모든 공력을 끌어올렸다. 강사를 꼬아 만든 포승줄은 늘어졌던 몸을 빳빳하게 세웠고, 가늘고 질긴 청록색 강기로 둘러쳐 졌다.

우웅!

검제 또한 더욱 강한 기세를 뿜기 시작했다.

기정풍은 둘의 모습을 바라보며 마음을 다잡았다. 단 한 번의 실수가 생명을 가를 수 있고, 찰나의 방심이 치명적인 상처를 만들 것이다. 지금에야말로 닦아온 절기를 유감없이 쏟아 부어야 할 때였다.

세 고수가 동시에 튀어 올라 공중에서 얽혀들었다. 기정풍의 상상을 초월하는 무공, 섬혼기가 펼쳐졌다. 검제의 산악 같은 검이 하늘을 수놓으며 기정풍의 혼이 실린 공격을 막아갔고, 무왕의 면면부절 끝없이 이어지는 편술은 꿈틀거리며 시시각각 기정풍을 위협했다.

버언쩍! 꽝! 꽝!

우렛소리가 성벽을 울렸고, 기정풍의 몸과 각자의 병장기에서 뿜어지는 강기가 어둠을 환히 밝혔다. 놀란 병사들은 성곽 위로 올라 전투 장면을 관전했다. 그들은 섬뜩한 살기와 천둥소리에 하나같이 덜덜 떨면서도 경천동지할 장면을 조금이라도 더 보기 위해 애썼다.

도무지 눈으로 쫓아갈 수 없을 속도로 공수를 펼치는 그들이라 그저 불빛만 번쩍번쩍할 뿐 뭐가 어떻게 돌아가는지 짐작조차 할 수 없었다.

꽝!

막대한 충격이 성벽에 가해져 지반이 흔들리고 돌가루가 우수수 떨어져 내렸다. 거의 일장에 달하는 검제의 강기가 성벽을 한차례 훑은 결과였다.

성벽에서 얼마 떨어지지 않은 곳에서 일어난 전투로 인해 성벽은 여러 번 충격을 받았다. 공교롭게도 대부분 검제의 검에 기인된 것들이었다.

　무왕은 숨 막히는 전투 중에도 의아함을 감출 수 없었다. 검제가 괜히 검제인가? 그 정도의 경지라면 강기조차 의지대로 제어하는 수준이다. 한데도 검제는 검을 뻗었다가 기정풍이 한 치 차이로 빠져나간 순간 검을 거둬야 함에도 그대로 내뻗는 것이었다. 성벽을 보호해야겠다는 생각이 전혀 없는 것 같았다. 한두 번이 아니라 매번 그랬다.

　쿠쿵! 푸스스!

　수차례 반복되자 견고하게 지은 성의 한 축이 기울어졌다.

　무왕은 가슴이 철렁 내려앉았다.

　"검제, 이게 무슨 짓이오? 만성의 성벽은 명나라의 목숨 줄이오!"

　무왕은 애가 탔다. 빈대 한 마리 잡겠다고 초가삼간 태우는 격으로 성벽이 무너지기라도 하는 날에는 기정풍은 잡을 수 있을지 몰라도 후에 있을 후금의 공격을 막을 수 없었다.

　그러나 어찌 된 연유인지 검제는 그의 경고를 들은 척도 하지 않았다.

　'설마 검제가 전투 중에 무아경에라도 들었단 말인가?

　무왕은 눈을 가늘게 떴다. 검제의 눈은 맑게 가라앉아 있었다. 하지만 순간순간 빛을 발하는 눈동자를 보건대 결코 무아에 든 것은 아닌 것 같았다. 무아의 경지라 함은 눈동자가 깊이 침잠해 들어가 안광마저 숨기게 되는 것이 아닌가.

　무왕이 기정풍이라는 희대의 대적을 앞에 두고 고민을 하고 있을 때였다.

후끈한 열기와 함께 붉은 그림자가 전면에 번뜩 나타났다.

"늙은이! 방심했군."

기정풍의 스산한 목소리에 무왕은 다시 한 번 가슴이 철렁 내려앉았다.

'찰나의 방심이 생사를 가른다!'

강호인이라면 삼류들도 아는 격언이 뇌리를 스쳤다. 열기가 어찌나 대단하던지 벌써 입이 바짝 마르고 수염에서 연기가 피어올랐다.

무왕은 최후의 재빨리 안면과 심장 부위를 방어했다. 본능적인 동작이었고 그가 할 수 있는 최선의 수였다.

꽝!

파란 강기가 씌워진 기정풍의 철권이 십자로 교차된 무왕의 팔뚝 위로 거칠게 꽂혔다.

스아아!

극히 짧은 순간 권에 실린 내기가 고스란히 무왕의 몸으로 옮겨갔다. 거대한 망치로 쇠기둥을 때려 부수는 듯한 소리가 터져 나왔다.

"크헉!"

무왕은 길게 피를 뿜으며 성벽을 향해 날아갔다. 성벽에 쑤셔 박히다시피 처박힌 무왕은 사지를 길게 늘어뜨렸다. 무왕에게 통쾌한 일격을 먹인 기정풍은 환영처럼 돌아섰다. 검제가 무서운 기세로 검을 갈라오고 있었다.

기정풍은 검제의 검끝을 힐끗 본 후, 검제의 눈을 쏘아보았다. 검의 마지막 도착점을 순간적으로 계산해 넓은 괭이 날로 심장을 방어했다.

따당!

곧 검끝이 괭이를 때렸고, 검이 닿은 상태에서 괭이의 면이 심장 부위에 잠시 닿았다가 떨어졌다. 기정풍은 삼 장여를 주르륵 밀려났다. 가슴이 찌릿찌릿 울렸다. 목구멍이 비릿하고 구역질이 났다. 그의 몸을 둘러쌌던 강기들도 꺼질듯 위태롭게 일렁였다.

"우엑!"

죽은피를 뽑아내 통증을 몰아냈지만 영 개운치 않았다. 그의 의지와는 달리 심장은 세차게 뛰놀았고 얼굴도 부쩍 달아올랐다. 기정풍은 아차 싶었다.

"독?"

의구심 가득한 기정풍의 중얼거림에 검제는 알 듯 말 듯한 표정을 지었다.

어찌 강철마저 타오르는 몸에 독이 침투할 수 있을까. 기정풍은 고개를 가로저었다. 상식적으로 독은 열기와는 상극이지 않은가. 백 번이나 단련한 쇠마저도 우습게 녹이는 열기라면 독은 화톳불 앞에 불나방보다 하찮은 존재였다.

검제가 그런 기정풍의 생각을 읽었는지 비릿하게 웃으며 말했다.

"세상에는 머리로 이해하기 힘든 일이 비일비재하지."

그랬다. 검제의 말대로다

작은 몸에 산을 허물 만한 기운을 가두고, 쇠마저 녹여 버리는 열기를 내는 자신도 있는데 열기를 견디는 독이라고 없으란 법은 없었다. 기정풍은 자신이 세상에 둘도 없는 독에 당했음을 인정할 수밖에 없었다.

"천하의 내가 중독될 줄이야. 검제가 아니라 독제(毒帝)라 불려도 손색이 없겠군."

실낱같은 기회를 틈타 무왕을 쓰러뜨리긴 했지만 석연치 않았었다. 검제가 아무래도 자신을 중독시키기 위해 무왕을 미끼로 쓴 것 같았다.

"허허, 노부는 독을 그다지 신뢰하지 않네. 새로 사귄 친구에게 잠시 얻은 것이니 오해는 말게."

"그가 걸림돌이었나? 내 보기에 무왕이라는 난쟁이노인보다 당신이 몇 수는 위인데."

"맞아. 그는 나의 적수가 못 되지. 다만 누군가가 자네와 함께 그의 목숨을 원했을 뿐이네."

기정풍의 생각대로 검제는 무왕이 당하는 것을 방관했다. 아니, 그를 이용해 기정풍을 중독시켰고 무왕마저 처리했다.

"명나라의 대장군으로서의 목을 말하는 것이겠지? 오랑캐와의 거래는 내가 아니라 네가 했던 거였군."

기정풍의 낯은 몰라보게 해쓱해졌다. 달빛에 비친 얼굴이 어느새 푸르스름했다.

"곧 죽을 텐데 궁금한 것이 많기도 하군. 시간을 벌어보겠다는 심산인가 본데 그렇게 쉽지 않을 거야."

검제는 말을 마치자마자 가차없이 공격해 왔다. 시간을 끌어 독을 몰아내려 했던 기정풍의 꾀는 여지없이 간파당했다. 역시 노장은 노련했던 것이다.

잠시 멈춰졌던 공방전이 이어졌다. 잠잠하던 땅이 갈라지고 고요한 하늘이 다시 울었다. 누가 봐도 접전이었지만 속을 들여다보면 전혀 아니었다.

시간이 갈수록 기정풍은 검제를 상대하기 버거웠다. 지금이야 초인적인 인내력과 내공으로 억지로 버티고 있지만 그것도 잠시뿐, 독에 잠식된 몸이 결국엔 패배를 부르고 말 것이었다.

시시각각 마각을 드러내는 독으로 체력과 정신력이 고갈되어 갔다. 초조함이 극에 이를 즈음이었다.

성곽 위에서 카랑카랑한, 아니, 잘게 떨려 나오는 무왕의 창노한 음성이 울렸다.

"쏴라!"

성을 등지고 있던 기정풍은 검제를 견제하느라 감히 돌아보지 못했다. 반면 성벽을 바라보는 위치에 있던 검제는 성곽 위를 바라볼 수 있었다. 기정풍이 정상적인 상태였다면 감히 그럴 여유가 없었겠지만 지금은 검제가 싸움의 주도권을 틀어쥔 상황이었다.

성곽을 바라본 검제의 눈동자는 심하게 요동쳤다. 여유롭던 태도는 눈 녹듯 사라지고 얼굴이 창백해졌다. 검제의 눈동자에 서린 감정은 믿을 수 없게도 공포였다. 검제를 공포로 몰아넣을 수 있는 자는 누구인가.

기정풍이 뭔가 잘못되었다고 느꼈을 즈음,

팟!

검제가 튕겨지듯 시야에서 사라졌다. 맺혔던 검제의 잔상이 점점 흐릿해지더니 그마저도 사라지고 말았다. 기정풍의 뒤꿈치 인대가 팽팽하게 잡아당겨졌다.

그리고…….

꽝!

세 고수 간의 전투에서 터졌던 소리와는 비교도 안 되는 어마어마한 굉음이 만성일대를 들었다 놓았다. 동시에 뒤로부터 항거할 수 없는 기운이 다가옴을 느껴졌다. 정사유가 저절로 발동되었다.

'이 상황은 무엇인가…….'

굉음, 그리고 엄청난 위압감. 기정풍의 기억이 망망대해를 유영하다가 왜구에 이르렀다.

'대포?'

경악했다. 기정풍은 인식하자마자 재빨리 정사유를 풀었다. 정사유를 풀고 현실 세계에 발을 들여놓자마자 포탄이 이미 지척에 이르렀음을 느꼈다.

꽈아아앙!

땅이 뭉텅 뜯겨 나가고 연기와 먼지가 하늘을 가득 메웠다. 인간이라면 도무지 살아날 수 없을 만한 폭발이었다.

휘이이~

한줄기 바람이 불어와 자욱한 연기와 먼지를 날려 버렸다.

숨죽였던 사람들은 하나하나 참았던 숨을 뱉어냈다.

털썩—!

성루에서 정적을 깨는 소리가 울렸다. 목을 빼고 멍하니 서 있던 병사들의 시선이 일제히 소리난 곳으로 쏠렸다. 쏘라고 소리쳤던 난쟁이노인, 무왕이 쓰러져서 부들부들 떨고 있었다.

"대장군!"

부관이 혼비백산해 쓰러진 무왕을 부축했다.

"크윽, 노, 놈은 어찌 되었느냐."

무왕이 한마디 할 때마다 입에서 선홍색 피가 줄줄 흘러내렸다. 부관은 급히 일어나 소리쳤다.

"횃불을 던져라! 아래로 횃불을 던지란 말이다!"

병사들은 저마다 들고 있던 횃불을 성 아래로 던졌다. 곧 세 고수가 싸우던 곳이 환히 밝혀졌다. 불에 탄 시체가 곳곳에 널려 있었다. 검제가 기정풍이 섰던 자리를 유심히 바라보고 있었는데, 기정풍의 흔적은 어디에도 없었다.

"없습니다. 아무 데도 없습니다."

"어, 없어?"

묻는 무왕의 입에서 피 거품이 솟아올랐다. 부관은 급히 끄덕였다.

"시체마저도 한 줌의 재가 되었습니다. 그러니 더 이상 말씀을 하지 마십시오."

무왕의 새파랗게 질렸던 안색에 언뜻 혈기가 도는 듯했다.

하지만 여전히 안색이 산 자의 그것 같지가 않았다. 숨소리도 심상치 않았다.

"의원을 불러라! 속히 의원을……."

"부를 것 없네. 노부가 의술을 알고 있으니."

검제가 어느 결에 성루에 올라 부관을 밀쳐 내고 무왕의 상세를 살폈다.

"상세가 어떻습니까?"

검제는 감았던 눈을 천천히 뜨고는 고개를 저었다.

"극심한 열기에 노출되어 심장에 열상이 있네. 하지만 더욱 심한 것은 폐일세. 보이지는 않네만 심하게 부풀어 올라 제 구실을 못하는군. 오늘 밤이 고비일세만, 기대하지 않은 편이 좋을 게야."

부관은 얼굴이 샛노래져서 말했다.

"안 됩니다. 절대로 안 됩니다. 이분의 두 어깨에 대명(大明)의 앞날이 달렸습니다."

"이분을 속히 조용한 곳으로 옮기게. 노부가 그를 지키겠네."

눈물을 줄줄 흘리던 부관은 검제의 말에 반색했다, 자신이 명나라의 마지막 희망을 도적에게 통째로 맡긴지도 모른 채.

第八章

음모의 밤

1

이튿날 밤, 검제는 누르하치와 동석했다.

유주(乳酒)를 시원스럽게 들이킨 누르하치의 목소리가 걸걸
해진다.

"늦었더구려."

"뜻밖의 손님이 있었소."

"이미 부장들에게 들었소, 약관의 청년이라고. 그를 아시
오?"

"알다뿐이겠소. 그는 그대의 제자를 격파했던 이인(異人)이
었소."

검제의 말에 술을 따르던 누르하치는 잠깐 멈칫했다.

"농마라 불렀다지? 그래, 어찌 되었소?"

누르하치는 그저 지나가는 투로 물었지만 검제는 그가 농마에 대해 지대한 관심을 가지고 있음을 눈치 챘다. 어쩌면 농마 때문이 아니라 죽은 흑룡왕 때문인지도 몰랐다.

"죽었소."

"쯧, 한번 보고 싶었는데 아쉽게 됐군. 무왕은 어찌 되었소?"

"그는 더 이상 살아도 산 자가 아니니 언제든지 병력을 일으킨다면 뜻하는 성과를 이룰 수 있을 것이오."

"역시 빈틈이 없구려. 그보다 무림 소식을 아시오?"

"정마가 연합 전선을 구축해 오천여 세력을 규합했다 들었소이다."

누르하치는 검제에게 의견을 물었다.

"그들을 어떻게 처리하면 좋겠소? 짐이 중원을 일통하면 무림의 일은 그대에게 양도한다고 약조했소. 아직 그 뜻은 이루지 못했으나 저들은 그대의 뜻에 맡기겠소."

검제는 그동안 생각해 왔던 바를 말했다.

"무림인들은 우국(憂國)의 마음으로 참전한 것이 아니오. 저들의 마음을 돌리는 일은 그리 어려운 일이 아니오."

"그도 그렇구려. 하지만 그렇게 된다면 후일 그대가 저들을 통제할 명분이 없지 않소? 저들 중에 아직 그대를 견제할 만한 인물이 몇 있다고 알고 있는데?"

"말씀대로 세 명의 신마는 자존심이 강해 결코 누구의 밑에 있을 사람들이 아니오."

월영신마와 그를 따르는 두 명의 신마는 확실히 그 대상이 검제라 해도 그 밑에 설 자들이 아니었다.

"그렇다면 답은 하나군. 길들여지지 않는 개는 삶는 수밖에."

"허허, 노부의 청을 들어주시겠소?"

"물론이오. 그렇지 않아도 마도 최고수라는 월영신마라는 자를 한번 만나보고 싶었소."

한번 쓰러진 무왕은 의식을 회복하지 못했다. 무왕을 잃은 명나라 군대의 사기는 곤두박질쳤다. 떨어진 사기도 사기지만 검제가 무너뜨린 성벽이 치명적이었다.

두 문의 홍이대포로 결사항전을 했으나 결국 여진 병사들의 재차 공격에 단 반나절만에 만성을 내주고 쫓기는 신세가 되고 말았다.

뒤늦게 중원 무림은 정마동맹을 맺고 의국단(義國團)을 결성했다. 그들이 늦게라도 나라를 구하는데 보탬이 되고자 북진했다.

마침내 무림과 관이 하나되어 후금에 저항할 힘을 갖췄을 때, 변은 안에서 일어났다. 당시 민란이 극에 달한 상황이었는데 기어이 이자성에 의해 자금성이 함락되고, 숭정제가 스스로 목숨을 끊는 일이 일어나고 말았다.

아무것도 모르고 수천의 무림인들과 각지에서 모집한 오십만에 달하는 명나라 병사는 북경으로 통하는 마지막 관문인

흥륭(興隆)에 배수진을 쳤다. 만성에서 지리멸렬이라는 말이 딱 들어맞을 정도로 대패한 명나라 군대였지만, 새로 합류한 무림인들과 오십만 군대는 모든 패배를 잊고 새로운 각오를 다질 만큼 커다란 힘이었다.

어둠이 깊게 내린 정도맹주의 막사로 검제가 은밀히 찾아들었다. 전운이 감도는 시점인지라 잠을 이루지 못하고 있던 정도맹주는 검제를 보자마자 죽었던 사부가 살아온 듯 반겼다.

"그게 무슨 말씀이십니까? 무림이 살 방법이 있다니요."

검제가 꺼내놓은 말은 청진자로서도 뜻밖이었다.

"말 그대로일세. 내 직접 오랑캐 왕을 만나 담판을 지었네."

"누르하치와 직접 대면했단 말씀이십니까?"

"왜 아닌가. 요녕성 무인들의 참변을 전해 듣고 단걸음에 달려가 그를 만났네."

맹주는 마른침을 삼켰다. 검제는 맹주인 청진자로서도 감히 소홀히할 수 없는 존재였다. 무공뿐 아니라, 한 배분 위인지라 여간 어려운 존재가 아니었다. 이제 검의 끝에 다다랐다고 전해지는 검제가 어떤 희소식을 가지고 왔는지 애가 탔다.

"그래서 어떤 결론이 났습니까?"

"무림이 이번 전쟁에서 발을 뺀다면 안전을 보장한다고 나와 약조했네."

이건 기다리던 대답이 아니었다. 청진자는 검제가 누르하치를 검으로 협박했든 회유했든 간에 전쟁을 여기서 끝내는 쪽으로 기대를 하고 있었다.

청진자는 도리질쳤다. 터무니없는 생각이다. 검제가 천하제일고수라지만 나라 간 싸움을 어찌 말릴 수 있단 말인가. 하지만 검제의 제안에 따를 수도 없었다.

"그건……. 그럴 수가 없습니다."

"왜인가."

"정파인으로서 할 짓이 아니기 때문입니다. 그리고 이제 명군의 세력도 저들에 비해 결코 뒤지지 않습니다."

"정파도 사파도 결국 목숨은 하나일세. 그리고 언뜻 보기에 명군의 세력이 저들과 비등해 보이지만 막상 속을 들여다보면 그렇지가 않네."

"물론 목숨은 다 똑같습니다. 하지만 죽을 자리가 다르지 않습니까. 명군의 세가 쳐진다는 말씀 또한 이해하기 힘듭니다."

청진자는 성에 도착하던 날 환호성을 지르던 군인들의 모습을 떠올렸다. 도인의 자세를 다시금 생각나게 했을 정도로 뜨끔했었다. 한데 이제와 쉽게 그들을 배신할 수 있겠는가. 그것도 승리의 길이 있는 싸움인데.

청진자가 생각에 잠긴 잠깐 사이 검제의 눈이 차가운 살기로 반짝였다.

"자네의 뜻은 알겠네. 하지만 자네가 간과하고 있는 것이 있네."

"경청하겠습니다."

"내가 본 저들의 군세는 성난 파도였네. 이제는 그 무엇도

잠재울 수 없어. 그에 비하면 명나라 부대는 숫자는 많으나 수
숫단에 지나지 않네. 수숫단으로 파도를 막을 수 있다고 생각
하나? 어차피 명의 운명은 끝났네.”

“하지만 무림고수들이 있지 않습니까. 부족한 점을 충분히
메울 수 있습니다.”

정도맹주의 망설이는 모습을 본 검제가 혀를 차며 말했다.

“쯧, 자금성의 주인이 바뀌었네. 그래도 그런 소리를 할 텐
가!”

청진자는 눈을 크게 떴다. 주인이 바뀌다니? 설마 그동안 황
제가 서거하고 새로운 황제가 책봉되기라도 했다는 말인가?

청진자의 생각을 알기라도 했다는 듯 덧붙였다.

“지금 자금성을 차지한 자는 주씨가 아닐세. 황제는 목을 매
목숨을 끊었고, 그 자리를 이자성이라는 자가 차지하고 앉았
단 말일세.”

“이자성! 민란의 주모자라는 그 촌무지렁이가 말입니까?”

“사실이네. 그리고 더욱 치명적인 것은 대장군일세.”

현재 홍릉성에 주둔한 오십만 대군의 총통솔권 자는 오삼계
란 인물이었다. 청진자의 눈이 불안에 젖어들었다.

“대장군이 어쨌다는 말씀이십니까.”

“오삼계 장군의 가족이 어디 있는 줄 아는가? 모두 이자성
의 수중에 떨어졌네.”

“그럴 수가!”

청진자는 창백해진 얼굴로 입을 떡 벌렸다.

"쯧, 이런 순진한 친구를 보았는가. 이자성이 사로잡은 오삼계의 부친을 통해 끊임없이 그를 회유, 협박하고 있네. 뿐인가? 누르하치도 은밀히 사자를 보내 오삼계와 내통하고 있는 실정이야!"

"믿어지지 않는 말씀이십니다."

"지금 가장 위험한 것은 오삼계와 일반 병사들이 아닐세. 오히려 중간에 끼인 자네 무림인들이란 말이네."

"그건 또 무슨 뜻이 온지……."

"생각해 보게. 이번 전쟁의 열쇠를 쥐고 있는 자가 누구인가."

"오삼계?"

검제가 심각한 얼굴로 끄덕였다.

"바로 맞췄네. 오삼계가 이자성에게 투항할 것인지, 아니면 누르하치에게 그리할 것인지에 따라 이 전쟁의 결말은 판이해지네."

청진자가 끄덕임으로 대답하자 검제가 말을 이었다.

"오삼계는 어느 쪽으로 가든 목숨은 보장받네. 아니, 목숨뿐인가? 어디로 가든 개국공신의 칭호를 받게 되겠지. 내 묻지. 과연 그가 그런 혜택을 포기하고 황제를 잃은 명나라를 위해 목숨을 바칠 충신이라고 보는가?"

회의 석장에서 잠시 본 오삼계 장군을 떠올렸다. 한눈에 판단하기에도 그는 우직한 성품이라기보다는 세태에 기민하게 대응하는 기회주의자 쪽에 가까웠다.

"휴, 그는 그럴 만한 자가 못됩니다."

"노부가 보기에도 그는 그런 자가 아니었네. 필시 양쪽 중 하나를 선택하겠지. 병사들은 어떤가? 그들은 오삼계만 따르면 되니 당분간 아무런 위험이 없네."

이제 남은 건 무림인들뿐이다. 무림인들은 오삼계가 이자성에게 투항할 경우 그럭저럭 현상 유지를 할 수 있다. 반면 누르하치 쪽으로 투항한다면 어떻게 될까?

검제가 생각에 잠긴 청진자를 보며 말했다.

"자네가 만약 오삼계라면 누구를 택할 것 같은가?"

"누르하치."

"노부도 마찬가지일세. 세상에 누가 있어 오십만 대군을 이끌던 장수가 한낱 무지한 농군에게 고개를 숙이겠는가."

"큰일이군요."

"이제 알겠는가? 시일이 문제일 뿐, 오삼계는 결국 누르하치에게 투항하게 되어 있네. 만약 노부가 그라면 걸림돌이 될 무림인들의 목을 들고 그에게 찾아가겠네."

그것으로 고민은 끝이었다. 정도인의 의리를 주장하던 청진자는 그만 허탈해졌다. 장고를 거듭해도 딱히 수가 없다. 그는 결국 이번 싸움에서 발을 빼기로 마음을 잡았다.

"마도맹주에게도 이쪽의 뜻을 전하겠습니다."

검제는 일어서는 맹주를 붙잡아 앉혔다.

"그럴 필요 없네."

"이미 그쪽을 들렀다 오시는 길이시군요."

검제는 고개를 저었다.

"하면 왜 알리지 말라 하시는지……?"

"노부는 주창, 그리고 그의 두 아우와 함께 마지막 승부를 결하려 하네."

청진자는 어리둥절한 표정을 지었다. 정과 마가 앙숙이라고는 하지만 지금이 어느 땐데 서로 다툰단 말인가?

"자네는 뭔가 오해하고 있군. 노부가 말하는 것은 주창 그 사람과 다투겠다는 것이 아니네. 오히려 그들과 더불어 다른 자를 칠 생각일세."

"설마 누르하치를 제거하겠다는 말씀이십니까?"

"허허, 그래 볼 참일세."

"무엇 때문에?"

"이대로 힘없이 물러선다면 무림에 인물이 없다 하지 않겠는가."

만약 무림인들이 급작스럽게 명군 진영에서 이탈한다면 훗날 무림 전체는 지탄받게 될 것이다. 그걸 알고 있기에 검제가 목숨을 걸고 대표로 몸을 불사르겠다는 것이다.

그야말로 살신성인(殺身成仁)의 표상이 아닌가.

청진자의 감동하는 모습을 본 검제는 잔잔한 미소를 지었다.

"일이 성공한다면 저들에게 큰 타격이 될 것이나 실패한다고 해도 무림에 득이 될망정 결코 해는 없을 것이네."

"해가 없다니요. 검제 어르신을 잃는 것은 무림 전체의 손실입니다."

"허허, 어차피 늙어서 얼마 살지 못할 몸일세. 무에 손실이
겠는가."

"하면 득이 된다 하심은 또 무슨 연유십니까."

"노부는 주창과 나머지 두 신마와 함께 일을 추진할 걸세.
만약 그 셋이 한꺼번에 사라진다면 정마 간의 기울었던 균형
이 맞춰지겠지."

"어르신의 크신 뜻을 감히 짐작도 하지 못했습니다."

"오늘의 대화는 누구도 알아선 안 되네. 특히 오삼계 장군의
귀에 들어간다면 무림인은 오십만 대군에 갇혀 꼼짝없이 당하
고 말 걸세."

2

명나라 병사들은 제대로 된 막사 하나 없어 한데 불을 피우
고 언 몸을 녹이고 있었다. 불에서 멀리 떨어진 곳에 행색이
남루하고 눈동자에 초점이 잡히지 않은 거지가 멍청한 표정으
로 앉아 있었다.

"내 살아생전 말이야. 그리 무시무시한 싸움은 처음 보았
네. 우리 대장군이야 이미 강호팔대고수로 위명이 자자하셨지
않은가. 하데도 그 싸움 중에 저 지경이 되셨단 말이야."

만성에서 패해 도주한 병사 중 하나가 새로 합류한 병사들에게 자신이 직접 보았다며 기정풍 등 세 고수의 일전에 대해 떠벌렸다.

병사들의 시선이 모두 쏠리자, 못마땅했던지 병사 중 하나가 콧방귀 끼며 말했다.

"흥, 나도 그 소문은 언뜻 들었지. 하지만 도무지 믿을 수가 있어야지. 무왕이 귀신에게 당해 혼수상태가 되셨다니 그게 제정신으로 할 소리야? 오랑캐 두목은 머리가 넷이오, 꼬리가 여섯이라는 소문이 있는데 그것도 믿을 사람이로군?"

처음에 말했던 자가 얼굴이 벌게 가지고 따졌다.

"뭐야? 그럼 내가 없는 얘기를 지어내기라도 했다는 말이야?"

상대가 지지 않고 응수했다.

"그렇지 않고? 세상에 절대고수가 한낱 귀신나부랭이에게 당해? 그리고 그 귀신은 결국 대포에 맞아 죽었다면서? 나 참, 형체도 없는 귀신이 대포에 맞아 죽어? 혹시 포탄에 부적이라도 써 붙였다던가?"

주위의 병사들이 폭소했다.

한 거지가 춥지도 않은지 냉기 올라오는 흙바닥에 누워 있었다. 헝클어진 머리카락 사이로 비친 거지의 눈동자는 온통 잿빛이었다. 거지는 멀지 않은 곳에서 병사들이 무왕이 귀신에 당했느니 말이 안 된다느니 옥신각신하고 있었지만 관심을 보이지 않았다.

몇 마디 말이 더 오간 후, 처음 이야기를 시작했던 병사가 가슴을 치며 말했다.

"아 이런 답답한 사람들을 보았는가! 글쎄 몸통은 시뻘건 불이 활활 타오르고, 손발 하다못해 얼굴까지, 살이 나온 부분은 파란 불을 뿜더라니까? 그게 어디 사람이야? 귀신 아니면 뭐겠냐고?"

병사가 말을 막 끝냈을 때였다. 화톳불 맞은편에서 시커먼 그림자가 번쩍 튀어 올랐다. 흑표를 능가하는 몸짓을 선보인 그림자는 눈 깜짝할 순간 병사의 목을 틀어쥐고 있었다.

그 서슬에 놀란 병사들은 물러서며 도를 뽑아 들었다. 하지만 거지에게서 뿜어지는 숨 막히는 살기에 감히 입도 뻥긋하지 못했다. 특히 거지에게 목을 내준 병사는 거의 제정신이 아니었다.

"아까 말한 귀신에 대해 자세히 말해봐라."

병사는 머리카락 사이로 비치는 거지의 눈빛에 진저리쳤다. 저항해 보겠다는 마음은 천리만리 사라지고 어떻게든 옥죄는 공포에서 벗어나야겠다는 생각밖에 없었다.

"커, 컥, 말하겠소."

거지가 말할 수 있도록 힘을 풀어주자 병사는 주절주절 늘어놓았다.

"대포에 죽어……?"

거지의 꿈꾸는 듯한 음성에 병사는 미친 듯이 끄덕였다.

"트, 틀림없이… 귀, 귀신은 죽었소."

“그곳이 정확히 어디냐?”

“만성 성문에서 멀지 않은 곳이었소. 그 싸움으로 성벽이 일부 무너졌으니 찾는 건 어렵지 않을⋯⋯.”

병사가 말을 끝내기도 전에 거지는 자취를 감추었다. 일대를 공포에 몰아넣었던 살기가 씻은 듯 사라지자 도를 뽑아 들고 엉거주춤 서 있던 병사들은 맥이 풀려 털썩 주저앉았다.

마도 진영 막사에 대설과 연의가 마주 앉아 있었다. 곧 장막이 열리며 현자가 들어왔다.

“소문의 진상을 파악했습니다. 병사들마다 과장된 바가 없지는 않으나 종합해 볼 때 대부분 사실인 것 같습니다.”

“그렇다면 정말 농마가 죽었단 말이냐?”

“그런 것 같습니다.”

“그자가 이리도 허무하게 죽을 줄이야⋯⋯!”

대설의 음성에 안타까움이 묻어난다. 본래 그의 계획은 농마와 누르하치를 붙이는 것이었는데 그러기도 전에 엉뚱한 곳에서 죽어버리지 않았나.

“검제와 무왕의 합공에 화포까지 동원된 싸움이었습니다. 그 상황에서 천하에서 세 손가락에 든다고 전해지는 무왕을 저 지경으로 만들어놓았으니 농마의 무서움이 새삼 진저리 쳐지는 일입니다.”

“쯧, 그러니 더욱 아까운 일 아니냐. 둘이 만났다면 양패구상은 거의 확실시되는 무위였건만.”

“아직 실망하기엔 이릅니다. 검제가 나타났으니 그가 농마의 역할을 대신할 가능성도 꽤 있지 않겠습니까.”

“검제의 행방은?”

“은밀히 추적하고 있습니다.”

“좋아. 서둘러 찾아라. 검제와 그가 맞서는 날을 놓쳐서는 안 돼!”

연의는 살며시 자리를 털고 일어났다. 막사를 빠져나와 단숨에 십여 리를 달려 다 쓰러져 가는 관제묘 앞에 멈춰 섰다.

“소문 들었겠지? 검제가 나타났다.”

관제묘에서 한 남자가 걸어나왔다. 강한 바람이 불어와 구름을 몰아갔다. 어둠 가득하던 둘 사이에 달빛이 들어찼다.

남자는 얼마 전 병사들을 공포로 몰아넣었던 거지였다. 얼굴을 덮은 헝클어진 머리카락은 여전했다. 하지만 사이로 언뜻언뜻 비치는 눈빛은 잿빛이 아니었다.

“그렇다면 그분을 무왕과 함께 상대했다던 자가 검제?”

“그분이라니? 무슨 소리지?”

“병사들이 말하는 귀신이 바로 내가 말한 그분이었소.”

“농마, 네가 말한 사람이 농마였다고?”

거지는 어리둥절한 태도를 보이더니 곧 끄덕였다.

“괴팍한 성격에 그 괭이라면 충분히 농마라는 별호를 얻었을 법하군.”

“농마의 무공이라면 나도 일찍이 들어본 바가 있다. 하지만 그는 강호에 이름난 색마. 그런 농마가 네게 팔정도를 가르쳐

줬다고?"

거지는 부르르 떨며 분노를 숨기지 않았다.

"색마? 말도 안 되는 소리!"

"아무래도 네가 그에 대해 잘 모르는 모양인데. 그는 요녕 일대에서 악명 높은 색마다. 채음보양술로 젊음을 유지할 정도로 잔인한 인간이라고!"

"흥! 내 요녕성에 오 년이 넘게 있었지만 무지렁이들이 농마라는 신을 섬기는 것은 보았어도 색마라는 소리는 듣도 보도 못했소. 게다가 채음보양 따위의 잡술로 어찌 지고무상의 경지에 오를 수 있겠소!"

거지가 강하게 부정하자 연의는 혼란스러웠다.

"그가 색마가 아니라고?"

"그분의 신분은 모용선 소저가 보증했소. 그분이 쌍압문과 흑룡왕을 제거해 모용세가가 활로를 찾을 수 있었다는 말을 직접 들었소."

"그럴 리가!"

"북경진가의 명예를 걸고 말하지만 그분은 그런 분이 아니오. 대체 당신은 어디서 허무맹랑한 소리를 듣고 모함하는 것이오?"

북경진가 운운하는 거지는 운해곡에서 연의의 도움으로 유일하게 살아남은 진승표였다.

"그, 그가……."

"그라면 설마 조심하라던 흑룡대주를 말하는 것은 아니겠지?"

"……."

연의는 그제야 자신이 뭔가를 크게 잘못 생각하고 있었음을 깨달았다.

언젠가부터 어긋난 기억 속에 희미한 사내의 그림자가 있었다. 그리고 모용세가에서 보았던 농마의 행동들, 무수한 생각들이 스쳐 지나갔다.

왜 대설의 말을 곧이곧대로 믿었을까.

'혹시 내 기억 속의 그 남자가 농마가 아닐까?

가장 확인 방법은 그를 만나 보는 것이었다. 하지만 그는 죽었다지 않은가.

"그는 이미 죽었다고 하던데. 포탄에 맞고도 살 수 있는 사람은 없어."

"그보다 더한 곳에서도 살아 돌아오신 분이오. 한번만 더 그 따위 소리를 한다면 아무리 당신이라 해도 참지 않겠소!"

기정풍에 대한 진승표의 단단한 믿음이 연의에게 전해져 왔다.

"그래서 그의 행방을 탐문할 생각이야?"

"물론이오."

"좋아. 그렇게 생각한다면 그를 찾아. 난 검제를 만나겠어. 검제라면 그를 막을 수 있을지도 몰라."

"좋도록 하시오."

연의가 끄덕이며 말했다.

"이곳에 우리 쪽 행적을 암문으로 새겨놓을 테니, 그를 찾는 즉시 데리고 와. 내가 그를 만나봐야겠어."

　월영신마에게 있어 검제의 방문은 뜻밖이었다. 나이는 검제가 위였지만 강호 배분상 동배분인 그들은 각각 정과 마를 대표하는 고수로 언제나 비교 대상이었다. 본인들 스스로도 서로를 견제하며 절차탁마하던 세월이 얼마런가. 서로에 대한 감정이 남다를 수밖에 없었다.
　하지만 실제로 둘은 손을 나눠본 적도 없었고 이렇게 가까이 마주하기도 처음이었다. 첫 만남은 무겁게 진행되었다.
　"그러니까 여진족의 수괴를 제거하자, 이거요?"
　월영신마는 검제의 제안을 되물으며 날카로운 눈으로 검제의 면면을 살폈다.
　"현재로서는 그것이 최선이오."
　"최선이라… 어째서 그렇소?"
　"이미 대세는 저들에게 기울었소. 하지만 누르하치 그자만은 반드시 제거해야 하오. 그자는 노부와의 면담에서 무가(武家)와 방파를 용납하지 않는다 했소. 그 말은 강호를 지울 뜻을 분명히 한 것이오."
　남해신마 청백지가 가만히 중얼거렸다.
　"훗날 화근이 될 씨앗을 남기지 않겠다는 것인가."
　"바로 그러하오. 노부가 본 그자는 매우 대담할 뿐 아니라 걸출한 인물이었소. 그자가 있는 이상 무림의 미래는 없소?"

검제의 단호한 말에 이번에는 기갑신마 막거위가 입을 연다.

"험! 만약 그를 제거하는데 성공한다고 칩시다. 그 화가 어디로 가겠소. 고스란히 무림으로 돌아오지 않겠소이까?"

"노부도 그 점을 염려해 망설였소. 만약 그런 우려가 없었다면 누르하치를 만난 그 자리에서 검을 빼 들었을 것이오. 국운과 무림의 안위가 걸린 일인데 어찌 개인의 명예를 들어 암습인들 마다했겠소이까."

"하면 이제 와서 마음이 바뀐 연유가 무엇이오?"

"여진의 한을 만나고 진영을 빠져나가는 길에 한 장수가 노부를 은밀히 찾았소. 누구의 휘하에 있는 자인 줄 짐작하시겠소?"

생긴 것과는 달리 머리가 잘 돌아가는 기갑신마가 말했다.

"혹시 누르하치의 자식들 중 하나가 아니었소?"

검제가 끄덕였다.

"누르하치의 장자 추잉이라는 자였소. 그는 제 아비의 반에 반도 되지 않는 자로, 용맹한 장수일지언정 대국을 통치할 만한 자가 아니었소. 그는 장자임에도 누르하치에게 온전한 신임을 얻지 못해 애가 달아 있는 상태였지."

월영신마가 물었다.

"설마 그자가 제 아비를 죽여달라고 청부하기라도 했단 말씀이오?"

"그렇소."

"그 대가로 그가 제시한 것은 무엇이었소?"

"그는 자신이 황위에 오를 경우 무림의 안위를 보장했소. 그 외에도 그같이 어리석은 자가 적장이 된다면 우리에게 해가 될 것이 없지 않겠소? 어쩌면 기울었던 국운이 다시 살아날 수도 있는 일."

"하지만 성공 확률이 희박하잖소. 어찌 수십만 무리 가운데 있는 그를 제거할 수 있겠소?"

"그것도 염려할 것 없소이다. 우리는 그자를 진영 밖에서 상대하게 될 것이오. 추잉이 제 아비를 진영 밖으로 끌어낼 것이니 우리는 밥 떠먹듯 그자를 누르기만 하면 되오."

월영신마의 눈빛이 순간 빛을 뿜었다.

"그리 쉬운 일을 굳이 우리와 하고자 하는 이유가 무엇이오. 그대의 말대로라면 누르하치를 제거하는 일은 여반장이거늘."

대형의 말에 두 아우도 거든다.

"그러고 보니 그렇군."

"허! 혼자서 그 일을 해낸다면 적의 수괴를 벤 그대의 명성은 만대(萬代)에 회자될 텐데, 어째서 공을 나누려 하시는지?"

검제는 의심의 눈초리에 분노하며 자리를 박찼다.

"내 그대들을 그리 보지 않았거늘. 어찌 그리 소인배인가! 노부는 그대들과 더불어 큰일을 해냄으로써 소원해진 정마 간의 우의를 다지고자 했을 뿐이거늘!"

검제가 얼굴이 벌게지도록 울분을 토하자 월영신마는 의심의 눈초리를 거두었다.

생각해 보니 기우지 않은가. 정마대전에서도 참가하지 않은
천하제일세가인데 무슨 욕심이 있어 계교를 꾸몄겠는가. 설령
어떤 함정이 있다 해도 자신과 두 아우면 그곳이 지옥이라 해
도 솟아 나올 자신이 있었다.

第九章
검제와의 내기

1

후우우!

동굴 깊숙한 곳으로부터 한줄기 스산한 바람이 불어온다.

툭, 투툭!

바람이 스쳐 지나가자 동굴 천장에 매달려 있던 박쥐들이 잘 익은 밤톨처럼 후두둑 떨어져 내렸다. 그 소리에 놀라 날아올랐던 박쥐들도 날개를 몇 번 파닥거린 것을 끝으로 곤두박질쳤다.

동굴 안쪽에서부터 시작된 기현상에 얼마 안 가 동굴 전체의 박쥐들이 몰살했고, 심지어 약간의 습기와 온기만으로 끈질기게 자생하던 이끼들마저 순식간에 누렇게 변색되었다.

악마의 입김 같은 바람이 동굴을 빠져나간 후, 초립을 쓴 외

팔이 노인이 비틀거리며 동굴 밖으로 나왔다. 노인의 한 팔에
는 얼굴을 무명천으로 가린 사내가 들려 있었다.

노인은 들고 있던 사내를 반듯한 바위 위에 뒤집어 눕히고
그 곁에 앉았다. 겨울치고는 꽤 강렬한 양광이 사내를 비추었
다. 얼마 지나지 않아 죽은 듯이 누워 있던 사내가 꿈틀 움직
였다.

"주군, 정신이… 드십니까."

꿈틀거리던 사내가 얼굴을 덮은 천을 걷어내려 하자, 초립
노인이 말렸다.

"얼굴이 곰보가 되고 싶은 마음이 없으시다면 내버려 두시
는 게 좋을 겁니다."

노인의 말에 사내는 천에서 손을 떼고 바로 누우려 했다.

"크으윽!"

"등의 상처가 웬만한 사람은 즉사하고도 남을 만큼 큽니다.
당분간 그리 지내셔야 합니다."

사내는 돌아눕기를 포기했는지 힘을 빼고 편한 자세로 늘어
졌다.

"흐, 흐흐흐… 살긴 살았군, 아픈 걸 보니. 날 어떻게 찾았
나?"

사내의 음성. 목이 잠기기는 했지만 모두 죽은 것으로 알고
있는 기정풍의 음성이었다. 물론 그를 주군이라 부를 사람은
천하를 통틀어 무면객이 유일했다.

"검제를 찾아 만성 부근에 이르렀을 때, 우연찮게 검제와 대

치하다 포탄에 맞아 팅겨져 나가는 걸 봤습니다."

기정풍이 퉁명스럽게 말했다.

"누가 팅겨져 나가? 내 스스로 몸을 날린 거야."

"……."

"검제 그 작자는 왜 찾았는데?"

"그의 도움이 필요했습니다. 알아볼 것도 있었고."

기정풍이 기운 빠진 음성으로 말했다.

"주인이 이 모양이니 종이 고생하는군."

"허허, 자책하실 필요까지는 없습니다. 근처에 주군이 계신 걸 알았다면 결코 그를 찾지는 않았을 테니까요."

"쯧, 그건 그렇고 무슨 부탁이었기에 자존심을 굽히고 그를 찾았나. 승천이 때문인가?"

무면객의 음성에 비감(悲感)이 실렸다.

"그 아이를 살릴 수 있는 분은 주군이 유일합니다."

"어디 있던가?"

"여진 진영 한가운데 있었습니다."

"자네가 감히 시도를 못한 걸 보면 알 만하군."

"허허, 부끄럽게도 그를 본 순간 감히 덤벼들 엄두조차 나지 않았습니다."

"흑룡왕의 사부라는 자, 그와 대면했나?"

무면객은 고개를 저었다.

"만약 그와 마주했다면 노부가 어찌 살아 있었겠습니까. 먼 발치에서 본 것만으로도 그는 노부의 의지를 꺾어놓기에 충분했습니다."

"자네는 지난날 승천이의 경지에 거의 근접하지 않았나."

"허허! 그를 본 순간 솔직히 노부가 검사라는 것이 부끄러울 지경이었습니다."

기정풍은 좀이 쑤신지 몸을 들썩였다.

"꽤나 흥미가 동하는군. 빌어먹을 검제 그놈만 아니었어도 당장 달려가 보는 건데."

"그와는 무엇 때문에 검을 나누신 겁니까? 그리고 그 지독한 독은 어찌 된 연유입니까?"

기정풍은 검제와 어떻게 싸우게 됐는지, 검제가 무왕을 어떻게 이용했으며, 어떻게 자신을 중독시켰는지 천천히 이야기했다.

"역시… 검제, 그자도 미혹에서 벗어나지 못한 사바세계의 인간에 지나지 않았군요."

"마치 뭔가 짐작하고 있었다는 투로군."

"검제와 누르하치가 마주하고 있는 것을 본 적이 있습니다."

"놈을 만나 그 얘기를 물으려고 했겠지? 쥐도 새도 모르게 칼 맞을 뻔했군."

기정풍 말대로 둘은 서로를 구한 셈이었다.

기정풍은 통증을 참으며 일어나 앉았다.

"그나저나 그 악마 같은 독을 잘도 몰아냈군. 가끔은 유능한 구석도 있어."

"그저 주군의 내력을 격발시켜 독에 대항하게 한 것이 전부입니다.”

정말 그랬을까? 기정풍은 단심기를 뚫고 심장을 조여오던 독의 무시무시한 힘을 기억하고 있었다. 정신을 잃은 자신이 감당할 만한 독이 아니었다.

가만 생각해 보니 무면객의 음성이 예사롭지 않다. 천하에 드문 내가고수일진데 내력 소모가 심하다 해도 뭔가 이상했다. 목소리가 마치 텅 빈 듯 허하지 않은가.

“자네 말해보게.”

“무슨?”

기정풍의 음성에 걷잡을 수 없는 노기가 실렸다.

“무슨 말이라도 해보란 말이야!”

“주군!”

“대체 왜……!”

“그저 종이 늙어서 힘이 없어졌다 여기십시오.”

기정풍은 얼굴을 가린 천을 걷어내고 무면객의 초립을 벗겼다. 퀭한 눈, 생기 잃은 피부. 원래도 바둑판 같이 얽은 얼굴이었는데 이제는 아예 생기마저 없었다.

기정풍은 무면객의 빛을 잃은 눈동자를 보고 그가 한 줌의 내가공력도 없다는 것을 알았다.

“왜 그랬나. 왜 전 내력을 소진하면서까지…….”

“허허, 부끄럽습니다. 종으로서 응당 그리해야 마땅한 일. 하지만 이 늙은이는 충복으로서가 아니라 아비를 잘못 만난 아들 때문에 그리한 것이니 자책하실 필요없습니다.”

꽝!

기정풍은 바위를 후려치며 벌떡 일어섰다.

"빌어먹을!"

아직 여독이 남아 푸르스름한 기정풍의 얼굴이 안타까움과 분노로 절절 끓었다. 이미 무형지독을 몰아내느라 닳아 없어져 버린 내력이니 방법이 없다. 이제 그가 무면객에게 해줄 수 있는 일은 한가지밖에 없었다.

"누르하치! 놈의 위치는?"

네 줄기의 검은 그림자가 성을 빠져나갔다.

수십 리 길을 단숨에 주파한 그림자들은 산세가 수려한 작은 산에 이르러 멈추자 구름을 헤치고 나온 달빛에 그림자의 면면이 희미하게 드러났다.

신선을 방불케 하는 용모의 검제, 너무도 강해 오히려 유약해 보는 월영신마와 그의 두 의제 청백지와 기갑신마였다.

"절이 아니오? 정말 이곳으로 오는 게 확실하오?"

기갑신마는 의아한 표정을 지었다. 그의 말대로 과연 대여섯 채의 암자가 소담스럽게 자리한 사찰은 일국의 황제가 예불을 드리러 오기에는 지나치게 규모가 작았다.

"이곳은 흥릉과 만성을 잇는 직선로에 위치해 있소. 날이 밝으면 여진족 병사들이 산 아래에 도착할 것이고, 그때 추잉이 제 아비를 이곳으로 유인한다 했으니 기다려 봅시다."

"하지만 그자가 그냥 지나치면 끝이 아니오?"

검제는 고개를 가로저었다.

"누르하치는 불심이 매우 깊은 자라 하니 큰 싸움을 눈앞에 둔 마당에 결코 그냥 지나치지는 않을 것이오."

곧 달이 저물고 해가 떠올랐다.

산꼭대기로 정찰을 나갔던 기갑신마가 다소 상기된 얼굴로 내려왔다.

"오랑캐 군사들이 새까맣게 밀려오고 있소. 그중 넷이 산을 오르고 있소."

이각이 지난 후 태양을 등에 지고 누르하치가 세 명의 장수만을 대동하고 나타났다. 지금까지는 검제의 말과 한 치의 오차도 없었다.

자신들이 다가서도 비켜서지 않자 장수가 도를 뽑아 들고 호통쳤다.

"웬 놈들이냐! 썩 길을 비키지 못할까!"

"됐다. 물러서라."

누르하치가 장수들을 물리고 앞으로 나섰다. 일행을 짧게 훑어본 그는 월영신마에게 시선을 고정했다.

"자네가 월영신마인가? 듣던 바대로 대단하군."

월영신마는 누르하치가 장수들을 틈에서 나온 순간 그에게서 눈을 떼지 못했다. 기갑신마가 누르하치를 손가락질하며 말했다.

"무슨 영문이오? 온다던 두목은 오지 않고 어찌 애새끼가 온 것인가?"

검제가 쓴웃음을 지었다.

"허허, 눈이 있어도 보지 못하는 자로고. 그가 바로 누르하치 본인이오."

"뭐라고 했소?"

기갑신마 등이 어리둥절한 표정을 짓고 있을 때, 월영신마가 무엇인가를 깨닫고 창백한 얼굴로 소리쳤다.

"검제 당신이……!"

검제는 검을 뽑는 것으로 대답을 대신했다.

스르릉!

검을 비켜 든 검제는 다른 누구도 아닌 월영신마를 향해 검을 겨누었다. 아직도 상황 파악을 하지 못하고 있는 남해신마가 버럭 소리쳤다.

"아니, 이게 어떻게 된 일이오! 검제! 미쳤소?"

"이건 놈의 함정일세. 젊은 놈을 자세히 봐!"

청백지와 기갑신마는 월영신마의 지적에 누르하치를 자세히 살폈다.

평범하다. 여유롭다. 그리고… 눈동자가 무저갱처럼 끝없이 어둡고 깊다. 가만 보고 있자니 몸이 으슬으슬 떨렸다.

헛바람을 집어삼킨 두 신마가 물러서려 하자 누르하치가 그림자처럼 따라붙었다.

"어딜 급하게 가시는가."

누르하치가 두 신마를 잡아 세운 사이, 검제는 서서히 기운을 끌어올렸다.

"허허, 세상 사람들은 주창 자네와 노부를 비교하기를 좋아
했지. 노부는 그때마다 웃음을 참을 수가 없었네."

참으로 기가 찬 말이 아닐 수 없다. 월영신마가 대소했다.

"하하하, 천하의 검제가 이리 소인배일 줄이야. 오랑캐를 믿
고 짖어대는 것이 영락없이 늙은 수캐로구나."

차장!

월영신마는 반월륜을 꺼내 들었다. 선풍도골의 몸에 깃든
추악한 일면을 보니 구역질이 치솟았다. 한편으로는 검제의
지극히 인간적인 모습을 본 것 같아 오히려 통쾌했다.

검제의 검에 푸른 기운이 깃드는 것을 보며 그도 반월륜을
으스러져라 쥐었다. 동시에 살벌한 기세가 뭉클 솟아났다.

"오라!"

목탁과 풍경 소리로 한가로워야 할 사찰이 폭풍의 중심에
들어섰다. 용호가 서로를 할퀴려 일평생 모은 힘을 일거에 쏟
아내기 시작했다.

한 쌍의 반월이 뼛속까지 얼릴 듯한 한기를 품었다. 이글이
글 타오르는 푸른 검이 굳건히 맞선다.

쫘아아앙!

작은 암자가 경기에 휩쓸려 장난감처럼 날아가고, 어떤 풍
파에도 흔들리지 않던 돌탑들이 아무렇게나 흩어진다.

팽팽한 대결은 한 시진을 넘기도록 끝날 줄 몰랐다. 세상이
평한 것처럼 둘은 맞수였다.

누구 하나 지친 기색이 없다. 갈수록 공격이 매서워지고 살

벌해진다. 언제 한번 마음놓고 싸워본 적이 없던 이들이었으니 어쩌면 당연한 결과였다.

월영신마와 검제의 무에 대한 기질은 대조를 이뤘다. 월영신마의 공세는 화려하다. 그러면서도 급격히 어두워지는가 하면 날카롭기 짝이 없다. 한마디로 치가 떨리도록 음산하다.

반면 검제의 검은 항상 두텁고 우직하다. 월영신마의 월영강기가 사방을 찢어발기려 요동치면 그의 검은 두텁게 감싸 안아 공세를 무력화시켰다.

그의 검은 별다른 속임수나 기교가 없다. 결국 모든 기교가 배제된 단순함은 월영신마에게 벽으로 다가왔다.

반월륜은 손끝 동작 하나에 반월이 춤을 추고, 발 구름 한 번에 방향을 급격히 튼다.

검제의 의복은 너덜너덜해졌다. 반면 월영신마의 그것은 멀쩡했다. 하지만 시간이 흐를수록 싸움은 서서히 검제 쪽으로 기울고 있었다. 그 사실을 본인들도 충분히 깨닫고 있었다.

월영신마는 일평생 처음으로 반월이라는 무기의 한계와 맞닥뜨렸다. 공세를 퍼붓고 힐끗 보니 두 아우는 누르하치를 상대로 분투하고 있다. 온갖 공격을 퍼붓고 있지만 상대는 여유롭다.

꽈아앙!

몸통에 일격을 맞은 기갑신마가 비틀거리며 물러선다. 그 어떤 충격도 웃으며 받아낸다고 장담하던 그는 입가에 한줄기 피를 머금고 있다. 애써 핏덩이를 삼키는 티가 역력하다. 묵철갑주를 지탱하기에도 버거워 보인다.

누르하치의 양 소매가 무질서하게 펄럭인다. 그 동작에 공간이 갈리고 땅이 일어선다. 남해신마는 동강동강 잘려 나간 자신의 청죽을 보며 넋을 잃는다.

"아!"

월영신마는 참담한 심정을 억누를 길이 없었다.

2

여진 병사들이 불과 수십 리 밖까지 접근했다는 소식이 속속 들어왔다. 족히 오십만이 넘는 엄청난 군세였다.

공성이 임박한 시기, 전의를 다져도 시원찮을 판에 명군 진영은 혼란에 빠졌다. 잇따른 불행 때문이었다.

혼수상태에서도 근근이 숨을 이어가던 무왕이 기어이 숨을 거두었다. 그것은 시작에 불과했다. 정도맹주 청진자가 급작스럽게 사망했고, 마도맹의 세 절대자가 감쪽같이 사라졌다.

청진자의 사망은 검제의 손에 의해 이루어진 중독사였다. 맹주의 사망에 충격을 받은 정도 무인들이 섣부른 판단을 내리지 못하고 망설이고 있을 때, 그들 앞에 천하제일세가의 가주 사공도가 나타났다.

사공도는 청진자를 죽인 원흉으로 오삼계를 지목했다. 그가 누르하치에게 투항할 결심을 굳히고 무림인들에게 칼을 돌렸다고 말한 것이다. 그 말을 들은 정파인들은 두려움에 떨자, 사공도는 그들을 지휘해 야음을 틈타 성을 빠져나갔다.

오삼계는 정파인들의 이탈로 인해 싸울 의욕을 잃어버렸다. 서쪽에서 이자성이 압박하고, 서쪽에서는 이자성이 호시탐탐 노리는 상황. 양쪽에 끼인 형세라 고민하던 그는 결국 누르하치에게 투항할 결심을 굳혔다.

마음을 정한 오삼계는 지체없이 성에 남아 있던 마도맹 무인들을 공격했다. 낌새를 눈치 챈 마도맹 무인들은 서둘러 성을 빠져나갔으나, 반수 이상이 일제히 들이친 수만 병사들의 칼에 목숨을 잃었다.

검제의 행방을 추적하던 연의는 폐허가 된 절터에 넋을 잃고 서 있었다. 달빛 아래 드러난 광경은 가히 충격이었다.

천년수가 통째로 뽑혔고 땅은 수 장 깊이로 파헤쳐져 있었다. 여기저기 굴러다니는 깨진 불상과 돌탑. 절이었음이 분명할진대 주춧돌조차 성한 것이 없었다.

군데군데 바위를 훑고 간 강기의 흔적들이 있었다. 모든 정황들이 검제가 싸움에 휘말렸으리라는 예상을 가능케 했다.

대체 무슨 일이 일어난 것일까?

일대를 샅샅이 훑어보던 연의는 갈아엎어진 흙덩이 속에서 유난히 검은 금속 조각을 발견했다. 분명히 묵철인데 무기에서 떨어져 나왔다고 보기에는 그 모양이 특이하다.

불현듯 떠오르는 사람이 있었다.

"기갑신마!"

연의의 짐작대로 그것은 기갑신마에게서 떨어져 나온 갑옷 조각이었다. 곧 잘려 나간 청죽과 독특한 형태의 강기 흔적도 발견할 수 있었다. 믿을 수 없게도 실종된 삼대 신마의 흔적들이 모두 있었다.

이것은 무엇을 의미하는가. 이유야 어찌 되었든 양측 간에 싸움이 있었던 것만은 분명하다.

가슴이 두근거린다. 이곳에서 벌어진 싸움이 머릿속에 그려진다.

검제가 세 명의 신마를 제거한 것인가?

연의는 고개를 저었다.

검제와 월영신마의 대결이라면 조심스럽게 검제의 승리를 점쳐 볼 만하다. 하지만 셋을 한꺼번에 상대했다는 건 상상조차 되지 않는 일이다. 만약 그랬다면 오히려 검제가 당했을 가능성이 컸다.

승리한 쪽이 신마들이라면 아직도 나타나지 않고 있는 이유는 무엇일까. 검제는 처리했지만 그들 자신도 나설 수 없을 만큼 다쳤을 가능성도 있었다.

"설마 양패구상한 것인가?"

고민하던 연의는 좀 더 정확한 추측을 위해 흔적을 면밀히 관찰했다. 연의는 먼저 싸움의 진원지인 월영신마와 검제가 대치했던 중심에 섰다. 그 자리에 서서 사방을 둘러본 연의는 자신이 선 자리를 중심으로 찌그러진 원을 그리고 있음을 알 수 있었다.

다시 걸음을 옮겨 누르하치와 두 신마가 대치했던 자리에
서서 주위를 살폈다.

다르다. 무엇이 다른지 꼬집어 말할 수는 없지만 분명 뭔가
가 있었다.

얼마 지나지 않아 획기적인 사실을 알아냈다.

싸움은 단순히 일 대 삼의 대결이 아니었다. 일 대 일, 그리
고 이 대 일 대결이었다.

먼저 검제가 월영신마와 맞붙어 승리한 후 두 신마를 상대
했을 가능성이 있었다. 또 다른 가정은 검제가 월영신마를 상
대하는 동안 다른 누군가가 두 신마와 대치했을 가능성이다.

확실한 것은 아무것도 없다. 하지만 그녀의 감은 후자라고
말하고 있었다. 연의의 추측은 점차 사실과 근접해 갔다.

강호팔대고수인 두 신마를 동시에 상대할 수 있는 자. 농마,
그리고 누르하치!

가슴이 덜컥 내려앉았다.

'검제가 그와 손을 잡았다!'

등골이 서늘하다. 공기가 달라졌다. 연의는 쿵쾅대는 심장
을 다잡고 고개를 천천히 들어 어둠을 응시했다.

선풍도골의 노인이 자애로운 미소를 지으며 서 있었다. 노
인의 어깨 위로 보이는 삐죽 나온 검병이 시선을 잡아끈다. 노
인이 움직인다. 한 걸음 내딛은 듯싶은데, 벌써 지척이다. 막
연한 두려움이 가슴 밑바닥으로부터 치솟는다

저자가 바로 검제다. 양패구상 내지는 중상을 예상했는데
자잘한 상처조차 없다.

"허허, 그의 제자라더니 과연 출중하구나."

검제가 나를 알고 있다.

최대한 침착하려 애쓰며 말했다.

"예상 밖이군요."

"무엇이 말이냐."

"중원을 대표하는 고수께서 누군가의 하수인이 되다니요."

"하수인이라……. 왜 그렇게 생각하느냐."

"하수인이 아니면 뭐죠?"

연의의 비웃음에 검제는 태연히 맞받는다.

"노부는 잠시 그의 부탁을 들어주고 있을 뿐이다."

자애로운 검제의 미소가 역겹게 다가온다. 결국 정파의 절
정에 선 검제마저도 인면수심의 인간인가.

"거래라는 건가요? 신마들과 정도맹주를 제거한 것은 부탁
에 대한 대가였나요?"

"허허, 맹랑하구나."

"그는 이번 전쟁에서 무림이 손을 떼는 것을 원했겠군요. 또
무슨 부탁을 했죠?"

"네가 한번 알아맞춰 보아라."

연의는 검제를 보는 순간 이미 많은 것을 짐작했다. 검제가
이 밤에 우연히 이곳에 왔을까? 아닐 것이다. 자신이 검제를
찾은 것처럼 검제도 자신의 뒤를 밟았다고 확신했다.

검제가 자신을 찾을 이유, 아니, 누르하치가 자신을 찾는 이유는 무엇일까.

"그의 목숨을 원하는군요."

"잘 알고 있구나. 그가 이르길 자신의 대제자는 매우 영악해서 좀처럼 함정에 빠뜨릴 수 없을 것이라고 하더구나."

"그래서 절 이용하라하던가요?"

"허허, 잘 알고 있구나."

"인질인가요?"

"인질이든 미끼든 무엇이 대수냐. 얌전히 노부를 따를 것인지, 무의미한 몸짓을 할 것인지 그 뛰어난 머리로 한번 판단해 보아라."

검제는 연의를 다 잡아놓은 물고기쯤으로 생각하는 듯했다.

"글쎄요. 과연 무의미한 몸짓일까요?"

"노부의 손에서 벗어날 수 있다고 생각하느냐?"

"그건 해봐야 아는 일이죠. 맞선다면 당연히 패하겠지만 절 잡는 건 생각만큼 쉽지 않을걸요?"

"허허, 머리 좋은 사람들이 공통적으로 가진 맹점이 하나 있다. 바로 자신감이 과해 자만에 빠진다는 것이지. 아쉽게도 너 또한 예외가 아니구나."

검제의 기세가 일변한다. 연의는 빠르게 내기를 휘돌려 만반의 준비를 했다. 아니나 다를까, 검제가 벼락같이 달려들었다.

쉬아악!

검제가 시야에 꽉 들어찬다. 뒤는 아니다. 아무리 빨리 물러선다 해도 달려오는 자를 이길 수는 없는 노릇이다.

연의의 시선이 아래로 향했다. 끝없이 넓은 땅에 무수한 세로줄이 그어진다. 그리고 다시 종으로 수많은 줄이 스쳐 지나, 까마득하게 갈라졌다. 선들이 교차해 엄지발가락 하나 간신히 들어갈 법한 사각형을 조밀하게 만들었다.

환마절영보.

언제, 어디서, 어떻게, 배웠는지도 모르는 보법. 그림자마저 떨쳐 버린다는 절영보가 그림같이 펼쳐졌다.

보법에 도(道)가 있다면 그게 바로 환마절영보일 것이다.

"그따위 잡술 따위로!"

검제는 호통 치며 수십 갈래로 갈라지는 연의를 움켜쥐었다.

팟!

단 한 치를 남기고 어느새 연의는 멀어졌고 애꿎은 공기만 비명을 토하고 흩어진다. 잡힐 듯 잡히지 않는다. 검제는 이것 봐라 하는 심정이다. 내력을 가일층 북돋고 정신을 한층 집중한다.

파아앗!

마찬가지다. 여전히 한 치가 부족하다.

팔성… 구성.

보법과 금나수의 수위를 높여도 여전히 변함없는 한 치의 거리. 검제는 분노했다. 좁쌀만 한 아이가 감히 자신을 놀리고 있질 않은가.

십성… 십일성.

이건 뭔가. 대체 한 치라는 거리가 언제 절대 좁혀지지 않는

마의 벽이 됐단 말인가? 천하제일이라는 자존심이 형편없이 구겨졌다.

실상 연의는 검제를 놀리고자 하는 마음이 전혀 없었다. 그녀는 단지 환마절영보의 바다에서 최선을 다해 헤엄쳤을 뿐. 오묘한 보법은 한 치라는 가장 효율적인 거리를 두고 연의를 안전한 길로 안내했다.

그가 검법으로 최상 위에 오른 자라 하나, 어찌 보법과 금나수가 그만 못하랴. 하지만 결국 검제는 보법과 금나수만으로는 연의의 보법을 잡을 수 없다는 걸 인정했다.

등골이 서늘하다. 이제 이십대 초반으로 보이는 여아인데 이토록 신묘한 보법을 펼치다니. 연의에 대한 감탄보다 누르하치에 대한 두려움이 새록새록 돋아난다.

"네가 자초한 일. 노부를 원망치 말라."

슈앙!

드디어 검제가 참지 못하고 검을 뽑아 들었다. 거의 무아의 상태에서 검제의 손아귀를 피해 다녔던 연의는 정신이 번쩍 들었다. 전신으로 쏟아져 들어오는 검세는 그녀가 감당할 만한 것이 아니었다.

정한 마음이 흐트러져 보법도 크게 흔들린다.

찍, 찌익.

짧은 순간 검기가 예리하게 파고들어 연의의 소매를 길게 뜯어놓았다. 심장이 덜컥 내려앉았다. 어떻게든 검을 뽑기 전에 도주했어야 했는데, 보법에 취해 실기(失機)했다.

검이라도 뽑을 시간이 있다면 몇 수 겨뤄볼 텐데 검제는 숨 쉴 틈도 주지 않고 몰아붙였다.

결국 얼마 못 가 뒷덜미를 잡히고 말았다.

"이제 순순히 노부를 따를 결심이 섰느냐?"

연의의 눈이 거미줄에 걸린 잠자리마냥 파닥인다.

"하지만 이미 늦었다."

"검을 뽑다니 승복할 수 없어요."

"뭔가 착각을 하고 있구나. 노부는 내기를 하고 있는 것이 아니다."

"아, 내기! 그거 좋군요."

"허, 노부가 한낱 계집아이와 내기 따위를 할 것 같으냐?"

"체면 떨어진다 이건가요? 하지만 제 말을 들으면 내기를 하고 싶어지실 텐데요?"

"터무니없는 소리를 하려거든 그만 두어라!"

"만약 제가 내기에서 지면 보법의 구결을 알려 드리죠."

검제는 솔깃했지만 전혀 관심없는 투로 말했다.

"미꾸라지처럼 도망만 다니는 보법을 알아서 어디에 쓰겠 느냐."

"성검의 구결은요?"

"본가의 검법이 그에 비해 못하다고 생각하느냐?"

"멸검과 천검의 구결까지 말해 드릴 수 있는데 그래도 싫으 신가요?"

검제가 자애로운 미소를 짓는다.

“그건 꽤 욕심이 나는구나.”

“그럼 먼저 절 풀어주세요. 그래야 내기를…….”

“내기? 언제 노부가 너와 더불어 내기를 한다고 했느냐. 사지를 찢는 고문을 하면 쉬울 일을 왜 애써 내기를 하겠느냐?”

연의의 얼굴이 창백하게 질린다. 하지만 언제 그랬냐 싶게 곧 안정을 되찾았다.

“흥, 제가 고민 따위에 입을 열 사람 같은가요? 차라리 죽겠어요. 만약 제게서 구결을 얻어낸다 해도 제대로 된 것은 아닐 거라는 점을 약속드리죠.”

“내기에서 지면 진짜 구결을 주겠다는 말이냐?”

“물론이에요.”

“어떻게 믿지?”

연의는 입술을 잘근 씹으며 말했다.

“전 검제 당신이 누르하치를 이길 수 없다는 걸 알고 있어요. 하지만 멸천성검의 약점을 파악한다면 달라지겠죠.”

“너는 노부가 그를 죽이길 바라느냐?”

“아뇨.”

“…….”

“둘 다 죽으면 금상첨화겠죠.”

연의의 솔직한 대답에 검제는 대소를 터뜨렸다.

이것으로 확실해졌다. 자신의 사부에게서 버려진 눈앞의 여아는 자신에게 진짜 구결을 줄 것이다.

“보법이 무척이나 신묘하더구나. 이름을 알 수 있겠느냐?”

"내기에서 이기면 자연히 알게 되실 텐데요."

"그렇구나. 만약 노부가 지면 널 깨끗이 놓아주도록 하마. 상관없으니 자신있는 걸 말해보아라."

"경공술!"

"경공술이라……?"

"간단해요. 절 잡으세요."

방금 전 연의의 보법을 보지 않았던가. 경공도 그러한 경지라면 쉽지 않을 것 같았다. 검제가 망설이는 것을 본 연의가 덧붙였다.

"기한은 정확히 내일 이 시간까지. 검을 써도 좋아요."

검제의 얼굴에 특유의 자애로운 미소가 돌아온다.

한두 시진이 아니라 열두 시진에 걸친 경공술이라면 단순히 빠른 것으로 결판이 나지 않는다. 차라리 내력 싸움이라고 봐야 옳았다. 게다가 검을 써도 된다니, 유사시 검을 날려 사지 중 하나를 자를 수도 있지 않은가.

유리했다. 아니, 이미 이겼다 해도 과언이 아니다.

검제는 생각해 주는 척 넌지시 말했다.

"허허, 검을 쓰면 당장 네 발목이 잘려 나갈 수도 있다."

"운에 맡길 수밖에요."

이로서 내기는 성립되었다. 연의는 자신의 목숨을 스스로 결정할 수 있는 기회를 잡았다.

연의는 검제의 손에서 풀려나 이십 장 떨어진 곳까지 와서 섰다.

"여기서 시작하겠어요."

검제가 허락의 의미로 끄덕인다. 달리려던 연의가 무슨 생각인지 검제를 돌아본다.

"아까 보법의 이름이 궁금하다고 하셨죠?"

"말해주려느냐?"

연의가 해맑게 웃으며 끄덕인다.

"어째서 생각이 바뀌었느냐."

"그래야 나중에 속였다는 말을 듣지 않을 테니까요."

생글생글 웃는 연의의 얼굴은 깨물어주고 싶을 정도로 예뻤지만, 검제는 그 모습에 원인 모를 불안이 엄습했다.

"허허, 어서 말해보아라."

"아실지 모르겠군요. 환마라고."

환마… 환마.

천천히 되뇌던 검제의 얼굴이 창백해진다. 까마득한 옛날에 조부의 무릎 위에 앉아 들었던 그림자가 없는 경공 고수에 대한 이야기가 퍼뜩 떠오른 때문이었다.

"분명히 환마라고 했느냐?"

연의는 얄밉게 끄덕인다.

"틀림없어요. 그리고 이 신법의 이름은 환마절영공이에요."

연의는 말을 마치는 순간 밤안개 자욱한 공중으로 몸을 띄워 올렸다. 그때 시각이 인시(寅時) 말이었다.

第十章
악연

1

연의가 검제와 피 말리는 경공 다툼을 벌이고 있을 때 흥륭은 누르하치의 발아래 놓였다.

무혈입성(無血入城) 정도가 아니라 오삼계가 오체투지, 성과 오십만 병력을 고스란히 바쳤다. 누르하치는 일거에 합계 백만에 달하는 병력을 보유하게 되었다.

자금성을 차지한 이자성의 세가 막강하다고는 하나, 대다수가 전쟁 경험이 일천한 농민군이었으니 중원은 누르하치의 천하가 되었다고 해도 과언이 아니었다.

연의는 누르하치가 백만이라는 거대한 세력을 정비하는 동안 산으로 들로 숨 가쁘게 뛰어다녔다.

검제는 연의가 환마절영공을 언급했을 때 상당히 놀랐다.

연의가 환마절영공을 익혔다는 자체보다는 백 년이 넘는 세월 동안 실전되었던 절세신공을 어떻게 누르하치가 수습하고 있었을까 하는 놀람이었다.

어쨌든 연의를 사로잡으면 알게 될 일이다. 검제는 궁금함을 뒤로하고 연의를 뒤쫓았다. 그때까지도 연의에게 경공에서 지리라는 생각은 꿈에도 하지 않았다. 환마의 경신법을 무시해서가 아니라, 연의의 나이와 하루라는 시간 때문이었다.

검제의 생각은 당연한 것이었다.

이십대 초반이란 나이. 어떤 무공을 대성하기란 거의 불가능하다. 그것이 중원 제일의 경신법이라면 두말할 나위도 없다. 또한 하루 종일 달리는 내기는 단순한 속도가 아니라 차라리 내공 대결이라 봐야 했다.

천하의 검제가 이십대 여아에게 내공 대결을 한다면 보나마나 한 결과가 나오지 않겠는가.

한 시진… 여아는 생각보다 잘 달린다.

참으로 신묘한 경신법이다. 느슨하게 먹었던 마음을 살짝 고쳐 잡았다.

두 시진… 여아는 꽤나 잘 수련된 것 같다.

세 시진… 여아는 수련의 깊이가 상당할 뿐 아니라, 인내심도 대단한 것 같다.

다섯 시진… 여아는 독종임에 틀림없다. 하지만 제깟 것이 버티면 얼마나 버티겠는가.

일곱 시진… 여아는 환마절영공을 완벽히 수습한 것이 틀림없다. 어이없게도.

경공 공부의 수위가 낮을 것이라는 짐작은 여지없이 틀어졌다. 하지만 얼마 못 가 지쳐 쓰러지리라는 생각에는 변함이 없다.

열 시진… 저 여아의 정체는 무엇인가. 지치기는커녕 여전히 생기가 넘친다.

검제는 자신의 생각이 여지없이 빗나갔음을 인정해야 했다.

조석(朝夕)이 순식간에 교차한다. 시간은 이제 약속했던 인시를 향해 달려가고 있었다.

검제는 참담한 기분을 억누르지 못했다. 누르하치에게 당한 것이야 어쩔 수 없는 노릇이다. 하지만 그의 여린 여제자에게 당하는 희롱은 도저히 견디기 힘든 고문이었다.

전신이 땀으로 축축하다. 쌓아 올린 명예가 한순간에 난도질당하는 기분이었다.

일그러진 얼굴로 하늘을 올려다본다. 역시 반으로 싹둑 잘린 달은 산자락 위로 간신히 한 뼘 정도 남아 있었다. 약속한 하루가 코앞이다.

승부에서 진다! 진다…….

평생 불패의 신화를 이룩한 자신인데 요즘 들어 지는 일이 잦다.

누르하치에게는 검조차 뽑지 못했고, 농마는 독을 써서 겨우 우위를 점했다. 한데 이제 닭 날개보다 가냘픈 아이에게 지게 생기질 않았는가.

신경이 비수처럼 날카롭게 일어섰다. 굴욕감이 빠르게 온몸을 적신다. 여린 제비 같은 연의의 몸을 갈기갈기 찢어놓아야 속이 시원할 것 같았다. 연의를 사로잡아 누르하치의 대제자를 어찌해 보겠다는 생각도, 구결을 얻어내야겠다는 생각도 떠오르지 않았다.

죽인다!

쩡!

그의 심경을 반영하듯 신경질적으로 검집을 긁어내며 붉은 검신이 튀어나왔다.

"분명 검을 뽑아도 관계없다고 했으렷다?"

붕설이 온후한 달빛을 머금고는 차디찬 한광을 토해낸다.

열두 시진 가까운 시간 동안 단 일 장도 허용치 않고 계속 이십 장이다. 상대가 검제였으니 정말이지 통쾌한 일이다. 승리를 확신하며 검제의 이십 장 앞을 질주하던 연의는 급작스러운 살기에 으슬으슬 떨었다.

뒤돌아보지는 않았지만 검제가 검을 뽑았다는 걸 짐작하는 건 어렵지 않았다. 금방이라도 검제의 검이 등을 꿰뚫을 것 같은 기분. 그가 살의(殺意)를 품었음도 느꼈다.

간사하다. 이십 장이 지난 하루 동안은 든든한 벽처럼 자신을 지켜주더니 이제와 너무나 가깝게 느껴진다.

불현듯 호기롭게 검을 들어도 좋다고 했던 말이 떠오른다.

실수다. 자만에 빠져 생과 사를 가를 결정적인 오판을 하고 말았다.

'이런 미련한 것. 검제에게 검을 쥐어주다니!'

제 머리를 쥐어박고 싶었지만 그럴 여유도 없었다.

시아아!

붕설이 독사의 허마냥 날름거린다. 검제의 손을 떠난 검은 무한한 자유를 만끽하며 연의를 따라붙었다. 그 기세와 속도 가 견줄 바 없을 정도로 엄청나다. 필경 살에 꽂힌 가여운 새 가 될 운명 같았다.

연의는 남아 있던 힘을 모두 짜내 몸을 솟구쳤다. 그 서슬에 땅거죽이 펄떡 놀라 뭉텅 솟구친다. 이제 그녀가 할 수 있는 최선을 다한 셈이었다.

달리는 기세가 있던 터라 포물선을 그리며 날아갔다. 믿을 수 없게도 붕설이 연의의 진로를 그대로 답습하며 바짝 쫓았 다.

연의는 지척까지 다가오는 검을 느꼈다. 검이 전신을 난도 질하는 착각에 공포보다는 오기가 치솟는다. 아직 마지막 수 가 있지 않은가.

환마절영공과 함께 어디서 어떻게 자신에게 전해졌는지 모 를 팔정도.

정사유.

시간의 끝을 간신히 잡고 늘어졌다. 뒤따라오는 검은 강(剛) 의 경지를 벗어난 어검! 정사유의 공능을 빌어 빠져나갈 구멍 을 찾기 위해 방법을 모색하던 연의는 공중에 뜬 채로 급작스 럽게 피를 토하고 곤두박질쳤다.

그것은 정말이지 뜻밖의 결과였다. 아직 검은 연의의 몸에 닿지 않은 상태였는데도 불구하고 연의가 팔정도를 시전하자마자 검에서 매서운 기운이 뿜어졌다. 그 기운은 즉각 연의를 덮쳐 팔정도를 일거에 무너뜨려 버렸다.

어검의 기운이 대성에 닿지 않은 연의의 팔정도를 짓뭉갠 것이다.

맥없이 추락하는 연의를 향해 붕설이 매정하게 내리꽂힌다.

까가강!

귀청을 뜯어내는 소리와 함께 사위가 일순 대낮처럼 밝아졌다. 피도 눈물도 없는 쇳덩어리가 연약한 연의의 육신을 침범할진대 어찌 이런 황망한 소리가 난단 말인가.

붕설이 토해놓은 불똥이 사라지자 다시 어둠에 잠겼다.

"누구냐!"

검제의 당황한 음성이 밤을 쩌렁 흔들었다.

"음흉한 늙은이 오랜만이구나."

음성의 주인은 아직 보이지 않았다. 하지만 검제는 귀에 익은 목소리라 생각하며 재빨리 붕설을 수습해 경계 자세를 취했다.

"그사이 겁까지 많아졌느냐?"

조롱의 말에 발끈하려던 검제는 번연히 들어난 사내의 모습에 질린 얼굴로 주춤 물러섰다.

"헉! 너, 너는……!"

달빛에 드러난 약간 야윈 모습의 사내는 틀림없는 농마다.

"쯧, 말까지 더듬는 걸 보니 풍을 맞은 게로군."

시시껄렁한 농담조였으나 그의 얼굴에는 찬 서리가 서너 겹 내려앉아 있었다.

"네, 네가 어떻게……."

놀라긴 놀란 모양인지 검제는 계속 말을 더듬었다.

"내가 어떻게 살아났는지보다 이제부터는 네놈이 어떻게 살아남을지에 대해 진지하게 고민하는 편이 이로울 것이다."

기정풍은 피를 토하고 쓰러진 연의에게 시선을 주었다. 검제와 무왕에게 둘러싸이고도 미동도 없던 그의 눈동자가 잘게 떨렸다.

연의는 혼절한 상태였다. 숨 쉬는 것이 매우 불규칙했다. 기정풍이 손짓하자 연의가 둥실 떠올라 뒤에 있던 무면객 앞에 사뿐히 내려앉았다. 검제는 그 모습을 멍하니 지켜보았다.

무면객이 재빨리 연의의 맥을 짚었다.

"어떤가?"

"으음, 좋지 않습니다. 내상이 있습니다."

"어느 정도나?"

"심합니다. 하지만 그보다 더 심각한 것은 다른 것입니다. 정확한 이유는 모르겠으나 뇌가 크게 흔들린 듯 보입니다."

기정풍의 안색이 더욱 음침해진다.

"쉽게 말해봐!"

"이대로 반 시진이 지나면 머리에 이상이 생길 수 있습니다. 한 시진이 지나면 생명까지 위험합니다."

“좋아. 이각만에 끝내도록 하지.”

턱!

붕설과 부딪쳐 아무렇게나 나뒹굴었던 괭이가 주인의 부름에 어둠 속에서 날아와 안긴다.

검제는 당황했다. 그럴 수밖에 없는 것이 그에게는 전날처럼 이용해 먹을 무왕도, 무형지독도 없었다. 기정풍에게 쓰고 남은 소량을 정도맹주 청진자를 죽이는데 써버렸던 것이다.

“어떻게 해독했지?”

검제의 물음은 시간을 끌어보자는 얕은 속셈이었다. 한편으로 절대 해독이 불가능하다던 독을 어찌 풀 수 있었는지 궁금하기도 했다.

하지만 그 말은 도리어 기정풍의 화를 돋우고 말았다. 독 때문에 일세를 풍미하던 무면객이 내력을 몽땅 잃고 이제는 촌부보다도 못한 몸이 되었다. 덕분에 무면객은 고뿔로 심하게 고생하고 있었다.

천하의 일선이 감기로 고생한다면 과연 누가 믿으랴만 그것은 엄연한 사실이었다.

분노가 극에 달한 기정풍은 불문곡직하고 괭이를 던져 버렸다.

부아앙!

괭이가 시퍼런 불길을 품고 검제와 단단함을 시험하려 달려들었다. 검제가 붕설을 치켜세워 늦지 않게 막아갔다.

그것을 시작으로 검제와 기정풍의 싸움이 시작되었다. 기정

풍은 분노를 전투력으로 승화시켜 시종일관 검제를 밀어붙였
다.

섬혼기가 구성을 넘어가면서부터 검제는 방어에 전념했다.
점차 섬혼기가 십이성을 향해 달려갔다. 게다가 간간이 쏘아
지는 멸강청로에 검제는 식은땀을 흘렸다.

신경을 극도로 집중해 우박처럼 쏟아지는 공격을 착실하
게 막아갔다. 괜히 검제가 아님을 새삼 증명해 보이고 있었
다.

눈 깜짝할 사이에 수백 초가 오갔다. 기정풍의 공세는 갈수
록 거세졌고 검제도 차츰 파탄을 드러내고 있었다. 아직은 근
근히 막고 있다지만 검제 스스로도 얼마 버티지 못할 것을 알
고 있었다.

검제가 이를 악물고 대응했지만 기정풍은 슬쩍 드러난 파탄
을 예리하게 추궁했다. 실낱같던 틈새가 한 목숨 들락거릴 정
도로 크게 변해갔다.

많이도 아니다. 단 일 격만 들어가도 승부는 결판날 터였다.

마침내 섬혼기가 십이성에 발을 딛자, 현란한 환마절영보
와 쾌의 극인 섬혼기가 절묘하게 어우러졌다. 검제로서도 초
범(超凡)의 수를 넘나드는 기정풍의 공격은 도무지 불가항력
으로 다가왔다.

검제의 눈앞에 절망의 바다가 새까맣게 펼쳐졌다.

출렁!

집채만 한 파도가 검제의 왼쪽 어깨를 적시고 곧장 흘러 다

리까지 축축해졌다. 검제가 종횡으로 붕설을 그어댔지만 거미줄에 붙들린 매미의 파닥임일 뿐이었다. 바다는 만족하지 않고 거대한 파도를 만들어 검제의 몸을 집어삼키려 들었다.

검제는 눈을 질끈 감았다. 이때가 정확히 기정풍이 약속했던 이각이었다.

검제의 코끝에서 떨어진 땀방울이 붕설의 검신을 타고 땅으로 스며들었다. 파도에 삼켜질 몸이었는데 시간이 지나도 변화가 없다.

검제가 슬며시 눈을 떴다. 가장 먼저 자신의 몸을 살폈다. 땅에 나뒹군 상태였다. 왼팔은 어깨부터 몽땅 사라져 흔적조차 없었고, 왼쪽 다리도 골반 아래로 보이지 않았다.

그토록 상처가 큰데도 피 한 방울 보이지 않았다. 섬혼기에 당한 상처라 단면이 열기에 녹아 땜질을 해놓은 것처럼 되어 있었다. 그것이 더욱 두렵게 다가왔다.

울컥 주먹만 한 핏덩이가 목구멍으로 치솟았다.

검제는 막다른 길에 내몰린 눈으로 고개를 들었다. 농마의 뒷모습이 보인다.

이자는 감히 나를 앞에 두고 누구를 보고 있는가.

시선이 절로 이동했다. 흑의를 입은 젊은사내가 기정풍에게 검을 겨누고 있었다. 사내의 이목구비는 어디 하나 모난 데 없이 시원시원했다. 생전 처음 보는 미남자인데 검제는 어딘지 모르게 낯익다는 생각이 들었다.

사내가 처음으로 입을 열었다

2

"연의를 내놓으시오."

"네놈은 그때처럼 무척이나 당당하구나."

"그녀는 내 여자요."

기정풍의 얼굴에 노기가 스친다.

"제 여자 하나 지키지 못하는 자가 입은 살았더냐!"

사내가 지지 않고 쏘아붙인다.

"그건 당신이 관여할 바가 아니지 않소?"

기정풍은 노골적으로 수틀린 기색을 드러냈다.

"굳이 관여하겠다면?"

사내의 눈이 순간적으로 붉어진다. 봉설의 검신보다 더욱 진한 핏빛이었다.

"목숨을 걸고 싸울 수밖에."

검제는 처지도 잊고 둘의 대화에 빠져들었다. 사내는 연의를 통해 그가 잡으려 했던 누르하치의 대제자가 틀림없었다. 한데 어째서 낯이 익은 걸까.

살벌한 기세가 오간다. 곧 싸우겠구나 싶을 참에 판을 깨는 소리가 들렸다.

"이 아이를 기어이 죽일 셈입니까? 시간이 없습니다."

기정풍이 연의를 안아 들었다. 저지하려던 사내는 시간이 없다는 말이 생각났는지 길을 터주었다.

"이 아이가 깨어난 후 네게 돌아가고자 한다면 언제든지 보내주겠다."

대설에게 말을 남긴 기정풍은 다시 검제를 향해 돌아섰다.

"내 직접 사공가를 방문하는 것을 원치 않는다면 잡아놓은 아이들을 풀어주어라. 그리고 누르하치, 그자를 만나야겠다."

기정풍이 먼저 자리를 뜨고, 무면객이 구부정한 허리로 흥얼거리며 뒤따랐다.

"허허, 세상은 온통 미혹뿐이라. 미혹의 시작은 결국 가지고자 하는 욕념이더구려. 움켜쥐려 하지 마시오. 던지면 이리도 편한 것을……."

둘이 사라지자 사내가 검제를 향해 다가왔다.

검제는 사내가 자신을 죽이려 한다는 걸 깨닫고 급히 말했다.

"자네가 그의 대제자인가?"

사내는 검제를 내려다보며 노골적으로 비웃었다.

"쯧, 이런 자를 누르하치와 대적시키려 했다니. 내 자신이 우스워지는군."

검제는 혀를 깨물어 가까스로 굴욕을 참아냈다. 가장 중한 것은 사는 것이다. 사내가 자신에게 손을 쓰지 못하게 해야 했다. 그러려면 사내가 누군지 왜 낯이 익은지 빨리 기억해 내야 했다. 그것만이 살길이었다.

"잘 가시오."

사내가 검을 치켜들었다.

검제는 아무리 생각해도 사내가 누군지 떠오르지 않아 궁리 끝에 버럭 소리쳤다.

"무엄한 놈! 네놈이 어찌 은혜도 모르고 노부에게 칼을 겨누느냐!"

검제가 은혜 운운하자 사내는 움찔 멈춘다.

"은혜……?"

검제는 되는 대로 주절댄다. 그러면서 사내가 누군지 기억해 내려 애썼다.

"이 배은망덕한 놈! 네놈은 노부를 기억하지 못한단 말이냐!"

호통에 사내는 눈을 크게 뜨고 검제를 살폈다. 곧 사내의 눈동자가 거칠게 요동친다.

"다… 당신은……."

검제의 음영 짙었던 얼굴이 대번에 환해졌다. 자신을 기억해 냈음이 틀림없었다. 평생 세상의 이목을 의식하느라 악을 행한 적이 거의 없다. 필시 자신에게 은혜를 입은 녀석이 틀림없으리라.

"허허… 이제 기억하겠는가?"

검제의 희망과는 달리 사내의 표정은 당황을 지나 점차 분노로 변해갔다.

"뭐? 이제 기억하느냐고? 이 미친 늙은이! 덕분에 십 년 넘게 허송세월을 보냈다."

사내의 눈에서 살기가 뚝뚝 떨어진다. 점차 색이 붉게 물들어간다.

"헉, 노부가 자네에게 뭘 어쨌기에……."

"대체 무슨 억하심정으로 어린아이의 머리에 한 뼘이 넘는 침을 박아 넣었더란 말이냐! 천살성! 하하, 천살성이라고 했겠다?"

아이… 머리… 침, 그리고 천살성.

쿵―!

검제는 머리를 망치로 얻어맞은 기분이었다. 그의 기억이 과거의 한 지점에 고정되었다.

검도의 깨달음을 좇아 천하 명산을 두루 주유(周遊)하던 시기였다. 하루는 삼 일 주야를 쉬지 않고 쏟아진 폭설에도 마다않고 백두산에 올랐다. 순백색으로 덮인 천지, 얼어붙어 비경을 연출하고 있는 장백 폭포를 돌아보았다.

동굴에서 하루를 유한 그가 하산하려던 때였다. 어떤 감응이 그를 사로잡았다. 하산하는 대신 발이 이끄는 대로 걸음을 옮겼다. 얼마 만에 그가 닿은 곳은 장백검파였다.

쉭, 쉭!

이른 아침부터 연무장을 쓸어내고 수련 중인 열서너 살의 소년이 있었다. 수련에 임하는 자세하며 눈에 한가득 들어찬 청명(清明)한 정기하며, 일찍이 본 적이 없는 기재였다.

더욱 놀라운 건 소년의 성취였다. 절정에 다다른 소년검사. 검제 자신의 지난날에 비추어보아도 월등했다. 백두산의 정기가 소년의 한 몸에 온전히 들어가 있었다. 전율이 인다.

기재 정도가 아니라 하늘이 내놓은 천품(天品)이다.

소년은 자신을 우러러보며 맑은 눈을 빛낸다. 검제는 소년의 눈에서 반드시 자신같이 되고야 말겠다는 열망을 읽었다. 그 열망은 티 없이 맑고 순수했지만 검제는 가슴이 서늘해졌다.

소년의 이름은 대설이었다.

대설. 중원 무림은 이 아이에 검 아래 평정될 것이다. 문득 두려운 생각이 들었다.

이 아이가 십 년이 지나면 어떻게 될까. 이십 년이 지나면?

천하제일세가… 천하제일검… 천하제일인. 영광의 칭호는 이 소년에게로 옮겨갈 것이다.

검제는 즉시 소년의 사부를 만났다. 침통한 표정을 지으며 귀하의 제자는 만인의 피를 볼 천살성의 기운을 타고났노라 말했다.

평생 심산에 묻혀 검만 닦아온 소년의 사부는 제자만큼이나 순진했다. 그의 말을 곧이곧대로 믿었다. 백회혈에 장침을 꽂아야 저도 살고 세상도 살 수 있다 하니 눈물을 뿌리며 승낙했다.

침은 교묘하게 파고들어 소년의 기억을 지운다. 별처럼 빛나는 오성도 열에 하나만 남기고 깊이 숨어버릴 것이다. 그 기한은 십일 년.

그 시간이 지나면 백회혈을 점령했던 침은 소년의 기에 침식당해 삭아버릴 것이다. 깊은 잠에 들었던 하늘이 내린 오성(悟性)도, 안개에 가려졌던 기억도 일순간 풀려나게 될 것이다.

검제가 십일 년 만에 백두산에 올랐을 때 장백 검파는 멸문된 뒤였다. 곧 쌍압문의 한 독인에 의해 문파 전원이 혈수로 화했다는 소식을 들었다.

그 와중에 대설도 죽었다고 생각했다. 아니, 죽지 않았어도 이제는 크게 고심할 필요가 없었다.

대설에게 시술한 침은 평범한 침이 아니었다. 끝이 금강석으로 처리된 천하에서 단 하나뿐인 침. 결국 미세한 금강석 조각은 백회혈이 열리는 걸 끝까지 막을 것이다. 물론 세월이 지나 금강석마저 닳아 없어질 날이 올 것이다.

하지만 그때는 소년 대설은 노인이 되어 있을 것이다.

짧지만 풀기 힘든 악연으로 얽힌 검제와 대설. 이십 년 가까운 세월을 돌아 대면했다.

대설은 정명하던 눈동자는 간곳없고 짐승의 붉은 눈동자를 번뜩이고 있었다.

"허허, 침이 녹았군. 한데 그 눈은 어찌 된 연유인가?"

"늙은이 말대로 천살의 기운이겠지."

검제가 의아한 얼굴로 말했다.

"짐작했겠지만 천살의 기운이란 없네. 모두 노부가 지어낸 말일세."

대설은 멍한 표정을 지었다.

"그럼 대체 무엇 때문에 나를……."

"허허, 모든 것은 노부의 욕심이 빚어낸 비극이었네."

검제는 갑자기 개과천선이라도 한 듯 있는 그대로를 숨김없이 털어놓았다.

"이런 미친 늙은이!"

모든 사실을 들은 대설은 미친 듯이 날뛰었다. 자신의 인생이 비뚤어진 한 노인의 계략에 송두리째 바뀌었으니 그럴 법도 했다.

만약 대설이 아무런 방해를 받지 않고 성장했으면 어땠을까. 적어도 적사 따위에게 멸문당하는 일은 없었을 것이다. 흑룡왕을 단신으로 상대할 수 있었을지도 몰랐다.

"노부를 죽이면 얼마 못 가 후회하게 될 걸세."

단칼에 검제의 목을 베려던 대설은 검을 거두었다. 검을 목에 바짝 들이대는 것으로 그 이유를 종용했다.

"말했듯이 천살성이란 것은 허무맹랑한 말장난에 지나지 않네. 그렇다면 그 적색 눈은 어찌 된 연유인지 궁금하지 않나?"

"내 인내심을 시험하려 들지 마라."

칼을 바짝 들이대자 검제의 목에서 피가 흘렀다. 검제의 피도 붉었다. 검제가 쓰게 웃으며 말했다.

"자네는 혹시 때때로 자신을 제어하기 힘들 때가 있지 않은가?"

"……."

"자네는 아마도 멸천성검을 완성하지 못했을 것이네. 혹시 마지막 순간 뭔가가 꽉 막고 있다는 기분이 들지 않나?"

대설은 화가 치밀면서도 등골이 서늘해 검을 든 손을 덜덜 떨었다. 이 늙은이가 어째서 이리도 자신을 잘 알고 있단 말인가.

검제는 대설의 변화에 정곡을 찔렀음을 알 수 있었다. 이제 활로가 생겼다.

"노부를 죽이고 싶다면 지금 찌르는 것이 좋을 걸세."

대설은 이를 악문다. 하지만 끝내 찌르지 못했다.

"이 말을 들으면 자네는 날 더욱 더 죽이고 싶어지겠지. 하지만 결국 노부를 죽일 수 없게 될 걸세. 그래도 들을 텐가?"

궁금증을 잔뜩 유발해 놓고 듣겠냐니? 때려 죽이고 싶도록 얄미운 작자다.

검제는 대설의 침묵을 긍정으로 받아들였는지 말을 이었다.

"자네를 가로막고 있는 벽이 뭐라고 생각하나. 내 말해주지. 그것은 돌일세. 세상에서 단단하기로 첫째가는 돌이지. 노부가 자네 머리에 박아 넣은……."

대설은 검제의 말을 들으며 부들부들 떨었다. 검제의 멱을 따려고 검을 몇 번이나 들었다 놓았다 했다. 하지만 결국 검제의 장담대로 뜻을 이루지 못했다. 마지막 말 때문이었다.

"…내가 그 돌을 빼주지."

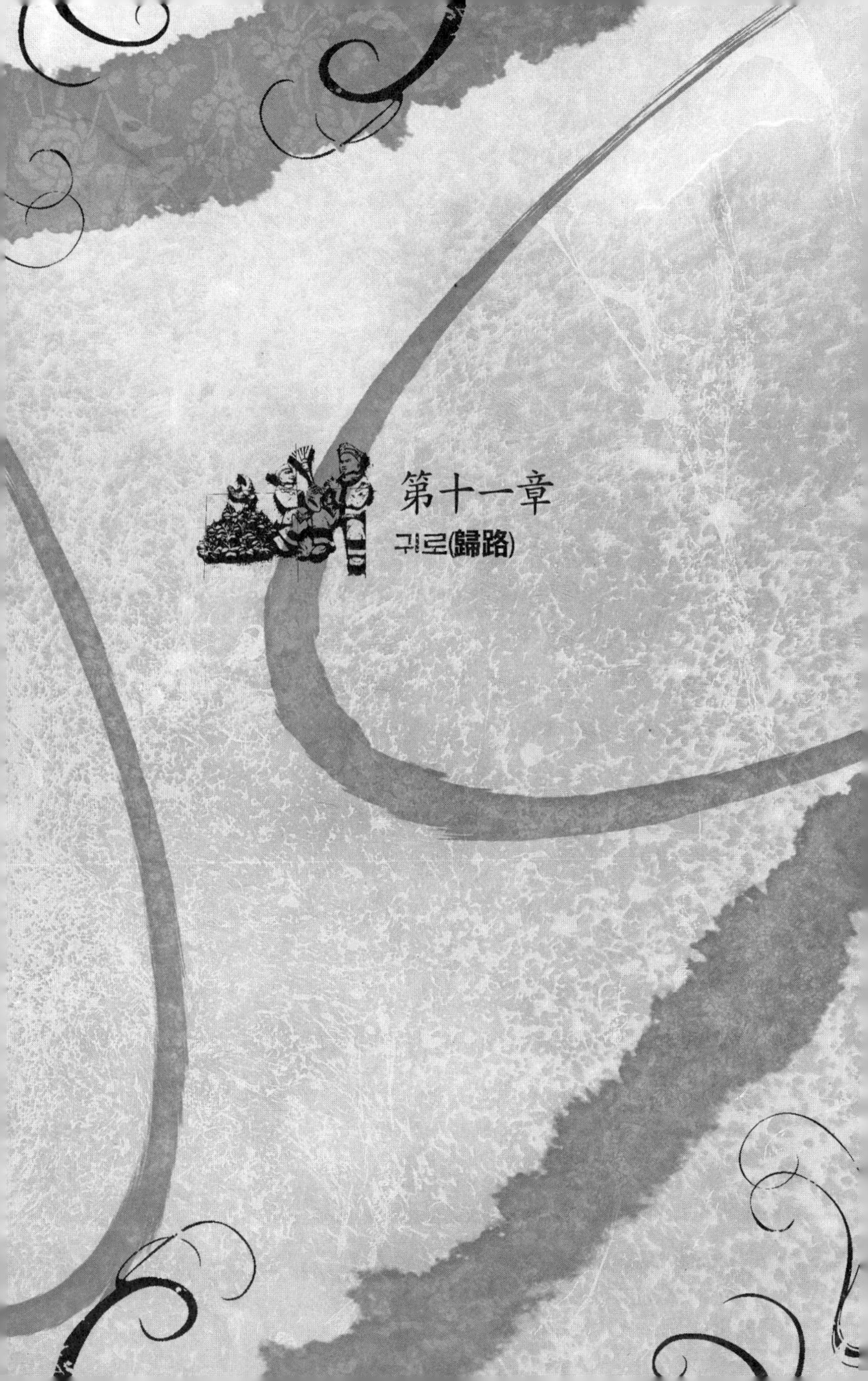

第十一章

귀로(歸路)

1

"아악!"

연의는 눈을 뜨자마자 비명을 질렀다.

"허, 이런 놀랬느냐?"

초립을 벗고 있던 무면객은 연의가 소스라치게 놀라자 객쩍은 미소를 지었다.

"누구… 어마! 일선… 어르신?"

"일선? 글쎄다. 잊은 지 오랜 별호로구나."

연의는 만류에도 불구하고 기어이 일어나 큰절을 올렸다. 송송 돋아난 땀을 소매로 닦아내며 말했다.

"일선께서 검제의 손에 떨어진 절 구하셨군요."

"이 비루먹은 늙은이가 무슨 힘이 있어 그 검귀신에게서 널

빼냈겠느냐."

일선의 미소가 하도 편안해 간과했었는데 이제 보니 이상하다. 피부가 푸석푸석하고 눈동자에 힘이 없다. 내가고수에게서 나타날 수 없는 현상이다. 대체 무슨 일이 일어난 걸까?

"이제 알아보겠느냐? 널 구한 분은 따로 있다."

"……?"

벌컥.

마침 맞게 들어온 기정풍과 연의의 시선이 정면으로 마주쳤다.

"저분이다."

연의의 눈동자가 잘게 떨린다. 하지만 곧 새침하게 변했다.

"농마가 저를 구했단 말씀이세요?"

농마란다.

"허허허―!"

무면객은 박장대소하고 기정풍은 굳은 얼굴로 눈을 감았다.

벌써 칠 년이 넘었다. 연의는 지금까지 백화문도를 지켜주지 못한 것을 원망하고 있구나.

연의는 농마에게 구함받았다는 생각에 소름이 돋았다. 그런데 그때 그런 분이 아니라던 진승표의 말이 귀에 쟁쟁하게 들렸다.

농마에 대해 자세히 알아봐야겠다는 생각이 들었다. 그사이 연의의 무사함을 확인한 기정풍은 자리를 떴다.

"일선께서 어찌 저자와 계십니까?"

무면객이 기정풍을 따르기로 한 것은 모용세가 지하에서 결정한 일이다. 그 자리에 연의도 있었다.

"정녕 몰라서 묻는 것이냐?"

연의는 고개를 젓는다. 무면객이 정기 잃은 눈으로나마 자세히 뜯어보니 정말로 까맣게 모르는 눈치다.

이것저것 물으니 안다고 끄덕인다. 한데 분명 알 만한 걸 묻는데도 어떤 것은 모른다고 고개를 젓는다. 이상한 노릇이다.

한참만에 무면객은 연의의 기억이 기정풍에 닿지 않는다는 사실을 알아냈다. 이상하게도 기정풍이 개입된 일은 모두 고개를 저었다.

두런두런 상당한 시간에 걸쳐 대화가 오갔다.

연의는 진승표의 호언장담대로 기정풍이 색마 따위가 아니라는 걸 알아냈다. 자신과 기정풍이 진작부터 알고 지낸 사이라는 것도 들었다. 꽤나 각별할 사이였을 거라는 무면객의 짐작 섞인 말을 들으니 기분이 좋은 것도 싫은 것도 아니고 묘했다.

한 가지 분명한 것은 기억 속 희뿌연 안개 속에서 애태우며 어슬렁대던 사내가 기정풍이라는 사실이었다. 머리가 복잡했다. 풀린 의문보다 아직 풀지 못한 것들이 숱하게 쌓여 있었다.

바람이나 쐬려고 쪽문을 밀고 나오는데, 기정풍이 툇마루에 앉아 하늘을 보고 있었다. 묻고 싶은 것이 태산인데 기정풍은 끝내 먼저 말을 꺼내지 않는다.

주위를 서성대던 연의는 애가 탄다. 연의는 야박한 인간이라 중얼거리며 에라 모르겠다 하는 심정으로 그 옆에 털썩 앉았다.

"뭘 그렇게 봐요?"

생뚱스럽게 뭘 보냐니? 자신이 생각해도 우스웠다.

"왜 말이 없어요? 농마라고 해서 화났나요?"

한참만에 기정풍이 입을 열었다.

"백화문을 지키지 못한 것은 변명할 여지없는 내 잘못이다."

기정풍의 얼굴에 쓸쓸함과 자책이 묻어났다.

"……?"

"그에게 가고 싶으면 언제든 떠나도록 해라."

기정풍은 말을 붙여볼 사이도 없이 건넌방으로 들어가 버렸다.

기정풍 일행은 여진군의 진로를 따라 남하했다. 지난 며칠 연의는 기정풍 주위를 맴돌았다. 하지만 아직 그날 밤 이후로 아무런 말도 붙여보지 못했다. 기정풍의 분위기가 어딘지 모르게 냉담해 도무지 말을 붙여볼 엄두를 내지 못했던 것이다.

만 사흘만에 참다 참다 연의가 쏘아붙이듯 물었다.

"우리가 꽤 가까운 사이였다던데 그게 사실이긴 한 건가요?"

무명천으로 괭이를 닦고 있던 기정풍이 움직임을 딱 멈추었다.

"나를 잊었다고……?"

"그래요. 전 당신에 대해 기억나는 것이 없어요. 그래서 궁금……."

"잊어버린 것. 그게 너의 진심이다. 그에게 돌아가거라."

기정풍의 음성은 더없이 싸늘했다.

"좋아요. 가겠어요. 하지만 가기 전에 꼭 알아야겠어요. 당신이 제게 팔정도를 전수했나요?"

"……."

"환마절영공도 당신이 준 것인가요?"

기정풍은 가타부타 말이 없었다. 하지만 연의는 굳이 듣지 않아도 알 것 같았다.

'당신이군요. 안개 속의 그 남자가…….'

모든 것이 명백해졌다. 모용세가에서 했던 대설의 말은 결국 모두가 거짓이었다.

문득 유황곡이 내려다보이는 곳에서 있었던 대설의 이해하기 힘든 행동이 떠오른다. 내친김에 팔정도를 끌어내 그 장면을 똑똑히 들여다보았다.

대설은 장백검파의 비전으로 만든 벽곡단을 내밀었다. 그는 이상하리 만큼 한사코 자신에게 그것을 먹이려 했다. 벽곡단을 먹고 난 후 대설은 완전히 변했다.

덜컥 겁이 났다.

대설은 연의가 혼몽절연단을 먹고 혼몽에 빠진 것으로 생각했지만 연의는 정신이 멀쩡했다. 다만 대설의 상식 밖의 행동에 눈을 감고 잠든 척했을 뿐이었다.

대설이 현자로부터 추가로 받은 단약은 혼몽절연단이 아니었다. 현자는 적사의 해독단을 혼몽절연단으로 착각하고 대설에게 건넨 것이다.

연의는 그 일이 있은 후로 대설 앞에서 완전히 기억을 잃은 듯 행동했다. 지금껏 대설이 정신이 이상해져서 그랬던 것이라고 생각해 왔다. 완전히 달라진 모습과 언뜻언뜻 내비치는 지독한 살기는 그녀의 생각을 충분히 뒷받침했다.

그런데 지금 생각해 보니 아니다. 대설은 그날 이후로 사람이 달라진 것은 맞았다.

하지만 과연 그를 미쳤다고 할 수 있을까? 미친 사람이 흑룡대주 역할을 완벽히 해내고, 세상을 손에 쥘 계획을 치밀히 세울 수 있을까?

으슬으슬 떨린다.

대설은 자신에게 기억을 잃어버리는 약을 먹인 것으로 착각했을 것이다. 하지만 뭐가 잘못됐는지는 몰라도 약은 잘못된 것이었다.

기정풍에 대한 기억을 잃은 것은 벽곡단 사건보다 훨씬 전인 모용세가 때부터였다. 그때 진짜 약을 먹었을 가능성이 있었다.

채찍을 귀신같이 쓰던 자를 대설과 합공한 후 급작스럽게 정신을 잃었던 것이 생각났다. 자신이 모르는 사이에 약을 복용했다면 그때밖에 없다.

장막처럼 둘러쌌던 안개가 서서히 걷히고 있었다.

팔정도에서 벗어난 연의는 무표정한 기정풍을 유심히 살폈다. 연의는 문득 궁금해졌다.

이 사람과 나는 대체 어떤 사이였을까?

팔정도는 십일성에서 머물러 있지만 그것만으로도 대단한 공능을 선사했다. 검제마저도 떨쳐 버린 환마절영공의 위력에야 두말할 나위도 없었다.

"당신이 준 두 개의 무공 범상한 것이 아니었어요. 제게 거저 줄 만큼 우리 사이가 각별했나요? 그랬다면 왜 그냥 가라고 하는 거죠? 내가 무슨 큰 잘못을 했나요?"

질문을 우박처럼 쏟아내고는 기정풍을 주시했다. 기정풍이 냉기를 풀풀 날리며 말했다.

"팔정도는 본래 백화문의 것이었다."

"환마절영공은요?"

"백화문도를 지켜주고자 했던 내 자신과의 약조를 지키려 했던 것뿐이다. 당시 너의 무공은 매우 형편없어서 강호에서 살아남기 힘들 정도였다."

연의는 기정풍의 딱딱한 음성에 울컥 서운한 감정이 치솟았다.

"전 당신을 잊고자 해서 잊은 것이 아닌데 당신은 왜 제게 화를 내는 거죠?"

"그에게 돌아가거라."

돌아가라니. 자신이 갈 곳이 어디 있단 말인가.

대설은 자신을 속였다. 속이지 않았더라도 자신을 생각하는 마음이 진심일지라도 그에게는 갈 수 없었다. 흥분하면 반드시 살인을 하고, 심장을 생으로 뜯어내 펄떡임이 잦아들 때까지 웃는 자에게 어찌 돌아가란 말인가.

"그가 어떤 사람인지 알기나 하고……."

노기 깃든 무면객의 음성의 연의의 말을 잘랐다.

"그만! 그분의 심기를 어지럽히지 마라."

"하지만……."

"내일 누르하치와의 일전이 예정돼 있다."

무면객의 말에 연의의 가슴에 찬바람이 들어찼다. 그녀는 망설임 끝에 간신히 한마디 남기고 돌아섰다.

"그의 검은 형체가 없어요. 부디 조심하세요."

어둠을 향해 멀어지는 연의의 귀에 기정풍의 음성이 잘게 부서진다.

"너는 팔정도에 적합한 아이였는데 어째서 아직도 십일 성에 머무르고 있는 것이냐? 마음을 항시 정(淨)히 하고, 또 정(正)히 해라."

대설에게서 자신을 지키기 위해 날을 세우고 살았던 지난 세월이었다.

날이 밝은 후 건포와 한 사발의 물로 대충 요기를 마친 기정 풍은 괭이를 어깨에 덜렁 메고 밭일 나가는 농군마냥 터벅터

벽 나섰다. 무면객은 흑운을 타고 뒤따랐다.

"자신있으십니까?"

무슨 시답잖은 질문이냐는 식으로 툭 대꾸한다.

"내가 언제는 자신감으로 싸웠나? 그냥 부딪쳐 보는 거지."

"연의, 말 못 들으셨습니까? 형체가 없는 검이라 하지 않습니까."

"그게 뭐 어쨌다는 건가?"

"허! 설마 그게 무슨 뜻인지 모르시는 건 아니겠지요?"

"적수공권! 맨손으로 싸운다는 뜻인 걸 누가 모르나?"

적수공권 말이야 맞는 말이다.

"휴, 무형의 검. 그것은 검도의 최고 경지가 아닌가 생각됩니다."

무면객은 걷는 것만으로도 숨을 헐떡이면서도 쉼없이 말했다. 무면객의 애타는 마음을 모를 바 아니었기에 별 도움이 되지 않을 걸 알면서도 기정풍은 묵묵히 들어주었다.

금군이 휩쓸고 지나간 촌락(村落)들은 하나같이 인기척이 없었다. 전쟁의 삭막함이 뼛속까지 전해졌다.

작은 마을의 입구에 들어선 기정풍이 괭이 손잡이를 톡톡 두드리며 말했다.

"먼저 와 있군."

짐작과는 달리 누르하치는 누구도 대동하지 않고 홀로 서 있었다. 일국의 황제인 그였으니 이 자리에 나왔다는 것 자체도 신기한 일인데 수행원 하나 대동하지 않은 것은 그의 대범함을 짐작케 해주는 대목이다.

외관은 기정풍과 마찬가지로 약관의 청년인데, 황제의 위엄이 은연중 배어 나온다.

누르하치는 뒷짐을 진 채 웃는 낯으로 기정풍을 반긴다.

"어서 오시게. 그대를 보니 문득 후회가 되는군."

"무슨 뜻인가?"

"짐은 진작부터 그대를 흠모하여 보고자 소원하였지. 장소를 짐의 거처로 정해 환대해야 마땅하겠으나, 수십만 대군의 진중으로 오라 하는 것은 위협으로 여기어 오지 않을까 걱정했다네. 하여 이런 누추한 곳을 장소로 정한 것이지."

"그런데?"

"이제 그대를 눈앞에서 두고 보니 짐의 기우인 것을 깨달았네. 그대는 수십만 아니라, 수백만 대군 앞에서도 위협을 느낄 사람이 아니야. 틀렸는가?"

"쯧, 틀렸어. 개미 떼 같은 병사들을 겁내지 않았다면 왜 직접 찾아가지 않고 팔다리 없는 멍청한 늙은이에게 만남을 주선했겠나?"

누르하치는 통쾌한 웃음을 터뜨렸다.

"상당히 솔직한 친구군."

"불문곡직하고 묻겠다. 모용가주는 어디 있나?"

"짐을 만나고자 했던 이유가 그거였군. 한데 어쩐다? 그럴 이유가 없었는데 말이야."

누르하치의 말에 기정풍은 눈을 질끈 감았다. 무면객의 손이 파르르 떨린다. 초립 아래로 드러난 주름진 턱끝에 맑은 눈물이 고였다.

이제 누르하치와 기정풍 사이에 건널 수 없는 강을 생겼다.

"그는 어디 있나?"

"그 고집 센 노검사는 모용세가에 있을 걸세."

"시체라도 온전히 본가로 보내주었다 이건가? 하지만 어쩐다? 용서할 생각이 전혀 들지 않는데."

"뭔가 크게 오해들을 하고 있는 것 같군. 며칠 굶는다고 사람이 죽지는 않네."

"……?"

"짐이 주는 음식은 물 한 모금도 먹지 않더군. 그 절개가 마음에 들어 곁에 두려 했으나 끝내 말을 듣지 않아 본가로 귀속 조치 했단 말일세."

"정말인가?"

누르하치의 안면이 굳어진다.

"이 자리에 무인의 한 사람으로서 왔다고는 하지만 짐을 너무 무시하는군."

기정풍이 움켜쥐었던 괭이를 다시 어깨에 걸쳐 멨다. 무면객을 다시 흑운에 태우고 돌아섰다. 모용승천이 무사하다는데 다른 볼 일이 있을 리가 없었다.

"그냥 그대로 가겠다는 건가?"

"그대에게 더 이상 볼일이 없다. 명나라를 구워먹든 삶아먹든 그건 내 알 바 아니니까.”

“짐은 아직 그대에게 볼일이 남아 있다.”

“……?”

“카슈카르… 이곳에서는 흑룡왕이라 불렸다지?”

기정풍은 그제야 돌아섰다.

“제자의 복수를 하겠다는 거라면 상대해 주지.”

“아들보다 미더운 제자였지, 짐의 위업을 물려주려 했을 정
도로.”

“싸울 명분이 충분하군. 피할 수 없겠어. 흑운과 함께 멀리
떨어져 있게.”

무면객을 보낸 기정풍이 다시 괭이를 움켜쥔다. 누르하치는
뭔가 느꼈는지 괭이에서 시선을 떼지 못한다.

제자의 검이 한낱 농기구가 돼 있을 줄이야…….

시종일관 평온하던 누르하치의 얼굴에 분노가 스멀스멀 기
어오른다.

누르하치에게 있어 흑룡왕은 첫 번째 제자인 동시에 가장
믿는 수하였다. 그가 흩어졌던 여진의 세 부족의 통일을 마무
리 지어갈 즈음, 중원 공략의 첫 걸음으로 무림을 흑룡왕에게
맡긴 것도 그런 맥락이었다.

그러니 누르하치의 분노는 당연한 것이었다. 아끼는 제자가
죽은 것은 참을 수 있는 일이다. 무인이었으니 강적을 만나 숨
을 다하는 건 한편 영광스러운 일이 아닌가.

하지만 자신이 하사한 제자의 검이 괭이로 변한 채 다른 자

의 손에 들려 있으니 어찌 분노가 일지 않으랴.

"짐의 제자의 목숨을 거둔 것으로 그치지 않고 무인의 자존심까지 짓밟았군."

검을 녹일 때 무인의 자존심 따위를 생각해 본 적이 없는 기정풍이다. 그저 검에 흥미가 없었을 뿐. 만약 상황보검을 받았다 하더라도 녹여 괭이로 만들었을 것이다.

우우웅!

누르하치의 기운이 와락 밀려들었다.

텅! 파핫!

기정풍은 괭이를 땅에 내려놓고 맨손으로 기세를 받았다. 지금은 괭이의 형태라 하나 제자의 검이었던 물건으로 스승을 해할 수는 없는 노릇이다. 무인의 쓸데없는 자존심 같은 것은 개나 줘도 좋다고 생각했지만 인간의 도리는 지키는 것이다.

누르하치는 기정풍이 무기를 놓자 자신을 무시한다고 생각했는지, 안면을 일그러뜨렸다.

"보기와는 달리 오만한 친구군."

누르하치가 순간적으로 두 팔을 교차해 밀어내는 시늉을 했다.

띵!

무형의 칼!

형체뿐만 아니라 기세도 없다. 등골이 오싹했다. 급히 물러섰다.

퍽!

날카로운 무언가가 가슴을 두드린다. 물러서는 힘에 더해 속절없이 날아간다. 아무리 생각해도 어떻게 당했는지 감조차 오지 않는다. 누르하치는 다음 공격은 하지 않고 팔짱을 끼고 오만하게 서 있다.

얼굴이 벌겋게 달아오르다 곧 시퍼런 불길이 번졌다. 겁화로 이글거리는 기정풍의 모습에 누르하치의 얼굴에 긴장이 어렸다. 팔이 연속으로 두 번 튕겨낸다.

팅! 팅!

팔정도가 뇌력을 극단적으로 끌어올린다.

정정(正定)… 마음이 극도로 고요하다.

정견… 심연의 눈동자가 이르는 곳에 볼 수 없는 것은 없다.

강기로 둘러싸인 두 손이 허공을 움켜쥔다.

퍼퍽!

형(形)이 없다는 누르하치의 검이 기정풍의 두 손에 붙잡혀 잉어처럼 파닥거리다 결국 깨져 나갔다.

누르하치는 더 이상 커질 수 없을 만큼 눈을 부릅떴다.

"있을 수 없는 일!"

누르하치는 두 팔을 종횡무진 휘저었다. 동시에 기정풍의 부른 손이 허공을 수놓는다.

쩡, 쩌정……!

모조리 깨지고 부서지고 터진다. 그리고 끝내는 흩어진다.

운이 아니다. 놈은 정말 나의 검을 보고 있다. 누르하치는 작금의 현실을 믿을 수 없었다. 정작 누르하치 본인조차 보이

지 않는 검이다. 의지로 만들어낸 검이 보일 리 만무하지 않은
가.

하지만 상대는 그걸 해내고 있다. 졌다. 패배의 쓰라림이 온
몸을 축축하게 적셨다. 넋을 잃고 있는 그에게 기정풍이 이글
거리는 불기를 안고 다가왔다.

"흑룡왕의 검을 괭이로 만든 것은 그를 모욕하고자 했던 것
이 아니었다."

누르하치는 자신도 모르게 끄덕인다.

"그렇군. 다른 누구도 아닌 그대의 손에 들린 것이라면 괭이
가 아니라 뒷간에서 쓰는 물건이라도 모욕이라 할 수 없겠어."

"싸워야 할 이유가 사라진 것인가?"

기정풍이 미련없이 돌아선다.

"강호 무림을 한번 맡아볼 생각 없는가? 자네를 무림의 왕
으로 봉하겠네."

"검제란 늙은이에게 주기로 한 것 같은데?"

"대설이 그를 살려뒀을 것 같나? 설사 살아 있다고 해도 그
런 자에게 줄 수는 없는 노릇이지."

"그도 그렇군. 어쨌든 관심없다."

"그대가 사양한다면 더 이상 무림을 이끌 자가 없다. 무림
자체를 갈아엎을 수도 있어."

"말했지만 명나라든 무림이든 나와 상관없는 일이다."

기정풍이 한참 걸어가다가 멈춰 섰다. 누르하치의 안색이
밝아진다.

“생각이 바뀐 건가?”

“아! 무림이 아니라 나라의 황제 자리라면 한번 생각해 보지.”

누르하치의 광소가 시원하게 대지에 울려 퍼진다.

“하하하—!”

기정풍은 걷고 무면객은 흑운 위에 있다.

“주인은 걷고 좋은 말을 탄다? 참 세월 좋군.”

“허허, 아무짝에도 쓸모없는 종이 되었으니 입이 열 개라도 할 말이 없습니다그려.”

“아무짝에도 쓸모없는 종이라… 그럼 주종이 아니라 붕우(朋友)로 지내보세.”

무면객이 손사래친다.

“천부당만부당하신 말씀입니다.”

“군소리 말고 아들 곁으로 돌아가. 남은 여생은 모용극으로 살아.”

“노신은 주군의 곁에서…….”

무면객은 목이 메는지 뒷말을 잇지 못한다.

“빌어먹을 영감탱이! 내 곁에서 뭐! 기어이 내 봉양받으면서 살아야 직성이 풀리겠다 이거야?”

“컥, 설마 제가 짐스러워서 벗삼으려 하신 것입니까?”

“당연하지. 그럼 자네가 예뻐서 그런 줄 알았나?”

무면객은 잠시나마 감격했던 것에 대해 부아가 치미는지 악착같이 못 간다고 버틴다.

떠나라, 안 떠난다하며 티격태격하고 있는데 스산한 살기가 밀어닥친다.

"연의는 어디 있소?"

기정풍은 말없이 살기를 풀풀 날리고 서 있는 대설을 응시했다.

대설을 며칠만에 확연히 달라져 있었다. 전체적으로 풍기는 기운이 마치 불붙은 화약을 안고 있는 사람을 대하는 기분이다.

안정되지 않는 힘. 대설은 본인조차 미처 제어할 수 없는 힘을 품고 있었다. 외관상으로도 대설은 변해 있었다. 미간에 대추 알 만한 검은 기운이 자리하고 있었고, 피부가 노인의 그것처럼 까칠했다.

"연의가 어디 있냐고 물었소!"

물음이 거의 절규로 변한다.

검제는 대설의 뇌 속에 틀어박힌 금강석을 빼내는데 성공했다. 금강석이 떨어지는 순간 잃었던 오성을 되찾았다. 하지만 그 대가로 금강석을 드러낸 상처에 무형지독이 침투했다. 독이 뇌에 직접적으로 파고들어 중독이 가속화 되었다.

맹독이 뇌를 침범했으니 정신인들 온전할 리가 없다.

대설은 그 자리에서 검제를 쳐 죽였다. 현자도 누르하치로부터 해독약이 끊겨 얼마 전 검붉은 피를 토하고 죽고 말았다. 이제 그에게 남은 건 연의밖에 없었다.

"그 아이는 떠났다."

무면객의 말에 대설은 광분했다.

으드득!

"처음부터 연의의 기억을 지울 것이 아니라 널 죽였어야 했어."

슈아앙!

쩡!

대설은 성난 사자처럼 달려들었다. 다음 수에 대한 계산도, 힘의 분배도 없는 단순 무식한 공격이다. 검에 내재된 힘만은 결코 소홀히 할 수 없는 정도. 기정풍은 신중히 대처했다.

또다시 눈알이 벌게진 대설은 기정풍이 섬혼기를 극성에 이르도록 운기할 정도로 몰아붙였다.

대설은 기정풍의 몸에서 뿜어지는 열기로 인해 몸에서 연기가 날 정도인데도 알아차리지 못하고 공격만 했다. 완전히 제정신이 아니었다.

"아아악!"

시종일관 공격만 하던 대설은 갑자기 단말마와 함께 피를 토하며 쓰러졌다.

"살펴보게."

무면객이 힐끗 보더니 한마디 한다.

"그냥 두시죠. 가만히 계시면 연적이 알아서 죽을 텐데 굳이……."

기정풍이 눈을 휘번덕 뜨고 노려보자 비로소 다가가 맥을 짚는다.

"쯧, 독이군요. 노신의 내공을 몽땅 갉아먹은 지독한 놈입니다."

머리를 감싸 쥔 대설의 몸에 잔 경련이 일어났다. 무면객은 가망없다는 표시로 고개를 휘휘 저으며 일어섰다.

"어떻게 해야 되는지 말만 하게. 내가 해볼 테니."

"가망없습니다. 또 그래야 할 이유도 없지 않습니까."

"그래도 살려야겠네."

웬 쓸데없는 고집인가. 한마디 하려던 무면객은 이내 고개를 끄덕인다.

연의가 대설을 찾고 있을지도 모른다. 기정풍은 연의를 위해 대설을 살려주려 하는 것이다.

기정풍은 대설에게 반나절을 꼬박 매달렸다. 기정풍의 열양강기는 상식을 벗어나는 위력이 있었다. 절대 살리지 못할 거라는 무면객의 예상을 뒤엎고 독을 제거하는데 성공했다.

그 와중에 대설이 쌓아올린 진기까지 무형지독과 함께 밖으로 나와 버렸으니 평생 무공과 더불어 살아온 대설에게는 살아도 산목숨이 아니라는 것이 문제라면 문제였다.

"왜 살리셨소?"

죽음의 문턱까지 다다랐다가 돌아온 자의 첫 물음이었다.

"네 녀석 때문에 살린 것이 아니다."

내공이 빠져나간 대설의 눈은 괴로움으로 가득했다. 비로소 제정신으로 돌아온 그에게 지난날 자신의 행적은 받아드릴 수 없는 충격으로 다가왔다.

"연의 소저를 만나시거든 대설은 죽었다고 전해주시오."

대설은 한마디를 남기고 터벅터벅 걸어 까마득히 멀어져 갔다.

대설의 심경은 참담했다. 연의에게 행한 일들과 적사에게 죽은 사형제들과 사부의 시신을 짓밟았던 기억은 평생 씻지 못할 업으로 가슴속 깊이 응어리졌다.

후일 대설은 마음을 정리하지 못한 채로 남으로, 남으로 내려가다 복건성에 이르렀다. 왜적에 의해 백성들이 수난을 당하는 것을 목격한 그는 작은 뜻을 품고 수군(水軍)에 자원입대했다. 얼마 안 가 그의 타고난 혜지(慧智)와 감각을 높이 산 수군대장은 그를 화포를 담당하는 포병으로 임명했다.

2

땅! 땅! 땅!

문패도, 상호(商號)도 없는 허름한 대장간, 힘찬 망치질 소리가 아지랑이 피어오르는 나른한 들녘을 깨운다.

"주인장 계시오? 솜씨가 좋다기에 소문을 듣고 칼 좀 맡기러 왔소이다!"

망치질 소리가 딱 그친다. 대신 신경질적인 목소리가 손님

귀를 거칠게 후비고 지나간다.

"꺼져! 칼은 취급 안 한다."

"하! 대장간에서 칼을 안 받아?"

"녹여서 괭이나 삽, 그도 아니면 호미로 만들 거면 두고 가거라."

"에라, 별 미친놈 다 보겠네. 백련정강으로 호미를 만들라니. 나 원 참, 재수가 없으려니까!"

카악, 퉤!

거한은 귀를 후빈 것도 모자라 대장간을 향해 걸쭉한 가래를 뱉고 휑하니 돌아선다. 일남일녀가 막 대장간에 들어가려하자 거한이 붙든다.

"웬만하면 다른 데를 찾아보슈. 순 미친 대장장이가 있습디다."

젊은사내가 흰 이를 드러내며 묻는다.

"혹시 무기는 취급하지 않는다고 합니까?"

거한이 눈을 휘둥그레 뜬다.

"어찌 아셨소?"

"소문을 들었지요. 우리는 무기 때문에 온 것이 아니니 염려 마십시오."

"뭐, 그렇다면 다행이지만."

거한이 머리를 긁적이며 돌아선다.

깡, 깡!

대장장이는 콧속으로 파고드는 낯익은 향에 망치질을 멈추고 돌아선다. 일남일녀가 들어와 그림같이 서 있다. 좀처럼 흔들릴 것 같지 않은 눈동자에 작은 풍랑이 일었다.

"그동안 평안하셨습니까."

사내가 넙죽 절하고 일어선다.

"승표…… 살아 있었더냐."

"모진 목숨인지라 저 혼자 살아남았습니다. 여기 계신 줄도 모르고 이 년을 넘게 찾아 헤맸습니다."

기정풍은 진승표의 어깨를 두드리며 끄덕인다. 그동안 얼마나 웃지 않았으면 미소라고 얼굴에 걸린 것이 영 어색하다.

"어쨌든 잘 왔다."

"저는 아는 척 안 하실 건가요?"

"……."

"연의 소저는 그간 기억을 찾으셨습니다. 팔정도가 대성에 달한 덕분이지요."

기정풍은 여전히 말이 없고, 연의의 눈은 촉촉이 젖어든다.

어색한 분위기를 깨려는지 진승표가 농을 던진다.

"연의 소저… 아니, 이제 연의… 사모(師母)라고 해야 하나?"

재회가 있은 후 이틀이 지났다.

대장간은 아침부터 부산하다. 해질녘이 되자 진승표가 무면객을 태운 흑운의 고삐를 쥐고 나오고, 뒤이어 기정풍과 연의가 괴나리봇짐 하나씩을 짊어지고 나왔다.

"허허, 세상 참 지랄 맞다. 누구는 죽을 날만 기다리는데, 누구는 장가를 가지 않나."

무면객의 신세한탄에 연의의 낯이 홍시가 된다.

"끝까지 객쩍은 소리 할 텐가?"

"허허! 부러워서 그럽니다."

"그렇게 부럽거든 자네도 반로환동하게. 누가 말리나?"

둘은 끝까지 옥신각신이다. 급격히 노쇠한 무면객은 몇 마디 하는 것만으로도 힘들었던지 그만 잠이 든다.

"일선 어르신은 모용세가까지 제가 잘 모시겠습니다. 염려 마시고 떠나시지요."

"오냐. 백화문에 한번 들러라."

진승표가 무면객을 엎고 흑운에 올라타 인사하고 멀어진다. 한 시대를 풍미한 일선 모용극의 등이 오늘 따라 왜소하다.

지난 이 년간 모용세가에서 십여 차례 사람들이 왔었다. 십여 번 중 모용승천이 직접 방문 한 것만 해도 다섯 차례였지만 모용극은 한사코 떠나려 하지 않았다. 그러다 연의가 찾아온 지금에 와서야 뜻을 굽힌 것이니.

연의의 미성이 상심에 젖은 기정풍을 깨운다.

"그 소식 들으셨나요?"

"……?"

"누르하치, 청나라의 황제가 죽었대요."

커다란 충격은 아니었지만 누르하치의 죽음은 뜻밖이었다.

“은거기인이라도 나섰다더냐?”

“아뇨. 들리는 말로는 대포에 맞아 죽었다던데요.”

“대포라…….”

이제야 이해가 된다. 그도 대포의 위력을 충분히 경험했던 바다.

“누르하치의 무림 말살 정책으로 여러 문파가 문을 닫았어요. 천하제일세가는 씨가 마를 정도였죠. 그동안 무림의 내로라하는 고수들이 암습을 시도했어요. 그 숱한 공격에도 털끝 하나 다치지 않던 그였는데. 세상에 그 괴물을 죽인 자가 민병(民兵)이라니…….”

“장수가 아니라 민병이냐?”

“복건성에서 온 한 민병이 쏜 포탄에 맞아 죽었대요.”

연의는 그 병사가 이제 갓 삼십대 초반으로 엄청난 미남자라는 소문은 전하지 않았다.

그 민병이 대설일 거라고는 연의도 기정풍도 상상치 못했다.

“근데 표정이 왜 그렇게 딱딱해요? 저와 함께 가는 것이 불만인가요?”

기정풍의 깊은 눈에 잔잔한 파문이 일었다. 억누르고 있지만, 연의는 그의 심정이 어떠하리라는 것을 충분히 알 수 있었다.

“가자!”

“좋다는 말을 끝내 하지 않으시네요.”

“중원 천지를 돌아보니 남자가 다 이렇더구나.”

“남자…….”

연의가 남자라는 말이 낯선 듯 조용히 되뇐다.

"남자예요. 사형은 제게 남자예요, 우리가 처음 개벽산을 내려온 그날부터."

연의의 진심 가득한 말에 기정풍의 얼굴에 어색한 웃음이 걸린다.

"바보 같기는. 좋으면 참지 말고 웃어요. 누가 흉보나요?"

"역시 중원 천지를……."

"흥, 또 뭐예요. 그러니까 천하를 돌아보니 남자가 다 그와 같았다 이건가요? 싫어도 싫지 않은 척, 좋아도 안 좋은 척?"

기정풍이 끄덕이자 연의가 손톱을 곧추세운다.

"흥, 얼굴을 꿰매서라도 미소를 걸어놓을까요?"

기정풍이 껄껄 웃었다.

"하하, 그것도 좋겠구나. 바느질 솜씨가 훌륭하던데."

연의가 갸웃한다.

"바느질 솜씨가 좋아요? 제가요?"

기정풍이 자신의 옷을 가리킨다.

"몇 년을 입었는데도 실밥 하나 튀어나오지 않았잖느냐."

기정풍이 보의를 짠 사람이 연의인 것을 안 것은 불과 일 년 전이었다. 모용승천과 함께 찾아온 모용선이 눈물로 사죄하며 사실을 말한 것이다.

"모르셨군요. 그거 바느질은 반 할머니께서 하셨어요."

"반 할머니?"

"모르셨나요? 그때 모용세가의 지하에서 빠져나오실 때 보셨을 텐데."

팔정도가 삽시간에 일어난다. 정념이 그때 그 순간을 그리듯 머릿속에 투영한다.

"그 노파가 반여정이었는가……?"

"어? 정말 모르셨어요? 그분께서 바느질을 해주셨죠. 제 솜씨는 그것보다 아주, 아주! 형편없어요. 그래도 제게 얼굴을 맡기실래요?"

"가자. 해 넘어간다."

하늘은 기정풍의 마음만큼이나 붉은 노을을 만들었다.

청춘남녀는 아니, 젊은 여인과 늙어도 늙지 않는 남자는 노을을 향해 멀어져 갔다.

휘이이~

온기를 간직한 한줄기 봄바람이 둘의 대화를 실어온다.

"농마! 그 괭이는 계속 가지고 가실 건가요?"

"물론! 그리고 신농으로 바뀐 지가 언젠데 지금까지 농마 타령이냐!"

"신농요? 집집마다 붙여놓은 괭이 들고 서 있는 우스꽝스러운 그림이 사형이었어요?"

"어쨌든 괭이는 버릴 수 없다."

"아직 강호에 미련이 남아서요?"

둘의 모습이 희미해진다.

"농사를 지어야 하잖느냐. …농사도 지어야 하고."

“무슨 농사요?”

“자식 농사……”

야속한 바람은 더 이상 둘의 대화를 실어오지 않는다. 아마
도 연의의 볼은 저 노을보다 더 붉어지지 않았을까?

『섬혼』 5권 (完)

저작권 보호!!
장르문학의 성장에 힘이 되어주십시오.

저작물의 무단 전재와 복제, 불법 다운로드!
이것은 관심이 아니라 무관심입니다!

작가님들은 창의적 열정과 시간을 투자해 자신의 꿈과 생계를 유지합니다.
한 권의 책을 만들어 많은 사람들은 자신의 인생과 미래를 설계합니다.

저작물 속에는 여러 사람의 노력과 희망이 담겨 있습니다!

저작물의 무단 전재와 복제, 불법 다운로드는 여러 사람들의 꿈과 생계를
위협함으로써 장르문학을 심각한 상황에 빠뜨리고 있습니다.

이제는 무관심이 아니라 관심으로 장르문학의 성장에 힘이 되어주세요.

[도서출판 **청어람**은 항시적인 저작권 보호를 통해 장르문학과
여러분의 희망을 지키겠습니다.]

도서출판 청어람

입소문을 통해 아는 분은 다 알고 계십니다!
올 한해 공인중개사 최고의 화제작!

1~2권 합본 | 이용훈 지음
3~4권 합본 | 이용훈 지음
5~6권 합본 | 이용훈 지음
용어해설 | 이용훈 지음

수험생 기본 필독서
만화 공인중개사

제목 : 만화공인중개사 쓰신 분에게 감사드립니다.

학원을 두 달 다녔어요. 근데 과연 그 숫자 외우기 그런 게 몇 문제나 나올까 생각을 했어요.
아니라는 생각이 드네요. 학원강의를 뒤로하고 서점을 갔어요. 내 머리에 가장 이해될 수 있는
책이 없나 하구요. 거기서 만화를 발견했어요. 무조건 세 번 봤어요. 3개월 걸렸어요. 문제집을 보라고
했는데 그건 시행을 못했어요. 근데 합격을 했네요.
어떻게 감사의 말을 해야 될지……
도서관에서 만화책 들고 다니니까 사람들이 비웃더라구요. 만화책으로 공인중개사를 공부한다고
미친 사람처럼 보더라구요. 근데 그거 다 감수하고 했던 내가 자랑스럽습니다.
어떻게 감사의 말을 해야 할지… 정말 감사합니다.
부디 행복하세요. 제 나이 41살에 좋은 스승을 만난 것 같습니다.
엎드려 감사드립니다.

-본사 홈페이지에 독자분이 올린 메일 中에서 발췌-